Roman Nowak

Verglückt

Roman

Verlag

Umwelthinweis:
Dieses Buch wurde auf chlor- und
säurefreiem Papier gedruckt

1. Auflage 2012

© 2012 Verlag Jürgen Wagner
Südwestbuch / SWB-Verlag, Stuttgart

Lektorat: Maria Konstantinidou, Stuttgart –
www.lektorat-und-korrektorat.de

Titelfoto: elnur / clipdealer
Umschlag: Sig Mayhew / mayhew edition

Satz: Julia Karl – www.juka-satzschmie.de

Druck und Verarbeitung: E. Kurz + Co.
Druck und Medientechnik GmbH, Stuttgart
www.e-kurz.de
Printed in Germany
ISBN: 978-3-942661-42-3

www.swb-verlag.de

Vorwort

Liebe Leserin, lieber Leser,

zunächst einmal vielen Dank, dass du dich für ein Buch entschieden hast, das von Freundschaften, Rückschlägen, Hoffnungen, kuriosen Situationen und nicht zu guter Letzt einer großen Portion Humor handelt.

Vorab möchte ich an dieser Stelle allerdings noch eine kurze Anmerkung machen, die mir sehr am Herzen liegt: Im Laufe der Handlung treten Personen unterschiedlichster Herkünfte und Gesellschaftsschichten auf. Dabei wird so manches Klischee aufgegriffen, gleichzeitig aber auch so manches relativiert. Beim Schreiben dieses Buches stand für mich vor allem der Gedanke im Vordergrund, wie sich aus vielen menschlichen Besonderheiten – und davon ist auch der Ich-Erzähler nicht ausgenommen – lustige Situationen ergeben können. Keinesfalls aber sollen diese Besonderheiten als abwertend oder missbilligend verstanden werden. Im Gegenteil! Denn erst die Vielzahl an individuellen oder kulturell geprägten Denkverhalten, Sprachstilen oder Wünschen machen das Leben doch erst interessant und lebenswert. Solange diese Einstellungen allerdings auch auf Toleranz und Respekt gegenüber ihren Mitmenschen fußen ...

Bleibt mir also nur noch die Bitte auszusprechen, das Buch – auch wenn garantiert die eine oder andere Tiefgründigkeit auftauchen wird – stets mit einem gewissen, und durchaus gesunden, Augenzwinkern zu lesen.

Und nun, Buch ab ...

Herzliche Grüße

Roman Nowak

I. Ein Treffen und seine Vorgeschichte

Hektisch öffnete ich die Tür und atmete noch einmal tief durch. Schließlich standen jetzt fünf Stockwerke zwischen mir und meiner Wohnung. Na ja, genau genommen gehörte sie ja Tina, aber da wir seit sechs Monaten zusammenwohnten, hatte ich inzwischen schon genug Zeit gehabt, um mein Revier zu markieren.

Erster Stock: Füße und Beine wurden wieder durchblutet – soweit ich mich erinnern konnte, das erste Mal überhaupt an diesem Tag! Optimistisch atmete ich tief ein, sodass sich meine Lungen nun herrlich entspannten.

Zweiter Stock: Meiner Meinung nach waren meine Gliedmaßen jetzt genug durchblutet – ein unangenehmes Kribbeln in den Beinen machte sich bemerkbar ... Mittlerweile atmete ich etwas dezenter ein, ganz einfach, weil sich nicht mehr Luft anbot. Optimismus – Pessimismus: Gleichstand!

Dritter Stock: War es normal, dass dem Kribbeln ein Zitteranfall folgte? Wenn ja, war es beruhigend, zu wissen, dass dieser auch wieder vergehen würde – sobald ich oben war! Zum ersten Mal schaltete sich in diesem Moment mein Verstand ein und fragte vorsichtig nach, warum ich eigentlich nicht den Aufzug benutzt hatte. Sofort schlug der Stolz dazwischen und entgegnete, dass ich noch lange nicht zum alten – höchstens zum verrosteten – Eisen gehörte. Wie auf Kommando riss der Optimismus postwendend die Führung an sich. Ach ja: Luft schien es in diesem Stockwerk nicht zu geben ... zumindest nicht zum Atmen!

Vierter Stock: Inständig hoffte ich, dass mich Frau Weller – zwar stolze 87 Jahre alt, aber immer noch Dauerkartenbesitzerin ihres Türspions –

nicht sah. Und noch weniger hoffte ich, dass sie herauskommen und mich ansprechen würde, denn meine Gangart hatte sich mittlerweile von einem unrhythmischen Zucken in ein Raum ergreifendes Torkeln verwandelt. So langsam verstand ich auch, was mein Physiklehrer damals gemeint hatte, als er über die zunehmende Luftkompression mit fortschreitender Höhe philosophiert hatte. Meinen Vermutungen zufolge verdoppelte sich demnach die Luftdichte pro Stockwerk. Aber was konnte ich schon vermuten: In der Zwischenzeit kannte ich das Element Luft nur noch vom Hörensagen. Thema Gefühlswelt: Der Pessimismus hatte wieder ausgeglichen. Allerdings wollte nun eine weitere Partei mitmischen: der Zynismus.

Fü...nfter Stock: Nur noch aus weiter Ferne nahm ich die Wohnungstür wahr, sogar als ich direkt vor ihr stand! Ich fragte mich, ob das möglicherweise an dem berauschend wirkenden euphorischen Gefühl lag, das mich jetzt umgab. Meine Lungen jedoch rasselten mir zu, dass ich mir darauf bloß nichts einbilden sollte. Umgehend sprach Kollege Zynismus ein Machtwort: *Du wirst morgen wieder mit Sport anfangen!* Damit waren sowohl das Team Optimismus als auch dessen Kontrahent, der Pessimismus, ohne Einspruch disqualifiziert.

Es war ja nicht so, dass man mir meine Unsportlichkeit auf den ersten Blick ansah. Glücklicherweise konnte ich so viel essen, wie ich wollte – und ich nutzte dieses Angebot natürlich großzügig aus – und hielt trotzdem meine Kilos zusammen. Selbst die Auswirkungen früherer Fitnessstudiobesuche machten sich auch jetzt noch bemerkbar, allerdings nur noch, was die Definiertheit des Körpers anging, weniger seine Leistungsfähigkeit.

Als ob es gestern gewesen wäre, konnte ich mich noch gut an den Tag meiner Konfirmation erinnern, als wir im engsten Familienkreis in einem Restaurant speisten und das Gespräch – wie immer – früher oder später auf den Bereich Ernährung gelenkt wurde – die Bereiche Wetter, Beruf, Krankheit und Urlaub waren ja bereits abgehakt. Als meine Oma daraufhin nachfragte, ob der Jung' – also ich – denn zu Hause nicht genug zu essen bekäme, antwortete meine Mutter lediglich trocken: »Ach, der David hat den Bandwurm!«

Nun gut, seitdem waren zehn Jahre ins Land gezogen. Mittlerweile lebte ich mit der inneren Überzeugung, dass der Jogi in mir – wenn er denn tatsächlich da war – schon gewissenhaft seinen Dienst verrichten würde.

So viel zum Thema Figur. Ach ne, noch nicht ganz. Tina war nämlich genauso wenig sportaffin wie ich, sogar bis ins Bodenlose weniger! Dafür hatte sie aber einen wirklich sagenhaft rationellen Grund: In der Zeit, in der sie Sport trieb, konnte sie sich nicht für den nächsten Arbeitstag vorbereiten. Und wenn sie sich nicht mit ihrer Arbeit beschäftigen durfte, wurde sie stündlich nervöser – ja sogar nervöser, als wenn sie arbeitete. Tina zum Joggen zu überreden, war also in etwa so unmöglich, wie Tillmann zu einem Blind Date – ein Treffen ohne seine riesengroße, randverstärkte Hornbrille – zu überreden.

Tillmann! Edgar! Rico! Mist! In zehn Minuten waren wir zu unserem wöchentlichen Männerabend verabredet. Höchste Zeit also, mein Jackett zu einem Basketball zusammenzuknüllen und es per Freiwurf in hohem Bogen zu versenken ... im Aquarium. Bei dem Gedanken an den Jackettinhalt biss ich mir verlegen auf die Unterlippe und nahm mir fest vor, nachher nach den japanischen Edelfischen zu sehen. Wenn sie dann drei Augen besaßen oder urplötzlich akzentfreies Tschechisch reden konnten, wäre ich meiner Freundin allerdings eine Antwort schuldig ...

Schnell griff ich nach meiner Lederjacke und hetzte zum Wagen: Ja, es war ein Mercedes, Sinnbild der aufgestiegenen Mittelklasse. Und ja, ich weiß, dass es diese zunehmend nur noch auf dem Papier gibt. Allerdings handelte es sich nur um einen alten SL 500, der dank Tuning aber genauso aufheulte wie ein Porsche. Von null auf hundert in unter sechs Sekunden – ich kam nur bis 50 ... Dann war Sense, denn die Kelle hatte meinen ambitionierten Rekordversuch zum *Bachelors* – unserer Stammkneipe – jäh gestoppt. Die Polizeikelle!

»Zeigen Sie mir doch mal bitte Ihren Ausweis, junger Mann!«

Ich wusste nicht, ob ich mich ärgern sollte, dass mich dieser grauhaarige Greis mit seiner Bärenruhe belästigte, indem er mir seine Taschenlampe direkt ins Gesicht hielt, oder ob ich mich freuen sollte, dass ich seit Langem mal wieder als »junger Mann« angesprochen wurde – aber das Alter ist ja eh relativ. Unentschieden kramte ich den Ausweis hervor.

»Ahaaaaa, sosooooo, hmmmmm ...«

Unsicher, ob das nicht möglicherweise ein Code für terroristische Aktivitäten war, versuchte ich, so locker wie möglich zu wirken, und so hörte ich mich sagen: »Hey Don! Was ist denn überhaupt los?«

»Standlicht.«

»Was?«

»Das Standlicht.«

»Ja, das sehe ich auch, obwohl Sie mich so penetrant anleuchten! Ihr Wagen steht ja auch direkt vor mir ...«

»Ihr Standlicht.«

Dass er das »Standlicht« jetzt zum dritten Mal so beunruhigend ruhig erwähnte, wirkte nun umso dramatischer. Sch...ande, in der Eile hatte ich es ganz vergessen.

»Und nun? Kurz vor der Pensionierung können Sie doch ein Auge zudrücken, nicht wahr?«

»15 Euro Strafe wegen Gefährdung des Straßenverkehrs und 150 Euro wegen Beamtenbeleidigung.«

»Was? Aber warum das denn?«

»Weil ich noch weit davon entfernt bin, als Rentner abgestempelt zu werden.«

Meine Kinnlade wollte gerade herunterklappen, da ich mir aber unsicher war, ob das die Strafe nicht nur noch erhöhen würde, spannte ich vorsichtshalber meine Kiefermuskeln an – auch für den Fall, dass ich gleich aussteigen und drauflosbeißen würde. Da meine Neugier aber stärker war und ich eh schon einen stattlichen Habenbetrag beisammenhatte, dachte ich mir, dass es jetzt auch nicht mehr schaden konnte, wenn ich etwas persönlicher wurde: »Wie alt sind Sie, wenn ich fragen darf?«

»Natürlich dürfen Sie das, denn es bessert mein Trinkgeld nur noch weiter auf: 50.«

Für einen Moment wusste ich nicht, ob er damit sein Alter oder den Preis für die Information meinte. Als es mir klar wurde, schoss meine Kinnlade wie ein Fallgitter nach unten: »Aber Sie sind ... Ich meine, Sie haben doch schon graue ... na, Sie wissen schon ...« Ich fuhr mir nervös durch die Haare und hörte auf meinen Verstand – oder war es nicht vielmehr Tinas strafender Blick vor meinem inneren Auge? –, der mir empfahl, ab jetzt besser die Klappe zu halten. Schnell kratzte ich das Geld zusammen und drückte es dem Polizisten in die Hand, stibitzte ihm meinen Ausweis und brauste davon, natürlich ohne Standlicht. Dafür aber mit Fernlicht – aus Trotz versteht sich!

—

Als Letzter traf ich im *Bachelors* ein, einer Kneipe, die sich wohl nie ihren Master erwerben würde, dafür aber auf fast schon gemütliche Art heruntergekommen war, und nach dem sechsten Bier fielen einem die Silberfische auf dem Boden sowie der Mottenkugelgeruch eh nicht mehr auf. Die Jungs saßen bereits in unserem Stammeck. Sogar Edgar, auf dessen Pünktlichkeit man sich ungefähr so sehr verlassen konnte wie auf eine Sonnenuhr bei Nacht, erwartete mich mit einem Grinsen.

»Yo David, peace, mein Bruder!«

Wenn Edgar mich umarmte – er umarmte wirklich jeden – hatte ich jedes Mal für eine Sekunde das Gefühl, in eine andere Welt einzutauchen. Damit meine ich nicht Edgars Haarpracht, seinen Urwald aus Dreadlocks, in der sich wahrscheinlich ein ganzer Zoo aufhielt. Es war auch nicht seine außergewöhnliche Betonung der letzten Silbe eines jeden Wortes – auch wenn sich das zugegebenermaßen ein wenig extraterrestrisch anhörte. Nein, es war schlichtweg das wohlige Gefühl, dank ein paar Pflänzchen kurzzeitig über den Dingen zu schweben, wenn man in seiner direkten Gegenwart tief einatmete. Edgar mit einem Adjektiv zu beschreiben, war nicht besonders schwer: Er war schlichtweg einzigartig. Einzigartig locker. Einzigartig tolerant. Einzigartig sorgenfrei. Einzigartig erstaunlich. Typisch jamaikanisch! Bis heute hatte er uns noch nicht erklärt, wie er es geschafft hatte, seine Goldkette und den ganzen anderen Körperschmuck zu behalten, ohne dass sein Antrag auf Arbeitslosengeld abgelehnt worden war. So unzuverlässig Edgar im Pünktlichsein aber auch war, so sehr konnte man sich auf ihn verlassen, wenn man seine Hilfe brauchte. Er half einem jederzeit, vorausgesetzt er war dazu in der Lage – körperlich und geistig.

»Hey Edgar! Wie fliegt sich's?«

»Oh man Bruder, frag mich lieber nicht. Bei mir ist gerade der absolute Wahnsinn los!«

»Du meinst wohl eher, der ganz normale Wahnsinn ...«

»Nein, nein, Bruder! Dieses Mal ist es so viel verrückter ...«

Edgar spreizte seinen Daumen und den Zeigefinger so weit wie möglich voneinander ab. Ich hatte das Gefühl, dass er das Gefühl hatte, sein Zeigefinger hätte sich jetzt um mindestens einen halben Meter gedehnt.

Verständnisvoll nickte ich: »Erzähl doch mal!«

»Nicht jetzt, mein Bruder. Man kann nie wissen, ob DIE uns nicht vielleicht belauschen ...«

Jetzt geht das schon wieder los, dachte ich ein wenig genervt. Erstaunlicherweise spann sich Edgar nämlich jedes Mal eine neue, völlig abgedrehte Geschichte zusammen – je nachdem, welche Botenstoffe heute seine Synapsen im Gehirn tanzen ließen. Das Schlimme daran war nur, dass man nie genau sagen konnte, wie viel davon wirklich erfunden war.

»Okay, dann führen wir DIE noch ein bisschen hinters Licht«, zwinkerte ich meinem Kumpel zu und drehte mich zum Tisch hin. »Tillmann, altes Rechenzentrum! Wie läuft's?«

Stille. Der Computer – in Wirklichkeit noch ein sehr junges Modell – berechnete noch.

»Hallo David. Ja, äh … alles in Ordnung … denke ich …«

Als ich ihm sachte auf die Schulter klopfte, glaubte ich für einen Moment, dass ich Tillmann damit geschätzte eins siebzig in den Boden gehauen hatte. Wahrscheinlich wäre er mir dafür sogar dankbar gewesen, denn dann wäre er von der Bildfläche verschwunden. Er hasste – mehr noch, er fürchtete – nämlich jegliche Menschenansammlungen. Sicher fühlte er sich nur zu Hause in seiner Wohngemeinschaft. Na ja, genauer gesagt in seinem Zimmer. Und noch genauer gesagt, direkt vor seinem Computer. Das war seine Welt. Dort musste er niemandem in die Augen sehen oder gar seine Meinung – welche Meinung? – äußern. Doch kommendes Jahr würde er sein Informatikstudium abschließen – auch wenn er das bisher noch gar nicht zu realisieren schien. Das war einer von mindestens 10^{265} weiteren Gründen, warum wir Jungs beschlossen hatten, Tillmann so allmählich auf das wirkliche Leben vorzubereiten. Und wo konnte man das besser tun, als in einer rauchigen, heruntergekommenen Kneipe …?

»Schön, dass du Carmen einen Korb gegeben hast«, lächelte ich ihn an.

»Was Bru…«, musste Edgar husten, vielleicht vor Überraschung – ich vertrat jedoch die Hypothese, dass eine seiner Pflanzen irgendwo im Rachen noch für Furore sorgte. »... der, wer ist Carmen? Sag mir nicht, du hast endlich mal 'ne Chica angesprochen!«

Tillmann lächelte verlegen: »Nein, äh ... sie ist meine Spanischlehrerin ... am Computer ...«

»Behandel sie gut, mein Bruder! Spanierinnen sind wunderbare Frauen ...«

Edgar erntete dafür lediglich irritierte Blicke von uns dreien, doch sein verträumter Blick stimmte uns wieder milde – eigentlich mussten wir so etwas mittlerweile gewohnt sein ...

»Haha, Jungs, da muss ich euch doch glatt eine Geschichte über mich und eine bildhübsche Italienerin auf Sardinien erzählen!«, erschallte es neben mir.

Rico! Ja, der große Rico! Okay, von den Körpermaßen her gesehen eher mittelgroß, aber in puncto Verstand und Herz: mein lieber Scholli! Rico war ein weiteres Unikat – ist das nicht jeder!? Natürlich hatte aber auch er seine ganz exklusiven Macken. Mit seinen 27 Jahren – er achtete jedes Mal darauf, die »Zwanzig« besonders zu betonen – hatte er schon so viel erlebt, dass eine Biografie alleine bereits nicht mehr ausgereicht hätte. Da ich ein wirklich miserabler Biografienschreiber bin, gebe ich hier deshalb nur ein paar Auszüge aus seinem Leben wieder:

➪ Abitur mit *1,* – Achtung, jetzt kommt's – *1* an einem bayerischen Gymnasium. Ich war mir nie sicher gewesen, ob ihm der Schnitt oder das Bundesland wichtiger gewesen war, als er es früher jedem auf die Augen gebunden hatte.

➪ Gründen des ersten eigenen Unternehmens – nach dem Motto: Studieren kann ja jeder – mit 19. Bis heute frage ich mich, wie man auf dem deutschen Markt einen so riesengroßen Erfolg mit dem Namen *Qué rico!** feiern konnte. Statement Rico: »Tja, mein Junge,

---

* »Wie köstlich!« (aus dem Spanischen)

manchmal muss man einfach zur richtigen Zeit am richtigen Ort sein.« – Aha ...

- ⇨ Eröffnen eines Feinschmeckerlokals mit 23 unter dem Namen *En Ricos* in Paris – natürlich ein Riesenerfolg! Ricos Erfolgsgeheimnis: »Stell einfach Dinge auf die Speisekarte, bei denen wir Deutsche den Gang auf die Toilette antreten würden. Die Franzosen werden dir daraufhin die Bude einrennen!« – Ja ne is' klar ...

- ⇨ Gründen eines Beratungsinstitutes und gleichzeitiges Urlaubspara- dies für aufstrebende Manager auf Sardinien vor zwei Jahren, getreu dem Werbeslogan: *Presso Rico ... e uomo ricco.* ** Ich denke, Rico war der Einzige bei der ganzen Geschichte, der nach den Seminaren rei- cher als davor war ... Rico: »Ach, Sardinien ... Ja, das war ein echter Glücksgriff! Und das Beste daran war, dass ich dort auch gleichzei- tig Urlaub machen konnte.« – Wenn's läuft, läuft's einfach ...

Doch obwohl Rico mittlerweile im Geld schwamm und sich alles, was er anfasste, in Gold zu verwandeln schien, war er immer noch ein sym- pathischer und warmherziger Kerl. Zum Beispiel bot er sich jedes Mal sofort an, wenn mal wieder die Entscheidung anstand, wer heute für die Zeche aufkommen musste – und obwohl er sich das natürlich leisten konnte, war das keine Selbstverständlichkeit. Er bezahlte nicht jedes Mal, schon allein deshalb, weil mich das tief in meiner Ehre gekränkt hätte. Rico war – unternehmertypisch – ein riesengroßer Redner. Ein Abend mit ihm entführte einen an die entlegensten Orte der Welt – das nächste Mal erkannte man dann bereits die meisten davon wieder ... Natürlich prahlte er auch hin und wieder mit seinen Errungenschaften, doch wir Jungs wussten genau, dass das nur seinem Selbsterhaltungs- trieb diente. Schließlich brauchen selbst die erfolgreichsten Menschen ab und zu ein wenig Anerkennung. Seit einem halben Jahr war Rico

---

** »Bei Rico ... und ein reicher Mann.« (aus dem Italienischen)

mit Daniela verheiratet. Leider hatte Daniela außerdem die unglückliche Eigenschaft, dass sie und Tina unzertrennliche Freundinnen waren. Leider, weil Daniela fast das komplette Gegenteil von Rico war. Wie gesagt: fast. Aber dazu später mehr ...

»Rico, altes Haus! Wie geht's dir? Wie ich sehe, konntest du dich aus den Klauen deiner Göttergattin befreien ...«

»Haha, ach weißt du, David, ich muss ehrlich sagen, dass ich mir die Ehe immer viel schlimmer vorgestellt hatte. Du weißt schon, Freiheit und so.«

Ungläubig sah ich meinen Freund an. Waren wir wirklich gerade dabei, Rico zu verlieren? Wenn er jetzt nicht mal mehr ein Haar in der Hochzeitssuppe finden konnte, bedeutete das wohl, dass er sich mittlerweile in sein Schicksal ergeben hatte: »Das meinst du doch nicht ernst, oder?«

»Doch, doch! Daniela ist in dieser Hinsicht sehr einsichtig. Wir haben uns darauf geeinigt, dass ich auch weiterhin ohne sie zum Männerabend gehen darf, und dafür gehe ich jetzt immer samstags mit ihr shoppen.«

Noch während ich überlegte, ob man unsere Treffen auch mit Daniela nicht weiterhin als »Männerabend« hätte durchgehen lassen können, schrillte es plötzlich in meinen Ohren: »SHOPPEN!? Du gehst freiwillig shoppen?«

»Warum denn nicht?«

»Weil, weil ...« Mir fielen gerade tausend gute Gründe dagegen ein, aber ich wählte – wie so oft – den lausigsten: »Weil das Männer einfach nicht tun!«

»Es hat aber auch Vorteile! Sieh's mal von der Seite: Wenn ich mit Daniela einkaufen gehe, habe ich ihre Ausgaben jederzeit im Auge und vermeide damit jegliche böse Überraschung.«

»Und? Gibt sie jetzt weniger aus?«

»Das zwar nicht, aber theoretisch könnte ich dazwischenhauen ...«

»Ja klar könntest du das. Wenn Theorie und Praxis in diesem Fall nicht so weit voneinander entfernt wären, wie die Sonne von der Erde!«

»Hey, peace, meine Brüder! Yo, Rico hat schon recht: Shoppen kann echt entspannend sein …«

»Wir reden aber gerade von Schuh-, und Klamottenläden und nicht von irgendwelchen ethnobotanischen Shops, Edgar!«

Man konnte richtig sehen, wie sich Edgars Mund in Zeitlupe öffnete und sich ein riesengroßes Yo auf seinen Lippen bildete, doch er sagte nichts. Jetzt hatte er für Rico nur noch einen mitleidsvollen Blick übrig.

»Nicht mehr lange, und du wirst über die Ehe ganz anders denken«, sah mich Rico augenzwinkernd an. »Ihr habt doch vor zu heiraten, oder?«

Stille. Das Einzige, was sich jetzt gedanklich in meinem Kopf bewegte, war eine Schnecke im Geschwindigkeitsrausch. Ich wusste einfach nicht, was ich antworten sollte.

Da Rico das spürte, lenkte er sofort von dem Thema ab, indem er bei der Bedienung bestellte: »Jenny, vier Halbe bitte!«

»Na ja, äh … ich hätte lieber gern … äh … eine kleine Spezi«, meldete sich Tillmann kleinlaut zu Wort und streckte dabei seine Hand wie in der Schule nach oben.

»Ach komm, das eine Bier wirst du schon vertragen«, motivierte ihn Rico.

»Ja, äh … ich denke schon, aber … aber letzte Woche …«

»Okay, da hatten wir ein paar mehr … Aber das lag vor allem an dem superleckeren, importierten Bier.«

»Äh, wie viele hatten wir denn?«

»Das kannst du an einer Hand abzählen, mein Bruder …« Edgar zählte sicherheitshalber zweimal nach – und kam dann auf sechs!

»Aha, äh … habe ich mich … äh … na ja, habe ich danach etwas … äh … Dummes angestellt?«

Tillmann sah uns mit seinem herzerweichenden, putzigen Lächeln an, sodass wir drei in ein einstimmiges Kopfschütteln und ein lang gezogenes »Nein« einstimmten. Dabei senkten wir verlegen unsere Köpfe, zu gut hatten wir den besagten Abend noch vor Augen: Tillmann, wie er ohne Vorwarnung plötzlich anfing, *Alle meine Entchen* vorzulallen. Tillmann, der daraufhin die Rockergruppe am Nebentisch als Rechtsradikale angepöbelt hatte. Und Tillmann, den wir zu guter Letzt nur mit großer Mühe davon abhalten konnten, durch die Kneipe zu hüpfen, weil er auf einmal die – wie er fand – urkomische Eingebung hatte, ein Kaninchen zu sein.

»Aber vielleicht reicht dir heute auch ein Bier ...«, versuchte Rico jegliche Anspielung zu vermeiden.

»Sooo, hier kommt eure erste Bierrunde!«

Jennys Stimme ließ mich all die Peinlich- oder Lustigkeiten – je nach Blickwinkel – wie im Flug vergessen. Überhaupt fragte ich mich – aus welchem Grund eigentlich nicht sie? – warum ein Mädchen wie sie freiwillig abends in einer Kneipe arbeiten wollte. Soviel ich wusste, studierte sie Pädagogik und finanzierte sich mit Nebenjobs wie diesem ihren Lebensunterhalt. Warum sie allerdings nicht schon längst irgendwo auf der Weltbühne sang oder modelte, war für mich ein Rätsel, denn ihre Stimme war – selbst nach vier Stunden in diesem Qualm – glasklar und wirkte schlichtweg anziehend. Und ihr Aussehen ... Sagen wir's mal so: Mann konnte sich nicht wirklich entscheiden, ob er zuerst ihre Augen, ihren Körper oder doch lieber ihre Beine bewundern wollte. Auch ihr süßes, fast schon schüchternes Lächeln ließ viele Männerherzen ungewollt höher schlagen. Vielleicht war es ja gerade ihre Schüchternheit, die sie davon abhielt, ihr wahres Potenzial zu erkennen.

Aber hey, warum machte ich mir darüber überhaupt Gedanken? Denn wie heißt es so schön: Appetit kann man sich schon mal woanders holen, aber gegessen wird immer noch zu Hause ...

»Zum Wohl, Jungs!«, erhob Rico sein Glas. »Auf ... ja auf wen eigentlich?«

Erwartungsvoll sah er in die Runde, aber keiner machte ein wirklich enthusiastisches Gesicht: Edgar wog das Glas schnell hin und her, so als ob er hoffte, dass sich dadurch die Wirkung des Gerstensafts verdoppeln würde, und Tillmann musste immer noch seinen inneren Schweinehund überwinden, um nicht doch noch seine kleine Spezi zu bestellen. Und ich? Na ja, mir fiel spontan auch nicht ein, worauf ich so stolz sein konnte, dass ich es jetzt meinen Freunden hätte erzählen können. Für einen Moment überlegte ich, ob das Erklimmen der fünf Stockwerke nicht doch erwähnenswert war, entschied mich dann aber dagegen – schließlich wohnte Edgar sogar im sechsten ...

»Also, dann müssen wir wohl mal wieder auf mich anstoßen«, fuhr Rico plötzlich mit besonders stolzgeschwellter Brust fort.

»Yo Bruder, auf dich und auf alle Rastas!«

»Ja ... äh ... auf dich.«

»Hast du etwa wieder ein neues Unternehmen gegründet?«, seufzte ich in der Befürchtung, dass gleich eine Firmenpräsentation folgen würde – und ehrlich gesagt auch ein wenig aus Neid.

»Hehe, nein, ich bin doch kein Rockefeller. Na ja, vielleicht mache ich ihm höchstens in puncto Glück ein wenig Konkurrenz. Nein, dieses Mal geht es um etwas viel Wichtigeres. Eigentlich wollte ich es noch eine Weile für mich behalten, aber ich schaffe es einfach nicht, denn es macht mich so wahnsinnig stolz! Tilly, von mir aus darfst du es gleich raus in die Welt posten! Du, Edgar, erzähl es bitte all deinen grünen Giraffen und blauen Elefanten! Und du, David, kannst so viele ironische Bemerkungen abfeuern, wie du willst ...!«

»Cool Bruder! Du hast meine Liebe, man!«

Stille.

Ich platzte fast vor Neugier, obwohl ich ahnte, was da im Busch steckte: »Ja, und was darf denn die ganze Welt erfahren!?«

»Ach so, hehe, tut mir leid, aber ich bin noch ganz durch den Wind ... Daniela hat es mir vorhin erst erzählt. Ich ... werde ... Vater!«

Obwohl bereits leise befürchtet, traf mich diese Tatsache wie aus heiterem Himmel. Keine Frage, dass ich Rico sein Vaterglück gönnte, aber mit Daniela ...? Doch jetzt war nicht die richtige Zeit, um über die daraus folgenden Konsequenzen für unsere Freundschaft nachzudenken, denn Ricos Geständnis erforderte eine angemessene Reaktion. Während Tillmann Rico noch nach möglichen Namen für das Baby fragte – das dauerte bei Tilly in der Regel immer eine Weile – wärmte ich meine Kiefermuskeln wieder auf: Wie ich es inzwischen hasste, schauspielern zu müssen!

Doch dazu kam es gar nicht mehr, denn in diesem Moment überschlugen sich die Ereignisse. Während Rico noch angestrengt darüber nachdachte, ob *Peaches* wirklich ein ernst zu nehmender Name für ein Mädchen war, wurde plötzlich die Tür aufgerissen. Ein stark torkelnder Mann betrat – oder besser, eroberte – die Kneipe. Jede Woche das Gleiche, dachte ich mir, als nun Jacek auf uns, mehr oder weniger zielstrebig, zusteuerte. Eine starke Brise Bierduft erfüllte die ohnehin schon dicke Luft, und bei seinem Körpergeruch sowie seinen abgewetzten Klamotten hätte er nie im Leben eine grüne Plakette erhalten. Jacek gehörte zu den bekanntesten Stadtstreichern. Seitdem er vor einigen Wochen versucht hatte, Geld zu verdienen, indem er vor dem *Bachelors* polnische Tanzlieder – natürlich stockbesoffen – aufführte, hatte er hier Hausverbot. Es war also nur eine Frage der Zeit, bis er wieder den ungeordneten Rückzug antreten musste. Jetzt aber stand er mit seinen, von der Kälte blau angelaufenen Händen, die einen starken Kontrast zu seiner tiefroten Nase bildeten, wild gestikulierend vor uns.

»Ich brauchen Hilfe von euch, Kollegen«, versuchte er so verständlich wie möglich zu klingen – was zugegebenermaßen nicht einfach bei all dem Gehickse und Gelalle war.

»Was ist denn passiert?«, hakte Rico nach.

»Aaach«, überschlug sich Jaceks eh schon soprane Stimme, »Polizei, Polizei! Mich suchen! Ihr können mich verstecken?«

Wir Jungs sahen uns im ganzen Raum nach einer Versteckmöglichkeit um und waren etwas irritiert, dass Jacek so penetrant auf den Tisch glotzte.

»Äh ... nein, Jacek! Vergiss es! Bei deiner Fahne wirst du selbst da unten sofort auffallen«, sagte ich im Namen von uns allen.

»Bitte, Kollegen! Ich flehen euch an! Jacek nix wollen in Knast! Jacek wollen frei sein wie Vogel ...«

Als ob er seine Gefühle noch verdeutlichen musste, breitete er jetzt seine Arme aus. Das war keine gute Idee ...

»Boah, hey Bruder, hör damit sofort auf, ja!? Peace and love, man, aber dein Stoff bringt meine Wirklichkeit echt ins Wanken, verstehst du?«

»Okay, schon gut«, erbarmte ich mich dann doch, »Tilly, lass ihn unter den Tisch kriechen!«

Tillmann musste herhalten, weil er zum einen eh am Rand saß und zum anderen niemand schneller als er gehorchte.

»Was hast du ... äh ... gemacht?«

Jaceks hochroter Kopf lugte unter dem Tisch hervor: »Aaach, wissen ihr, ich nix Schlimmes haben gemacht. Ich denken, Deutschland freies Land. Ich denken, Deutschland leben in Demografie. Aber neeein ...!«

Während ich meine Augen verdrehte – und parallel die Luft anhielt –, wurde Rico etwas bestimmter: »Jacek, was du gemacht hast ...!?«

»Ich denken, Land ist für alle. Also seien auch Straße für alle. Ich fahren auf Straße. Plötzlich kommen Polizeiwagen und stoppen armen Jacek. Armer Jacek, jaaa ...«

»Moment Bruder! Seit wann hast du einen Wagen? Man, das haut mich echt um!«

»Ja, was für ein Wagen eigentlich?«, vergaß ich vor Überraschung das Luftanhalten.

»Na, Einkaufswagen ...«

»Haha, ach so ... Unser Jacek nimmt also demnächst an illegalen Straßenrennen teil? In einem getunten Einkaufswagen mit Nitroeinspritzung – hm, eigentlich gar nicht mal so 'ne schlechte Idee ...«, wurde Rico plötzlich nachdenklich.

In der Zwischenzeit war auch Jenny auf den Obdachlosen aufmerksam geworden: »Jacek, du weißt doch, dass du hier Hausverbot hast, oder?«

»Naturlich, naturlich, ich vergessen nie Orte, wo seien schöne Damen!«

Da huschte wieder dieses zuckersüße, schüchterne Lächeln über ihr Gesicht.

Instinktiv schaltete ich mich ein und spielte den heldenhaften Vermittler »Kannst du nicht eine Ausnahme machen? Die Polizei ist hinter ihm her ...«

»Von meiner Seite aus würde ich das sehr gerne machen, aber wenn mein Chef davon erfährt ...«

Jenny hatte noch nicht ausgesprochen, als die Kneipentür in diesem Moment ein weiteres Mal aufgeschwungen wurde. Ich konnte nicht fassen, wer hereintrat: Es war der grauhaarige Jungbär in seiner blassblauen Dienstuniform! Ich war kurz davor, Jacek unter dem Tisch Gesellschaft zu leisten.

»Aha, wagen wir uns so nachher etwa ans Lenkrad?«, brummte er in meine Richtung.

»Tja, ob Sie das machen werden, weiß ich nicht. Ich werde es auf jeden Fall machen!« – dachte ich mir natürlich nur.

»Was gibt's denn, Herr Kommissar?«, fragte Rico mit unschuldigem Blick.

»150 Euro.«

»Häh, warum das?«

»Beamtenbeleidigung«, warf ich ein.

»Außerdem suche ich einen Penner.«

»Ha, ich denke, damit sind wir wieder quitt«, lachte Rico auf. »Aber mal ehrlich: Was wollen Sie denn mit einem Obdachlosen?«

»15 Euro.«

»Was? Warum das nun?«

»Gefährdung des Straßenverkehrs«, übersetzte ich für Rico.

»Aber ich habe doch nichts getan!«, protestierte dieser.

»Ich meine auch nicht Sie. Deshalb suche ich den Penner.«

»Ach so, hier ist er aber nicht ...«

Stille. In diesem Moment hätte man selbst Ameisen ein Blatt zerschneiden hören können, und ich fragte mich, wie lange es Jacek wohl schaffen würde, seinen Schluckauf weiterhin zu unterdrücken. Edgar verhielt sich so unauffällig, wie er nur konnte, da er genau wusste, dass seine grenzenlose Liebe bestimmt nicht von dem Uniformierten geteilt wurde. Tillmann wirkte verunsicherter als sonst. Und ich wusste nicht mehr, was ich in der Gegenwart dieses in sich gekehrten Sensibelchens noch sagen durfte, ohne eine weitere Geldstrafe aufgebrummt zu bekommen. Der Polizist rümpfte seine Nase angesichts des Biergeruchs, der sich mittlerweile unaufhaltsam seinen Weg unter dem Tisch hervorbahnte. Gerade wollte er sich bücken, als Jenny keinen Moment zu früh gedankenschnell reagierte, indem sie sich bei dem Uniformierten einhakte.

»Herr Lustig, wie wäre es mit einem frisch gezapften Pils?«

»Junge Dame, ich bin doch im Dienst.«

»Nein, seit genau zwei Minuten sind Sie das nicht mehr.«

»Sagen Sie nur ...«, blickte der gar nicht so lustige Lustig konzentriert auf seine Uhr. »Tatsächlich, ha, drei nach acht!«

Auf einmal schien Leben in sein Leben einzudringen. Aber das war nur eine Momentaufnahme, denn sofort meldete sich wieder sein

Pflichtbewusstsein zu Wort: »Aber ich kann jetzt nicht so ohne Weiteres die Fahndung abbrechen.«

»Warum denn nicht? Sie haben Ihren Dienst nach Vorschrift getan. Und außerdem sollten Sie Ihrem Berufsstand nicht seinen hart erarbeiteten Ruf ruinieren, nicht wahr?«

Ich zog die Luft scharf durch meine Zähne, denn ich erwartete, dass sich Jenny mit ihrer Bemerkung ebenfalls auf seine Fahndungsliste katapultiert hatte, doch es geschah genau das Gegenteil. Wahrscheinlich von ihren wild klimpernden Augen hypnotisiert, ließ er sich jetzt sogar zu einem angedeuteten Lächeln hinreißen: »Meinen Sie wirklich, junge Dame?«

»Na klar!«, schaltete sich Rico ein. »Setzen Sie sich einfach an die Bar und lassen Sie alles auf mich gehen. Ich werde nämlich bald Vater!«

Ich hatte das Gefühl, dass Lustig den Zusammenhang zwischen den beiden Sätzen nicht so ganz herstellen konnte, aber in Jennys Arm hätte er wahrscheinlich nicht mal eins und eins zusammenzählen können. Während er also so an der Bar saß, ergriffen wir die Gunst der Stunde und schleusten Jacek hinter dem Rücken des Beamten vorbei, indem wir ihn zu viert an Armen und Beinen packten und wie einen Sack Zement hinaustrugen – Mission erledigt!«

2. (Un-)Zähmbare Tiere

Fix und fertig schloss ich die Wohnungstür auf – obwohl ich dieses Mal den Aufzug benutzt hatte. Doch zu viele Dinge waren mir auf dem Weg vom *Bachelors* hierher durch den Kopf gegeistert. Allen voran natürlich Ricos Outing als werdender Vater, aber auch seine Frage nach den Heiratsplänen von Tina und mir. Und nicht zuletzt auch Jaceks Auftritt, der darin endete, dass wir ihn in dem hinter der Kneipe abgestellten Einkaufswagen betteten und ihn zudem eindringlich ermahnten, ein wenig leiser zu sein, falls der zivile Lustig irgendwann die Kneipe verlassen würde – wenn er die Nacht nicht sogar schlafend auf dem Tresen verbrachte. Doch noch während wir wieder zum Eingang zurückgingen, fing Jacek bereits von neuem an, aus Leibeskräften polnische Volkslieder in die Nacht herauszubrüllen. Also beschlossen wir, den Männerabend an dieser Stelle vorzeitig zu beenden, und nicht mehr reinzugehen.

Jetzt stand ich also abgehetzt im Eingangsbereich unserer Wohnung. Anhand drei Paar Schuhe, die nun neben dem Schuhschrank sorgfältig aufgereiht dastanden, wusste ich sofort, dass Tina da war. Sie meinte, dass es eine reine Vorsichtsmaßnahme sei, nicht nur ein Paar ins Geschäft mitzunehmen ... Klar, es konnte ja völlig überraschend einen Wintereinbruch geben, während sie sich im Büro aufhielt – obwohl, bei ihren Arbeitszeiten war das gar nicht mal so unwahrscheinlich ... Auch wenn es jetzt in der Wohnung absolut nicht nach Essen roch, ließ ich mich zu einer Frage hinreißen, für die ich mich, noch während ich sie stellte, selber hätte ohrfeigen können: »Hallo Schatz, hast du etwas zum Essen gemacht?«

Eine kurz angebundene Antwort folgte auch sogleich: »Habe ich denn etwa eine Kochmütze auf? Mach dir doch selber was!«

»Okay ... Warst du dann wenigstens einkaufen?«, setzte ich den Weg auf dem schmalen Grat fort und spürte sofort, dass ich die Situation damit nicht gerade entspannte.

In diesem Moment erschien Tina an der Türschwelle des Arbeitszimmers und sah mich mit funkelnden Augen an: »Ich bin gerade eben erst heimgekommen ... nach zwölf Stunden Arbeit! Und du, der sich hoffentlich bestens auf seinem, ha, Männerabend amüsiert hat, macht mir Vorwürfe, dass ich nicht einkaufen war!?«

Ich überlegte mir, ob ich ihr erzählen sollte, dass der Männerabend heute gar nicht so toll gewesen war, ließ es dann aber besser bleiben. Tina hatte sich sowieso schon wieder von mir abgewandt und saß nun an ihrem Arbeitstisch. In diesem Moment wurde mir klar, dass ich mich – mal wieder – wie ein spät pubertierender Vollidiot benommen hatte. Also folgte ich Tina ins Arbeitszimmer: »Hey, meine Maus ... Es ... es tut mir leid. Natürlich weiß ich, dass du sehr viel um die Ohren hast ... Wie war dein Tag?«

»Er ist es immer noch!«

»Wer ist was?«

»Na, der Tag, er ist noch lange nicht zu Ende!«

»Willst du ihn denn nicht entspannt ausklingen lassen?«, streichelte ich ihr zärtlich über den Rücken.

»Kann ich nicht!«, antwortete sie gereizt, und meine Maus wandte sich dabei wie eine Schlange, die sich aus den Fängen ihres Jägers zu befreien versucht.

»Also gut«, seufzte ich und nahm meine Hände weg. »Was machst du da?«

»Ich bereite eine Präsentation für ein wirklich wichtiges Meeting vor. Es findet bereits morgen statt ...«

Als ich noch darüber nachdachte, ob es für Tina auch unwichtige Meetings gab, fiel mir auf, dass sie bei dem Gedanken an den folgenden Tag tief durchatmen musste.

»Du machst dich noch ganz kaputt, Schatz! Du musst dir auch mal eine Pause gönnen.«

»Natürlich! Soll ich den Vorstandsvorsitzenden dann morgen etwa erzählen, dass ich die Präsentation nicht fertigstellen konnte, weil ich mich gestern ausruhen musste, um kein Burn-out zu bekommen?«

»Nein ...« – Obwohl, warum eigentlich nicht?

»Siehst du, ich MUSS sie heute noch fertigbekommen, und je weniger du mich dabei störst, desto eher schaffe ich das auch!«

Ich hatte den Wink mit dem Hinkelstein verstanden und zog mich sogleich beleidigt zurück. Frustriert durchsuchte ich die Küche nach etwas Nahrhaftem und wurde im »Mülleimer« fündig. Der »Mülleimer« war das Gefrierfach. Ich bezeichnete es heimlich so – und manchmal, wenn ich meinen Mund einfach nicht halten konnte, weil ich gerade dabei war, mich in ironische Rage zu reden, auch in Tinas Nähe –, weil es im Prinzip wirklich wie ein Mülleimer funktionierte. Tina packte alles, was wir nicht noch am gleichen Tag verbrauchten, dort hinein, oft auch Mahlzeiten, die vom Vortag noch übrig geblieben waren. Ihrem Verständnis nach blieb alles ewig haltbar, solange es nur unter den Gefrierpunkt heruntergekühlt wurde. Und so wühlte ich mich jetzt durch halb aufgegessenes Sushi, farblich wirklich interessante Hähnchenkeulen und künstlerisch wertvolle Tafelbrötchen ... Ich blieb bei der guten alten Tiefkühlpizza hängen. Obwohl mich, wie jedes Mal, die Neugier packte, das Mindesthaltbarkeitsdatum zu überprüfen, beherrschte ich mich und schob sie direkt in den Backofen. Wenn das Fertiggericht mal wieder ungenießbar sein sollte, würde ich es wie sonst auch machen und den Kois eine nicht alltägliche Mahlzeit zukommen lassen. Es war immer wieder von Neuem faszinierend, wie sich die dicken Brummer, Piranhas gleich, auf die Essensreste stürzten! Tina wusste von alldem natürlich nichts.

»Oh Mann, die stillen Hunde!«, fiel mir in diesem Moment mein Jackett ein. Sofort rannte ich zum Aquarium und zog es aus dem Wasser. Ein Glück, die Karpfen schwammen noch. Nur wie sie schwammen! Einer trudelte in Seitenlage durchs Aquarium, ein anderer hielt seine Unterseite an die Wasseroberfläche, und der dritte stieß unaufhörlich gegen die Glasscheibe.

»Shit!«, tastete ich nach der Jacketttasche und zog Selbiges hervor: Die Hülle, in die das Haschisch bisher sorgfältig eingewickelt gewesen war, war nun komplett durchnässt, sodass die Inhaltstoffe höchstwahrscheinlich hindurchdiffundiert und somit ans Wasser abgegeben worden waren. Die Fische durchlebten also gerade ihren ersten Rausch! Die Drogen gehörten natürlich nicht mir. Einmal dürft ihr raten, wem dann: genau, Edgar! Am vergangenen Wochenende war ich allerdings auf die heldenhafte Idee gekommen, das Haschisch für meinen Kumpel zu verstecken, als wir völlig unerwartet in eine Polizeikontrolle – ja, wir scheinen die Jungs förmlich anzuziehen – gerieten. Edgar wurde wie erwartet auf Herz und Nieren getestet – beide funktionierten noch einwandfrei ... wobei, bei Letzterem bin ich mir nicht mehr so hundertprozentig sicher. Unter dem Vorwand, mein Jackett trocknen zu müssen, spannte ich es nun quer vor das Aquarium ... nur für den Fall, dass Tina auf die trudelnden Fische aufmerksam werden sollte.

So verbrachte ich also den Abend samt Pizza – die Kois kamen nicht in ihren Genuss, aber die waren ja eh schon bis oben hin voll – vor der Glotze. Mir wurde wieder klar, warum ich den Abend lieber in einer verqualmten Kneipe anstatt vor dem Fernseher verbrachte, denn beides hatte in etwa die gleichen Auswirkungen auf die Intelligenz. Allerdings hatten die Kneipenbesuche den unschätzbaren Vorteil, dass wenigstens jede Woche etwas Unerwartetes geschah.

Kurz vor Mitternacht sprang ich wie entfesselt von der Couch ... Ich hatte geträumt. Nach einem kurzen Moment der Orientierungslosigkeit nutzte ich die Gelegenheit, dass ich eh schon stand, und schleppte mich ins Schlafzimmer: Das Bett war leer. Doch gerade als ich unter die Decke schlüpfen wollte, kam Tina hereingeschlappt. »Grr, da kommt ja meine Arbeitsbestie!«

Ich sah den Schlafzimmerblick in ihren Augen. Tina sah in ihrem Business-Outfit trotz der fortgeschrittenen Tageszeit immer noch wahnsinnig elegant aus. Außerdem brachte es die Rundungen ihres schlanken Körpers sehr gut zur Geltung – das waren auch im Berufsalltag schlagkräftige Argumente –, und das, obwohl sie, wie erwähnt, ein noch größerer Sportmuffel war als ich – Gevatter Bandwurm lässt grüßen … Ihre dunklen Haare trug sie als Pony, sodass diese ihren aufmerksamen, haselnussbraunen Augen nicht in die Quere kommen konnten. Auch ihr wohlgeformter Mund mit den tiefroten Lippen – okay, auch ein wenig durch den aufgetragenen Lippenstift bedingt – war, wie überhaupt ihr ganzes hübsches Gesicht, sehr schön anzusehen – leider benutzte sie ihn viel zu oft zum Reden und viel zu selten zum Lachen … Manchmal wünschte ich mir, Tina wäre sich ihrer eigenen Schönheit gar nicht so bewusst gewesen, denn im Laufe der Zeit hatte sie erkannt, dass sie dank ihres Aussehens früher oder später immer das bekam, was sie wollte.

Das Problem an ihrem Schlafzimmerblick war jetzt nur: Es war ein Schlafzimmerblick! Ich spannte meine Bauchmuskeln so gut wie möglich an – ich hatte das ungute Gefühl, dass meine Rückenwirbel jeden Moment ihren Dienst quittieren würden … Doch diese Art des Balzverhaltens hatte bei meiner Partnerin bisher immer zum Erfolg geführt. Jedoch …

»Nicht heute, Liebling! Ich möchte einfach nur noch ins Bett.«

»Oh ja, ich auch, nämlich mit dir!« – Ich beglückwünschte mich innerlich zu meiner meisterhaften Spontanität, aber Tina …

»Ich muss morgen sehr früh raus, außerdem habe ich …«

»… lass mich raten: Migräne!?«

»Das ist nicht witzig, David!«

»Natürlich nicht!«, nahm ich sie in die Arme und streichelte ihr über die Schläfen.

»Du bist süß«, bedankte sie sich mit einem Kuss.

Doch bevor ich Runde 2 des Showdowns eröffnen konnte, war Tina meinen Armen auch schon wieder entschlüpft.

»Lass uns die Zärtlichkeiten aufs Wochenende verschieben«, sagte sie gähnend – als ob man Zärtlichkeiten in einen Terminkalender zwängen konnte … »Ich werde nur noch schnell die Kois füttern, und dann brauche ich wirklich jede Sekunde Schlaf für morgen. Immerhin wird die Präsentation darüber entscheiden, ob wir die Sponsoren für unser neues Projekt begeistern können …«

»Nein!«, rief ich Tina vielleicht etwas zu eindringlich nach, denn sie drehte sich überrascht und mit fragendem Blick um. »Äh, ich meine … natürlich werden die Sponsoren beeindruckt sein … wenn nicht von der Präsentation, dann zumindest von dir! Ich … ich meine nur, dass du deine Fische nicht mehr füttern musst. Sie sind schon voll … äh … ich meine … versorgt …«

»Wirklich? Du bist ein Schatz! Aber ich sehe lieber doch noch einmal nach meinen anderen Schätzen, schließlich sind Kois ein halbes Vermögen wert!«

Das Haschisch aber auch, dachte ich.

Tina war schon auf dem Weg zum Aquarium, als ich sie kurz davor einholte: »Hör zu, Schatz, ich habe das Jackett davor gespannt, weil ich erst kürzlich gelesen habe, dass Fische – ja, auch Kois – sehr empfindlich auf Lichtreize reagieren. Also dachte ich mir, dass es für die Tiere besser ist, wenn die Wasserbeleuchtung künftig ausgeschaltet bleibt und tagsüber zusätzlich etwas vor das Aquarium gehängt wird.« – Ich nahm mir meine Erklärung nicht mal selber ab.

»Wo hast du das gelesen?«

»Hm, ich glaube … es war in irgendeinem Wissenschaftsmagazin. Ja, es stand in der Rubrik *Neueste Forschungsergebnisse* oder so ähnlich. Da stand neben dieser Erkenntnis auch so etwas wie ›Weiße Blutkörperchen: die Kannibalen unseres Körpers!‹ oder ‚… anhand einer statistischen Auswertung der DNA von zwei Testpersonen ist nun endgültig bewiesen, dass der Mensch vom Affen abstammt ...‹ Das scheint also alles wirklich gut recherchiert zu sein ...«

»Na ja, wenn das ein Wissenschaftsmagazin abdruckt, muss das stimmen ... Das ist wirklich süß von dir, dass du dich so um meine Kois kümmerst! Wenn ich heute bloß nicht so müde wäre ...«, enttäuschte Tina meine männliche Schaffenskraft erneut und ließ mich einfach stehen.

Wie ein begossener Pudel folgte ich ihr ins Schlafzimmer, wo sie sich bereits bettfertig gemacht hatte. Gedankenverloren grinste ich.

»Gib es auf, David! Ich bin heute einfach zu erschöpft!«

Ihr Frauen müsst aber auch immer nur an das Eine denken, oder?, schoss es mir durch den Kopf, denn ich hatte gerade lediglich daran denken müssen, wie ich Tina kennengelernt hatte: nämlich ebenfalls im Bett! Okay, das klingt jetzt vielleicht nach Party und viel Alkohol, doch es war nicht so, wie es sich anhört. Denn das besagte Bett stand in einem Möbelhaus ... Okay, das klingt auch nicht viel anständiger, aber in Wirklichkeit war es das: Sowohl Tina als auch ich waren auf der Suche nach DEM Bett unserer Träume – ich war damals kurz davor, eine eigene Wohnung zu kaufen –, als wir ES, eine Sonderanfertigung, gleichzeitig entdeckten. Mit ihrem feurigen Temperament versuchte sie, mich mit allen Mitteln von dort zu vergraulen, also ließ ich mich kurz entschlossen auf das Bett plumpsen. Siegesgewiss lächelte ich sie an, aber sie gab nicht so ohne Weiteres auf und legte sich neben mich, während sie mich weiterhin angiftete. Ich konterte ruhig: »Tja, Mademoiselle, jetzt sind Sie mit Ihrem Latein aber auch am Ende, he? Um mich von hier wegzubekommen, müssen Sie sich allerdings schon etwas Besseres einfallen lassen!« Und tatsächlich verschwand sie auf der Stelle. Ich lächelte entspannt vor mich hin, denn das war wirklich mein Traumbett! Während ich so verträumt dalag, schob sich plötzlich ein glatzköpfiges Gesicht eines älteren Semesters, angefeuert von der Furie hinter ihm, in mein Blickfeld: »Ich nehme es gleich mit! Und egal, was Ihnen der Mann bietet, ich biete Ihnen mehr!« Von dem

Angestellten zur Schnecke gemacht, sprang ich mit einem Satz aus dem Bett und sah dabei dieses glitzernde Funkeln in ihren Augen, das mir irgendwie signalisierte, dass ich ihr gefiel. Das Bett gehörte ihr, doch in dem Moment meiner Niederlage hauchte sie mir vielsagend zu: »Wollen Sie mir nicht beim Aufbauen helfen? Ich habe gelesen, dass man mit einem Bett sofort einen ›Belastungstest‹ durchführen sollte ...« Nun ja, was soll ich sagen? Ich half ihr auch beim Aufbauen – die Frage, ob unser erstes Treffen insgesamt nicht doch etwas oberflächlich ablief, lasse ich mal im Raum stehen ...

Ohne Vorwarnung schaltete Tina jetzt das Licht aus, sodass ich mich im Dunkeln Richtung Bett vortasten musste – mysteriöserweise scheinen sich Gegenstände in der Dunkelheit zu verdoppeln ... Ich trat – wie konnte es auch anders sein – auf alle. Erleichtert erfühlten meine Hände dann aber doch noch die Bettdecke.

»Du wirst nicht glauben, was uns Rico heute erzählt hat«, bemerkte ich mit einem süffisanten Grinsen. Endlich wusste ich einmal vor Tina über irgendein Lebensdetail aus seinem oder Danielas Leben Bescheid.

»Hat der alte Quatschkopf Rico etwa ausgeplaudert, dass Daniela schwanger ist?«

Mein Grinsen erstarb augenblicklich. »Dann hat dir das wohl Daniela, die alte Brabbeltante, erzählt!?«

»Ja, mit dem kleinen, aber feinen Unterschied, dass sie als Mutter das Recht hat, zu bestimmen, wann sie es wem erzählt.«

»Und? Hat Rico als Vater deshalb nicht das Recht?«

»Ach, Rico ist vielleicht der Erzeuger, aber Vater? Die ganze Arbeit bleibt doch eh an uns Frauen hängen!«

Ich begriff nicht so ganz, wo Tina nun genau den Unterschied zwischen beidem sah, aber ich entschied mich, die zunehmend stürmischer werdenden Wogen mit meinem feinfühligen Humor zu glätten: »Wenn sich Rico aber bereit erklärt, das Baby für viereinhalb Monate leihweise auszutragen, dann darf er sich doch Vater nennen, oder?«

»Du bist ein Idiot! Ihr Männer stellt euch das immer so einfach vor: Da gebt ihr fünf Minuten Vollgas, dreht dann neun Monate lang die Däumchen und lasst euch dann wie Champignons-League-Sieger feiern!«

In Gedanken korrigierte ich diesen tollen Fußballwettbewerb und überlegte gleichzeitig, ob – so wie Tina über das Mutterwerden philosophierte – womöglich nicht bereits ein halbes Dutzend kleiner Tinchens durch die Welt stolperten. Oder hatte sich Daniela mal wieder bei ihr ausgeheult?

»Was sollen wir denn deiner Meinung nach sonst tun?«

»Uns in dieser schweren Zeit zu verwöhnen, wäre schon mal ein Anfang!«

Schwere Zeit? Verwöhnen? Jetzt war ich derjenige, der nur noch schlafen wollte, aber nicht, ohne vorher noch zum finalen Gegenschlag auszuholen: »Okay, wenn du irgendwann einmal für ein Baby bereit sein solltest – vielleicht klappt es ja noch in diesem Leben –, dann werde ich dich acht Stunden am Tag nach aller Kunst verwöhnen, versprochen! Und nur deshalb acht Stunden, weil ich, wie so viele andere angehende Väter auch, acht Stunden arbeiten werde, um das Geld für die Familie zu verdienen. Die restlichen acht Stunden werde ich dann – übrigens wie viele andere nicht angehende Väter auch – zum Schlafen brauchen!«

Stille. Ich fragte mich, ob Tina nicht schon eingeschlafen war, und ehrlich gesagt, hoffte ich das auch insgeheim, da es mir bereits leidtat, so reagiert zu haben. Gerade als ich mich beruhigt schlafen legen wollte, kam der unerwartete Gegenangriff von der linken Flanke, der wie ein Frontalschlag wirkte.

»Samstag, Punkt 10 Uhr in der Stadt.«

»Seit wann gehst du denn wieder auf den Markt? Ich dachte, das Gemüse wäre im Bioladen gesünder, schließlich ist es ja auch teurer ...«

»Wir gehen auch nicht auf den Markt. Wir treffen uns mit Daniela und Rico zum ...«

Meine Augen weiteten sich vor Entsetzen, als Tina jetzt das gespenstische Wort mit dem doppelten P in den Mund nahm. Mir war so, als ob in diesem Moment irgendwo ein Fenster vom Wind zugeschlagen wurde, ein Blitz das Dunkel der Nacht durchriss, ein Werwolf in der Ferne sein Klagelied anstimmte und eine Standuhr ihr monotones, unaufhörliches Schlagen durch einen riesengroßen, düsteren Saal erklingen ließ. Selbst in meinen Träumen konnte ich Tinas letzten Worten nicht mehr entkommen. Sie standen überall: Auf den Wänden, auf dem Badezimmerspiegel ... einfach überall: »Wir treffen uns zum SHOPPEN!«

3. Edgar

Yo, ich soll also etwas über meinen *idren* sagen? Man, ich weiß nicht ...
David ist nicht irgendwer! David ist David, verstehst du? Love and
peace, aber ich rede nicht gern über meine Brüder, wenn sie nichts
davon wissen, okay!? Yo, was? Dann über mich? Heeey, immer cool
bleiben ... Okay, David wird schon nicht austicken ... es gibt eh nur
Gutes über ihn zu berichten!

Yo, David und ich, wir sind schon seit unserer Kindheit Freunde.
Mein *dada* – was, du verstehst mich nicht? Okay, ich schreib dir eine
Liste* mit den Übersetzungen zusammen, ja? Also, *dada* kam vor vielen Jahren aus Jamaika hierher. Ich war noch ein kleiner *buoi*. Meine
madda und meine vier *sistren* blieben in unserer Heimat. Obwohl er
immer ein ungutes Gefühl gehabt hatte, wenn er über *Babylon* sprach,
kam er trotzdem hierher, um genug *moni* zu verdienen, sodass wir
eines Tages in das gelobte Land unserer Vorfahren – nach Äthiopien –
zurückkehren konnten. *Dada* lernte Davids Eltern an einem *sondi* im
Hause *Jahs* kennen. David wurde für mich wie ein Bruder. Wir spielten oft zusammen im Sandkasten. Yo, mein Bruder schenkte mir einmal sogar einen seiner *trocks*, mit denen wir immer durch den Sand
fuhren. *Riispekt*, dass seine Eltern sich nicht von uns abwandten, wie
es all die anderen *piepl* taten. Sogar die in der Kirche ... Meine Eltern
hatten mich immer gelehrt, dass *riispekt* gegenüber anderen das Wichtigste im Leben sei. Deshalb konnte ich nicht verstehen, warum uns die
anderen so schlecht behandelten ... Nur David und seine *fambli* waren
ein Lichtblick: Sie halfen meinem *dada*, eine Wohnung sowie Arbeit
zu finden und dazu diesen ganzen Verwaltungsmist zu überleben.

Im Kindergarten spielten wir immer zusammen: meine Brüder
David und Tillmann und ich. Überall, wo wir waren, war niemand

---

* Übersetzung siehe Ende des Kapitels.

anderes. Alle anderen *children* lachten mich aus und nannten mich *klaat*. Mein *dada* musste mich oft trösten. Er sagte mir, dass nicht die Kinder schuld seien, sondern ihre Eltern, die sie falsch erzogen hatten. Dabei hatte er es nicht einfacher. Er brachte immer *haard moni* nach Hause: Er arbeitete in einer Kläranlage. Und er verbrachte sogar seine Mittagspause alleine, ausgeschlossen von den anderen Arbeitern. Aber mein *dada* war ein weiser *maan*. Selbst in dieser schweren Zeit war er davon überzeugt, dass uns *Jah* irgendwann belohnen würde, wenn wir nur weiterhin so lebten, wie es ihm gefiel.

Doch es wurde nicht leichter ... Die Wege von David, Tillmann und mir trennten sich nach dem Kindergarten. Weil mich die Lehrer wegen meiner Hautfarbe schon von vornherein immer als *klaat* abgestempelt hatten, musste ich auf die Sonderschule. David sah ich daraufhin nur noch jeden *sondi* in der Kirche, Tillmann sogar noch seltener. In dieser Zeit fragte ich *dada* fast täglich, warum wir eigentlich nach *Babylon* gekommen waren. Anfangs brauchte er lange, um mir so zu antworten, dass ich es begriff. Er sprach von einem besseren *laif* für mich und ihn, so hatte er sich das zumindest vorgestellt. Und er sprach von der Hoffnung, dass wir nur noch eine Weile durchhalten mussten, bis wir das *moni* für das gelobte Land beisammenhatten.

Aber es dauerte immer länger. Aus einem *jier* wurden zwei, aus zwei vier, und am Ende war es sogar ein ganzes Jahrzehnt. Das Einzige, das uns in all den *jiers* zusammenhielt, war unsere gegenseitige Verbundenheit, aber auch die jährlichen Besuche zu Hause.

Kurz nachdem ich volljährig geworden war, geschah die Katastrophe: Bei meinem *dada* wurde Krebs im fortgeschrittenen Stadium festgestellt ... in der Bauchspeicheldrüse. Der *doktah* gab ihm nur noch wenige Wochen, aber noch bevor wir ein letztes Mal nach Hause fliegen konnten, musste er ins *hospital* eingeliefert werden. Er kam dort nicht mehr heraus ... Ich weiß nicht, warum ich hier geblieben bin. Vielleicht aus Angst, dass ich nicht für meine *madda* und meine *sistren* sorgen könnte … Ich will es gar nicht mehr wissen!

Nach seinem Tod waren meine Brüder immer für mich da. *Dada* hatte recht gehabt, als er mich lehrte, dass man Liebe erhält, wenn man bereit dazu ist, Liebe zu geben …

Yo, jetzt habe ich also doch von mir erzählt! Bewahre es für dich, mein Bruder! Und wirf mir nicht vor, dass ich mir das Leben seitdem zu einfach machen würde, ja? Es gibt nun mal Dinge, die du einfach nicht verstehen kannst, Bruder!

Wie gesagt, David war auch in der dunkelsten Zeit zur Stelle. *Gaidanz!* Mein Bruder ist einfach ein cooler Typ. Er sieht genau, wenn jemand in Not ist. Er ist ein richtiger Rasta … Letzte Woche hat er … hey, ist doch unwichtig, was es war, jedenfalls hat er für mich etwas versteckt. Genauso wie wir den *bugujaga* bei unserem letzten Treffen versteckt haben. Ein anderes Mal hat er mich bei seinen Eltern untergebracht, als ich gewarnt wurde, dass die *polies* meine Wohnung durch … hey, das ist doch auch unwichtig … Er hat mich einfach dort untergebracht, okay? Ich habe aber das Gefühl, dass mein *idren* nicht so glücklich ist, wie er immer vorgibt … Damit meine ich nicht, dass er ein *laiard* ist, nein, nein! Ich glaube eher, dass er sich das selber nicht eingestehen will. Yo, ich weiß nicht, aber vielleicht hat er noch ganz große Träume …

Love and peace, Bruder, aber ich spüre, dass mich die andere Welt langsam zu sich zieht … Deshalb ist es besser, hier zu stoppen, okay? *Gaidanz*, Bruder!

Übersetzung Patois (jamaikanisches Kreolisch) ins Deutsche

idren	Bruder
dada	Vater
buoi	Junge
madda	Mutter
sistren (pl.)	Schwestern
Babylon	korrupte Welt, System; umgangssprachlich für die westliche Welt
moni	Geld
sondi	Sonntag
Jah	Gott
trock	Lastwagen
riispekt	Respekt
piepl	Menschen
fambli	Familie
children (pl.)	Kinder
klaat	Depp
haard moni	schwer verdientes Geld
maan	Mann
laif	Leben
jier	Jahr
doktah	Arzt
hospital	Krankenhaus
Gaidanz!	Gott schütze dich!
bugujaga	Obdachloser
polies	Polizei
laiard	Lügner

4. Men at work

Motiviert wie ein Pubertierender beim Auswendiglernen historischer Ereignisse zu Zeiten der Weimarer Republik, stapfte ich durch die Eingangshalle. Das Schöne an meinem Beruf als gestaltungstechnischer Assistent allerdings war, dass ich ohne einen dieser nervigen Aktenkoffer – Symbol der unterjochten Arbeitnehmer – antanzen durfte. Alles, was ich zum Arbeiten brauchte, war mein Kopf. War der leer, so wie heute, stand ich allerdings mit nichts da …

Als ich vorhin nach einer unruhigen Nacht aufgestanden war, hatte sich Tina längst wieder aus dem Staub gemacht. Das musste so früh passiert sein, dass ich das Gefühl hatte, dass sich ebendieser bereits auf ihr Kopfkissen gelegt hatte – die Bettdecke hatte ich vollständig beschlagnahmt. Netterweise – oder soll ich leider sagen? – dachte sie beim Kaffeemachen immer an mich, sodass täglich exakt eine Tasse für mich übrig blieb. Warum tat sie das eigentlich gerade beim Kaffeemachen? Nun ja, jedenfalls war das Gebräu à la Tina stärker als ein türkischer Mokka gestreckt mit Terpentin. Für einen Moment blitzte ein Gedanke in meinem Kopf auf, der mich in Richtung Aquarium blicken ließ … Glücklicherweise war ich aber noch so müde, dass die Idee sofort wieder in den nebligen Wäldern meiner Gedankenwelt verschwand.

»Einen wunderschönen guten Morgen, David!«, quietschte mich in diesem Moment etwas von der Seite an.

Langsam drehte ich – immer noch etwas schlaftrunken – meinen Kopf: Es war Sarah, die mich hinter dem Empfangstresen mit ihrem breiten Grinsen förmlich auffressen wollte. Einzigartigerweise – okay, das sage ich jetzt als Mann – war sie einfach immer gut drauf. Quasi eine Mischung aus Rico – wenn es ihm privat gut ging – und Edgar – wenn es seinen Pflanzen gut ging. Klar, es war ja schließlich auch ihr Job, freundlich zu sein, aber ich zweifelte kein bisschen daran, dass Sarah auch in ihrem Feierabend noch genug gute Laune übrig hatte, um sogar die täglich zunehmenden Dellen an ihrem Kombi wegzulächeln. Allerdings beteuerte sie stets – natürlich lächelnd –, dass das weniger an ihrem Ausparkstil liege, als vielmehr daran, dass die anderen Autos *ungünstig* geparkt seien ... Mann weiß es ja nicht ...

»Morgen Sarah«, brummte ich, wobei ich das erste Wort fast komplett verschluckte.

»Das heißt doch GUTEN Morgen«, tadelte sie mich besserwisserisch. Anscheinend hatte sie sich mein »Morgen« doch irgendwie zusammengereimt.

»Ja, wie auch immer ...«

»Mensch, David! Ein bisschen bessere Laune, ja? Wir sind doch hier immerhin an einem Ort der Kreativität, der Lust, der Freude ...!«

Jetzt war ich wach! Meister Zynismus wurde geradezu heraufbeschworen, angesichts der weit ausholenden Gesten, mit denen Sarah ihre Worte untermalte. Dabei kam sie ihrer randlosen Gleitsichtbrille zu nahe, sodass diese nur noch an einem Ohr hing. Ohne Brille, mit diesem Maulwurfsblick, sah sie wirklich zum Knuddeln aus. Sie grinste natürlich. Lust? Freude? Ich überlegte kurz, ob ich mich nicht in das falsche Gebäude verirrt hatte, und ob nicht über dem Eingang ein rot aufleuchtendes Reklameschild mit einer vollbusigen Dame darauf aufgestellt war. Vielleicht sollten wir die Arbeitsplätze tauschen, dachte ich mir. Bei ihrem unerschöpflichen Reservoir an Optimismus würden sicherlich ein paar richtig gute Werbeslogans entstehen ...

»Ich werd mein Bestes geben. Zufrieden, Sarah?«

Sie quietschte etwas Zustimmendes und legte noch ein »So ein hübscher Mann und so eine hässliche Stimmung« nach.

Erleichtert atmete ich auf, als ich nun die Tür meines Büros hinter mir zuschlug. Na ja, an für sich war das gar nicht mein Büro, zumindest nicht nur ...

»Och, Davidschatz! So ein Lärm am frühen Morgeeen! Das ist ja noch schlimmer, als wenn Mark unter der Dusche *The Time Of My Life* singt!«

Was sich wie eine ganz normale Reaktion Tinas anhörte, war eine ganz normale Reaktion Torstens, allerdings dank der sehr nasalen Aussprache weniger ernst zu nehmen ...

»Aber lass dich doch erstma' drückeeen! Wie geht's dir denn, mein Hübscheeer?«

Noch während Torsten auf mich zugetrippelt kam, nahm ich eine abwehrende Haltung ein: »Lieber nicht, ich hab heute ziemlichen Mundgeruch, weißt du ...« In Gedanken hakte ich den Freitag in meiner allwöchentlichen Ausredenliste, die folgendermaßen aussah, ab:

Montag: Kater. Nachwirkungen vom Wochenende – und damit extreme Übergebensgefahr! Und nein, Torsten, ich habe mir auch dieses Wochenende nicht deinen Stammklub *Pinky Pants* angesehen. Du weißt doch, dass ich dir vorher Bescheid geben würde.

Dienstag: Encephalogenes Heiserkeitssyndrom der oberen und mittleren, und manchmal auch der unteren Atemwege – je nachdem, wie schlimm Torstens Aufdringlichkeit an diesem Tag war. Das klang professionell und hatte den unschätzbaren Vorteil, dass mich dann sogar Torsten phasenweise ganz in Ruhe ließ.

Mittwoch: Migräne! Ja, richtig gelesen. Diese Ausrede hatte sogar – oder vielleicht gerade – vor Torsten bestand. Daraufhin war er jedes Mal noch einfühlsamer und gab mir Hunderte gut gemeinte Ratschläge, wie die Kopfschmerzen zu besiegen seien. Der absolute Klassiker dabei war: »Stecke deinen Kopf für ein paar Sekunden in ein Fass mit Eiswasseeer!« – Ah, okay, ich schau mal kurz nach ... warte ... ne, hab leider gerade keins dabei ... aber trotzdem danke!

Donnerstag: Wahlweise Deo oder Parfüm vergessen aufzutragen. Es war vielleicht die beste Ausrede der ganzen Woche ... Torsten verzog dann nämlich immer den Mund, als ob er gerade in eine riesengroße, kugelrunde ... Zitrone gebissen hätte: »David, so was DARF man einfach nicht vergessen ...!« Warum ich die Ausrede dann nicht jeden Tag benutzte? Weil Torsten einen sehr guten Geruchssinn hatte.

Na ja, und freitags war dann eben das mit dem Mundgeruch dran. Zugegebenermaßen vielleicht das schwächste Argument von allen, aber hey, an sich war meine Liste eh für die Katz! Torsten nämlich schien durch meine vorgetäuschten Situationen nur noch mehr Fürsorge zu entwickeln ... Jetzt umarmte er mich – wie konnte es auch anders sein – trotz meiner Vorwarnung.

»Ach, so schlimm ist es doch gar nicht! Was meinst du, wie Mark heute Morgen nach seinem Eier-Zwiebel-Omelett gerochen hat ... Aber er meint, dass es seinen Muskeln richtig guttut. Und für einen Kuss, hihi, kann man nie schlimm genug riecheeen!«

Zum Glück sind wir beide noch nicht so weit, dachte ich und verdrehte dabei die Augen.

»Wie geht es dir, Davidschatz?«

»Ja, und dir?«

»Ach, weißt du, ich bin mit mir zufrieden.«

»Gut, gut ...«

Bis jetzt war es wie eine richtige Begrüßung unter Männern gewesen, na ja, vielleicht abgesehen von dem fehlenden anerkennenden Schulterklopfen. Mit Torsten lief allerdings alles ein wenig anders ab: Gerade als ich mich nach den drei Sekunden Höflichkeitsblick meinem Schreibtisch zuwenden wollte, legte er so richtig los:

»Weißt du, was ich scheiße findeee?« Da es eine rhetorische Frage war, sah ich ihn nur bemüht erwartungsvoll an. »Intolerante Arschgesichter, die meinen, dass sie was Besseres wären, nur weil ihr nanometergroßes Hirn von mehr Testosteron gesteuert wird! Vorhin in der Straßenbahn hat mich so ein Arsch in 'ner Lederjacke und mit einer wahnsinnig coolen Sonnenbrille angemacht. Er hat mich doch tatsächlich gefragt, ob ich als kleines Kind zu lange im heißen Wasser gebadet worden wäre. Soll ich dir mal sagen, was ich von solchen Arschgeigen halteee?« Wieder so 'ne rhetorische Frage, also Klappe halten ... »Unzufrieden sind die doch! Unzufrieden mit sich selbst! Warum müssen die sonst Menschen anmachen, die ein bisschen anders sind, heeeh? Das tun die doch nur, damit sie sich von ihrer eigenen Scheißsituation ablenken können!«

Torsten sah mich direkt an: Er erwartete Unterstützung.

»Na ja ... ja! Ich denke, da ist schon etwas Wahres dran ... Haben bei ihm anschließend die Glocken geschellt?«

»Ach, wo denkst du denn hin, Davidschatz? Ich lebe doch nicht nach dem Auge um Auge-Prinzip.«

Mir war nicht ganz klar, welche zwei Augen Torsten jetzt genau miteinander in Verbindung gebracht hatte, aber das war auch egal, denn erstens hing davon nicht gerade das Wohlergehen der Erde ab, und zweitens trat in diesem Moment Toni durch die Tür, womit unser 3-Mann-Büro – na ja, sagen wir 2 ½-Mann-Büro aus Toleranz gegenüber Torsten – komplett war.

»Ciao Signora e Signore! Ich hoffe, ich stör euch nicht mitten in eurer vertrauten Zweisamkeit.«

Toni grinste. Es war schwer, dem inneren Drang, seine sorgfältig nach hinten gegelten Haare in einem Ringkampf wieder zu verstrubbeln, nicht nachzugeben. Allerdings wäre das auch ziemlich feige gewesen, denn Toni tat keiner Fliege etwas zuleide ... er erschoss sie eher mit Worten – und wenn es sich um ein weibliches Exemplar handelte, machte er ihr sicherlich einen Heiratsantrag ... Da italienisches Blut in seinen Adern wallte, schien er sich geradezu verpflichtet zu fühlen, jedem weiblichen Wesen unter den Rock schauen zu müssen. Das hatte auch schon unzählige Male geklappt, wie er versicherte. An einer Hand konnte man jedoch abzählen, wie oft er daraufhin ohne ein blaues Auge zur Arbeit erschienen war ... und auch heute ging kein weiterer Finger nach oben ...

»Na Toni, wieder mal einer überfallenen Frau zur Hilfe geeilt?«

»Nein David, dieses Mal ging es nicht um Leben und Tod.«

»Ach, sag bloß, ihr hat dein vor dem Spiegel eingeübtes Grinsen nicht gefallen.«

»Wieder falsch! Aber ich denke, das würde ein bisschen zu privat werden.«

»Als ob du dir jemals Gedanken um deine Privatsphäre gemacht hättest! Soweit ich mich erinnern kann, hast du doch auch dieses Foto ins Internet hochgeladen, auf dem du sturzbetrunken verkehrt herum auf einem davongaloppierenden Esel sitzt.«

»Es war eine Eselstute«, verbesserte Toni. »Und ja, bisher war ich immer sehr offen, was mein Privatleben anging. Aber das wird sich ab jetzt grundlegend ändern, denn ich habe SIE kennengelernt!«

Für einen Moment überlegte ich, ob Toni neuerdings das gleiche Gras wie Edgar rauchte und sich nun ebenfalls in den Fängen einer mysteriösen Organisation befand. Allerdings wurde er dann doch ein wenig – zum Glück nicht allzu sehr – konkreter:

»Es hat mich im Krankenhaus erwischt!« – Klar, bei seiner schlimmen Verletzung lag das nahe ...

»Hatte sie etwa auch ein blaues Auge?«

»Viel besser: Sie hatte zwei!«

»He?« – Warum um alles in der Welt sollte das bitteschön besser sein?

»Als ich nach der Operation wieder zu mir kam, sah ich direkt in ihre wunderschönen blauen Augen ...«

»Moment! Du hast dich operieren lassen?«

»Das war schon längst überfällig. Nasenbegradigung. Ambulant.

Gleich am Montag, damit ich so schnell wie möglich wieder arbeiten kann ...«

Da war wieder das einstudierte Lächeln – es fehlten allerdings noch einige Übungsstunden vor dem Spiegel bis zur Perfektion. Mir war nie aufgefallen, dass Toni eine Hexennase hätte. Gerade wollte ich Torsten, der mit verschränken Armen fast gleichgültig gegen seinen Tisch gelehnt dastand, ins Gespräch mit einbeziehen, indem ich ihn fragte, ob ihm denn aufgefallen sei, dass Toni die letzten vier Tage gefehlt habe, aber jetzt schwelgte der unverbesserliche Charmeur in seinen Erinnerungen:

»Wie sie mich angelächelt hat ...! Das hättet ihr mal sehen sollen ... Ich hab sie sofort nach ihrer Nummer gefragt ... und gleich danach selbstverständlich nach ihrem Namen ...«

»... und natürlich auch gleich unter ihren Rock gesehen, oder?«

»Hey, ich hab doch gesagt, dass es den alten Toni nicht mehr gibt! Sie hat mir dann später auch die Telefonnummer des Krankenhauses aufgeschrieben. Sie meinte, dass sie ihre Privatnummer nicht während der Arbeitszeit herausgeben dürfte, da das gegen die Dienstregeln oder so verstößt ...«

Ich tippte auf § 3 Abs. IV Allgemeines Gleichbehandlungsgesetz: Sexuelle Belästigung.

»... aber anscheinend war sie noch mehr durch den Wind als ich, denn als ich dort gestern anrief und 'ne ältere Frau nach Schwester Hanebüchen fragte, bekam ich durchs Telefon einen richtigen Sturm ab ...«

»Föhn.«

»Ne, danke, meine Haare sitzen perfekt!« – GRINSEN.

»Es heißt, *einen Föhn abbekommen*! Tja, Toni, dann wirst du dort wohl nochmals vorbeischauen müssen. Gut möglich, dass sie noch perplexer als du war. Hast du nämlich gewusst, dass sich unter Narkose der Großteil der Muskeln entspannt? Da hilft dann auch das einstudierteste Lächeln nichts ...«

Offenbar war das nicht nur unter Narkose so, denn auch in diesem Moment fiel sein Gesicht wie ein Kartenhäuschen in sich zusammen.

Gerade als sich Toni nach einer Deckung umsah, feuerte die Artillerie in Gestalt von Torsten ein Geschoss ab – nicht gerade die feine brüderliche Art ...

»Du bist doch genauso ein testosterongesteuertes Tentakeltrampeeel! Typen wie du sollten alle auf einer einsamen Insel ausgesetzt werden, an der in großer Entfernung einmal im Monat ein Schiff mit vollbusigen Frauen vorbeifährt!«

Mittlerweile hatte sich Toni wieder gefangen: »Wenigsten ticke ich da oben noch normal!« Er klopfte sich gegen den Kopf, der vom Klang her einer Bongo gar nicht so unähnlich war. »Dich sollte man mal dringend einer Therapie unterziehen!«

Beide warfen sich solch finstere Blicke zu, wie es höchstens noch Dortmund- und Schalkefans zustandebekommen, wenn sie sich durch das Blau beziehungsweise Gelb des Gegners in ihrer Ehre gekränkt fühlen ... und ich stand mittendrin!

»Was ist denn mit euch beiden los?«

Stille. Torsten wandte sich mit hochgezogener Nase ab, während Toni auf die Uhr blickte: »Der Chef erwartet uns! Also los!«

Die produktivste Zeit des Arbeitstages war also tatsächlich mal wieder angebrochen: Ideensammeln mit Herrn Behrens. Hinter mir hörte ich noch, wie Torsten Toni nachäffte, als er mich auf dem Gang wieder einholte und mir unvorbereitet in die Seite zwickte. Ich wollte mich gerade auf § 3 Abs. IV AGG berufen, als mein Blick auf ein kleines Fläschchen fiel, das mir Torsten jetzt entgegenstreckte: »Für dich, Davidschatz! Damit heute noch viele süße Worte aus deinem Mund strömeeen ...«

Es war ein Atemspray.

»Meine Herren, dann legen wir uns heute mal wieder richtig ins Zeug, hehe! Ich verlange von Ihnen einzigartige Ideen, abstrakte Kreativität und grenzenlose Spontanität!«

Anscheinend hatte unser Chef vor Kurzem mal wieder ein Motivationsseminar besucht. Mir fiel sofort Ricos Inselinstitut ein, aber für Sardinien war Herr Behrens dann doch etwas zu bleich. Auf jeden Fall hatte der Lehrgang aber zumindest eines gebracht: Er war motiviert.

Toni sah ihn angestrengt an, und es sah dabei fast so aus, als ob er in dem Gesicht unseres Chefs seine neue Flamme zu erkennen versuchte. Torsten dagegen saß mit überkreuzten Beinen da und war nun voll in seinem Element. Er würde so ein Motivationsseminar wohl nie nötig haben ...

»Wir haben zwei neue Anfragen bekommen: Bei der einen geht es um die Erstellung eines Werbeslogans für einen Dessoushersteller ...« – endlich grinste Toni wieder – »... bei der anderen um die grafische Gestaltung eines Kosmetikproduktes. Ich schlage vor, wir beginnen mit dem Werbeslogan. Und was bietet sich da besser an, als eine ...«

Mindmap. Natürlich! Es musste ein Motivationsseminar gewesen sein, denn neue Methoden zur Anregung der Kreativität hatte unser Chef offensichtlich nicht gelernt ...

»Die Ausgangssituation ist folgende: Der Kunde bietet hochwertige Seidendessous an, die dafür natürlich auch ihren Preis haben. Auf dem Werbematerial wird ein Unterwäschemodel mit Schlafzimmerblick abgebildet sein. Ja, genau so, Herr Amore! Wie ich sehe, haben sie sich schon ganz gut in die Situation reingedacht. Also, schießen Sie los, meine Herren! Und denken Sie daran: Es gibt keine schlechten Ideen, höchstens langweilige, hehe ...«

Das da kein Mops in Unterwäsche posieren würde, war mir schon irgendwie klar gewesen, und dennoch überlegte ich mir für einen Moment, ob ich nicht den Telefonjoker ziehen und Tina während ihrer Präsentation anrufen sollte. In etwa so:

ICH *(romantisch)*: »Hallo, hübsche Maus, wie geht's dir?«
TINA *(unromantisch)*: »Was soll das, David? Du weißt doch ganz genau, dass ich mich momentan mitten in einem Vortrag befinde!«

ICH *(verzweifelt romantisch)*: »Ja schon, aber ... ich wollte einfach mal kurz deine Stimme hören ...«

TINA *(alle romantischen Gefühle nehmend)*: »Das hast du ja hiermit!«

ICH *(romantisch verzweifelt)*: »Hm, ja, danke ... na ja, und dann wollte ich dich noch um deine Meinung bitten: Es geht um den Slogan für eine Dessouswerbung ... Tina? Bist du noch dran?«

TINA *(romantische Stille)*: »...«

ICH *(desillusioniert)*: »Aufgelegt ...«

Während ich noch darüber nachdachte, ob Tina und ich irgendwann einmal auf einem weißen Schimmel dem Sonnenuntergang entgegenreiten würden, legten die beiden Kreativitätsdepots neben mir bereits los:

»Wie wäre es mit *Reizvolle Dessous für reizvolle Abendeee*?«

»Oder noch besser: *Dessous zum Anbeißen.*« – Mann sah Toni an, dass er nun mit seiner Leistung für heute zufrieden war.

»Ja, ja, das ist schon gar nicht schlecht«, kritzelte Behrens irgendwelche Hieroglyphen – das abgeschlossene Ägyptologiestudium musste sich ja schließlich irgendwie bezahlt machen – auf die Magnettafel. »Vielleicht noch etwas gewagter, etwas sinnlicher ...«

»Ich hab's!« Toni griff doch noch mal voll an: »*Heiße Dessous für kalte Winterabende.*«

»Ja, durchaus, durchaus ... Was ist mit Ihnen, Herr Grichting?« Erwartungsvoll sah mich Behrens an.

»Hm, na ja ... ich bin für etwas Ehrliches wie: *Knappe Höschen. Dafür aber auch knapp bei Kasse!*«

Entgeistert sah mich Behrens an: »Also, das ... das soll wohl ein Witz sein! Wir können unserem Kunden doch nicht so *hanebüchene* Sachen auftischen! Ich bitte um etwas mehr Ernsthaftigkeit ... äh ... ich meine ernsthafte Begeisterung!«

In Tonis Augen wirkte das Adjektiv »*hanebüchen*« wie ein unsichtbarer Fingerzeig, sodass er sich augenblicklich erhob.

»Wo wollen Sie denn hin, Herr Amore?«

»Ich muss nur kurz raus ... bin gleich wieder da.«

»Vergiss ja nicht, unter deiner Privatnummer im Krankenhaus anzurufeeen!«

»Du ...« Toni war kurz davor, Torsten an die zarte Gurgel zu springen.

»Sie wollen uns in der Kreativitätsphase wirklich wegen eines Telefonats verlassen? Ich hoffe, dass Sie einen sehr guten Grund dafür haben.«

»Äh ... eigentlich ... Passen Sie auf, Herr Behrens ...« – Jetzt waren drei Augenpaare auf Toni gerichtet. »Können wir nicht einen Deal machen? Ich liefere Ihnen einen richtigen Hammer, und dafür darf ich dann ganz kurz telefonieren gehen, okay?«

Erwartungsvoll sah ihn Behrens an.

»Also gut ... warten Sie ... ich hab's: *Weniger macht Lust auf mehr!*«

Während Toni bereits wieder auf die Tür zuging, schlug Behrens mit der Faust auf den Tisch: »Genial, Herr Amore! Einfach genial! Präzise und dennoch anzüglich! Ja, Sie sind mein Mann!«

Zum ersten Mal heute war ich mir in diesem Augenblick nicht sicher, ob Toni in diesem Moment selbstzufrieden grinste oder in Gedanken bereits bei Schwester Hanebüchen war.

Obwohl wir den ersten Punkt schneller als erwartet abgearbeitet hatten, verschoben wir die Besprechung der grafischen Gestaltung für das Kosmetikprodukt auf den Nachmittag. So hatten Torsten und ich – na ja, eher Torsten – in der Mittagspause Zeit zu reden. In der überraschend akzeptablen Kantine bestellten wir Putenfilets – O-Ton Torsten: »Aber bitte nicht so ein Zäheees!« –, und er flippte total aus, als er die Früchte hinter der Theke entdeckte: »Ui, sieh mal David, die haben Litschieeees!« Erstaunt drehten die Leute ihre Köpfe – nur die Besucher, denn die anderen kannten Torsten ja mittlerweile und vergruben ihre Gesichter deshalb lieber in ihrem Pilzragout. Als ich Torsten darauf ansprach, warum er und Toni sich neuerdings wie ein altes Ehepaar benahmen, nahm er die Farbe seiner kleinen Früchtchen an: »Du wirst es mir nicht glaubeeen ...«

Torsten nahm sich eine künstlerische Pause – bis jetzt glaubte ich also noch gar nichts ...

»Am Samstag war ich im *Pinky Pants*. Natürlich war ich dort! Ich muss ja schließlich immer ein Auge auf meinen Mark haben, wenn er seine Tanzauftritte hat ... Na ja, jedenfalls war ich etwa zwei Stunden dort – Superstimmung, sage ich dir! –, als gegen Mitternacht plötzlich ein Tumult im Klub entstand. Irgendwelche Kanaken ... okay, weil du's bist, Davidschatz ... irgendwelche Ausländer standen auf einmal auf der Tanzfläche und provozierten eine Schlägerei. Es war schrecklich! Überall Glas! Ich versuchte noch, Mark wegzuzerren, als ihm in diesem Moment jemand von hinten eine Flasche über den Kopf zog! Ich kümmerte mich sofort um mein Hasenpfötchen ... und ein paar Minuten später war auch schon alles wieder vorbei. Zurück blieben nur kaputte Stühle und mein armer, armer Schnuckel mit Kopfschmerzen. Und nun rate mal, wer unter diesen Ka...oten war ...«

Spontan tippte ich auf Toni: »Okay, dann wird mir so einiges klar ... Habt ihr denn Anzeige erstattet?«

»Nein. Der Sachschaden war sehr gering und die Verletzungen waren auch nicht so schlimm. Außerdem: Wen sollten wir denn anzeigen?«

»Toni? Oder gegen Unbekannt?«

»Ich will ihn da gar nicht mit reinzieheeen! Er stand da eh nur beteiligungslos, ja sogar ängstlich, herum ... Alles, was ich von ihm erwarte, ist eine ehrliche Entschuldigung!«

In Gedanken stellte ich mir vor, wie sich Toni entschuldigte: Es war ein noch größeres Gestotter als das von Tillmann während seiner früheren Schulvorträge ...

Zu dritt verließen wir das Firmengebäude. Die Nachmittagssitzung hatte unser Chef kurzfristig abgesagt – vielleicht musste er sich nochmals die Weisheitssprüche von den Aufnahmen während des Motivationsseminars anhören ... Ich fühlte mich wie ein D zwischen zwei T. Aber das war auch dringend nötig, denn Toni und Torsten funkelten sich immer noch aus mordlustigen Augen an, selbst als wir uns auf dem Parkplatz in ein »Schönes Wochenende« entließen.

Unterdessen konnte man ein blechernes Scheppern, gefolgt von einem lauten »Uiuiuiuiui« vernehmen ... Keine fünf Sekunden später fuhr eine winkende Sarah an uns vorbei.

Sie grinste.

5. Schuh oder Nicht-Schuh

Rico und ich watschelten unseren Ladys wie zwei Küken ihren Glucken hinterher. Wären wir nicht an deren Händen gefesselt gewesen, hätten wir uns ohne zu zögern von der Menschenmasse schlucken lassen, die Stuttgarts Innenstadt bereits um diese Uhrzeit unsicher machte. Und wäre uns das erst einmal gelungen, ohne dass unsere beiden Spürhunde die Witterung aufnahmen, hätten wir uns sofort zu einer Kneipe fernab der Shoppingmeile durchgeschlagen, und damit den Vormittag bei einem kühlen Bierchen um Längen entspannter verbringen können. So aber blieb uns nur die Hoffnung, dass wir unseren Plan spätestens dann umsetzen konnten, wenn wir beide, vollgepackt mit Einkaufstüten, keine Hand mehr freihatten, an denen uns Tina und Daniela, diese Geldvernichtungsmaschinen, hinter sich herziehen konnten. Aus dem Augenwinkel konnte ich erkennen, dass es offensichtlich nicht nur Rico und mir so erging – fehlte nur noch, dass die Königstraße bald in sein weibliches Pendant umbenannt wurde ...

»Schnell! Ich muss unbedingt noch diese roten High Heels aus Wildleder bekommen!«, zog Tina jetzt sogar noch das Tempo an.

Gerade wollte ich bemerken, dass sie erst letzten Monat genau solche Dinger mit nach Hause gebracht hatte, als ich einen tiefen Zug von dem frisch geräucherten Stockfisch inhalierte, der an einem Stand direkt neben uns zubereitet wurde.

»Ja, auf Rico, beeil dich mal ein bisschen! Wenn ich die dunkelbraunen Nappalederstiefel nicht bekomme, dann laufe ich Amok!«, schrie Daniela wie ein Berserker vor dem Angriff – aber der mampfte ja immerhin auch Fliegenpilze ...

»Das machst du ja jetzt schon ...«, bemerkte ich und erntete von ihr dafür ein erbostes »Idiot!«.

Als wir den Schuhladen erreicht hatten, war die Bindung zwischen Frau und Schuh dann doch größer als die zwischen Frau und Mann.

Zeitgleich ließen Tina und Daniela unsere Hände los: Die Jagd hatte begonnen! Rico und ich sahen uns an, zuckten mit den Schultern und stimmten ein breites Grinsen an. Doch Daniela schien das aus weiblicher Intuition heraus geahnt zu haben und schrie mit ihrer schrillen Stimme – obwohl schon irgendwo in dem Haarknäuel verschwunden –, zurück: »Bleib bloß da, Rico! Du musst schließlich zahlen!« – Ricos Grinsen erstarb augenblicklich.

»Komm, lass uns vor dem Laden warten …«, klopfte er mir auf den Rücken. »Von der Rundbank aus sehen wir ja, wann die Mädels fertig sind …«

»Na ja, spätestens wenn das Schaufensterglas von deren Gekreische da drin bricht, haben wir den vollen Durchblick …«

»Ha, ja das stimmt! Das ist wirklich schwer zu ertragen! Ich frage mich jedes Mal aufs Neue, warum Frauen so austicken, wenn sie auch nur die Worte *Schuh* oder *Klamotten* hören, aber dann kontert Daniela immer, dass sie wiederum nicht verstehen kann, warum wir Männer so ausrasten, wenn wir Fußball schauen …«

»Und dann?«

»Tja, dann … dann denke ich mir immer, dass es nun mal Dinge zwischen Himmel und Erde gibt, die Mann einfach nicht verstehen muss.«

Ich bewunderte Rico für seine wahnsinnig nüchterne Sichtweise, konnte mir aber auch gleichzeitig denken, dass es bei Daniela wenig Sinn ergab, auf das letzte Wort zu bestehen.

»Wie läuft's zwischen euch beiden, seitdem ihr von dem Baby wisst?«

»Wir freuen uns natürlich total! Daniela hat mich richtig süß auf mein Vaterglück vorbereitet, indem sie Babyklamotten für einen ganzen Kleiderschrank vom Shoppen mit nach Hause gebracht hat.«

Ich überlegte mir, ob es nicht auch schlicht und einfach sein konnte, dass sie in ihrem Kaufrausch versehentlich ins falsche Regal gegriffen hatte …

»Aber ihr wisst doch noch gar nicht, ob es ein Mädchen oder Junge wird ...«

»Ach, Dani meint, dass auch Jungs Rosa tragen können. Sie sind ja schließlich noch Babys!«

»Da bin ich mir nicht so sicher ...« – Vor meinem geistigen Auge tippelte ein in ein rosa Ganzkörperkondom eingewickelter Torsten mit Schnuller und Häubchen auf mich zu. »Und jetzt? Ich meine, habt ihr euch schon geeinigt, wie ihr künftig die Hausarbeit aufteilen werdet?«

»Nun mach mal halblang, David! Daniela ist zwar schwanger, aber deshalb noch lange nicht bewegungsunfähig. Ich werde selbstverständlich auch weiterhin das Geld nach Hause bringen, schließlich ist der kleine Zwerg ja schon jetzt hungrig, hehe.«

Ich musste ebenfalls lachen – auflachen: »Erzähl das mal Tina ...«

In diesem Moment fiel mein Blick auf eine bestimmte Frau. Irgendwie schien sie mit ihrem rötlichen, im Wind wehenden Haar, der kleinen Stupsnase sowie der legeren Kleidung die Menschenmenge um sich herum verschwinden zu lassen. Ich erkannte sofort, dass es Jenny war, doch sie sah mich nicht. Sie sah niemanden. Ihre Augen waren nur auf den Boden vor ihr gerichtet. Sie schien sehr traurig zu sein – so nah, und doch so fern ...

»Ich glaube, ich müsste ihr noch etwas ganz anderes erzählen ...«, holte mich Ricos Stimme wieder in die Realität zurück.

»Was? Wem?«

»Na Tina! So wie du gerade unsere Barkeeperin angesehen hast ...«

»Ach was, Jenny hat mir einfach leidgetan!«

»So, seid ihr beiden etwa schon beim Du?«

»Hey, wer brüllt den immer quer durchs *Bachelors*: ›Eine Runde hier, Jenny! Eine Runde da, Jenny!‹«

»Kneipe is' Kneipe ... aber schon okay, David. Ich wusste gar nicht, dass du neuerdings so leicht reizbar bist.«

Trotzig wie ein Kind, dessen Lolli in den Gullydeckel gefallen ist, und das nun nicht nachvollziehen kann, warum Mama gerade keinen Spaziergang durch die Unterwelt Stuttgarts machen möchte, starrte ich vor mich hin.

»Was ist mit dir los, Junge?«

»Puh, um das zu ergründen, bräuchten wir wohl 'nen ganzen Kasten ...«

»Okay, ist gebongt!«

»Was?«

»Na, der Kasten, David! Mann, ich glaube echt, dass dein Verstand vor ein paar Minuten in irgendeinem Gully verschwunden ist! Also: Ich spendier einen Kasten Bier, und dann hocken wir uns raus in die Weinberge und sprechen uns mal richtig aus, von Mann zu Mann, okay?«

»Musst du vorher nicht noch deine Frau um Erlaubnis bitten?«

»Hehe, guter Witz, David! Aber ob du's glaubst oder nicht: In dem Ehevertrag stand nirgends, nicht mal im Kleingedruckten – und du weißt, dass das niemand genauer liest als ich –, dass der Mann nach Eheschließung seine Stimmbänder an den Nagel hängen muss.«

Ich wollte gerade erwidern, dass es ja schon ausreiche, wenn die Frau die dickeren Stimmbänder besaß, als genau diese auch schon quer durch die Gegend knallten: »Rico ... Rico! Wo steckst du denn schon wieder!? Musst du denn immerzu quatschen?«

»Ja, ja«, brummte er und trottete in den Laden.

Quasi als Begleitschutz eskortierte ich ihn bis zur Kasse. Der Raum sah aus, als wäre dort gerade eine Bombe explodiert. Die Sessel für die Schuhanprobe waren umgeschmissen, aus den Angeln gehobene Regale lagen quer über den Boden verstreut, und die beratenden Verkäufer standen mit schwarzer Schuhcreme im Gesicht da – wahrscheinlich hatten sie die vorsorglich aufgetragen, um den Kamikazeangriff so gut getarnt wie möglich zu überleben. Wenn Mann den Laden mit einem Begriff beschreiben sollte, lautete der nun: AUSVERKAUFT. Nicht einmal in der hintersten Ecke lag jetzt noch ein Schuh herum. Der Krieg hatte allerdings – anders als beim Fußball, wo sich zwei Mannschaften und deren Fans nach einem herzzerreißenden Kampf zufrieden ein Unentschieden teilen konnten – neben Gewinnern auch Verlierer hervorgebracht. Tina gehörte zu Letzteren. Wie ein Häufchen Elend stand sie nun abseits der Triumphierenden, während sich ihre beste Freundin an ihrer Beute weidete ... Als ich sie tröstend in den Arm nahm, musste ich mir Sprüche anhören, gegen die Fangesänge während eines Derbys wie Kinderlieder wirkten: »Diese dumme Schnepfe hat mir die Schuhe vor der Nase weggeschnappt! Aber ich hab mir dein Gesicht gemerkt, du egoistische Ziege!« Als ich dem Weg der Schallwellen folgte, traf mich fast der Schlag: Obwohl ich den Adressaten von Tinas Tropensturm nur von hinten sah, war mir sofort klar, wer sich hinter den hochgesteckten Haaren verbarg, und spätestens als dann auch noch ein Typ mit Lipgloss und Eyeliner im Gesicht auftauchte, waren meine Restzweifel genommen: Es war Torsten ... Ich hätte nicht gedacht, dass er und Tina den gleichen Geschmack hatten ...

Wieder an der frischen Luft wurde ich merkwürdigerweise plötzlich Zeuge eines physikalischen Gesetzes:

Bereich: Magnetismus

Versuchspersonen: Rico, Tina, Daniela und ich

Versuchsaufbau: Rico rechts außen, daneben Daniela, neben mir Tina und ich links außen

Versuchsbeschreibung: Dass Tina sich wegen eines Paars Schuhen wie ein Kleinkind aufführte, hatte zur Folge, dass nun positiv geladene Elementarteilchen – Protonen – durch meinen Körper schossen. Tinas heruntergezogene Mundwinkel erinnerten dagegen eher an einen Politiker, dessen Wahl trotz gebrochener Versprechen nicht erwartungsgemäß ausgefallen war, sodass man den Eindruck haben konnte, dass sie so ziemlich alle negativ geladenen Elementarteilchen – Elektronen – der Umgebung aufgesaugt hatte. Bei Daniela sah das wiederum ganz anders aus: Dank ihrer neuesten Erwerbung schien ihr Körper nun wasserfallartig Glückshormone auszuschütten, sodass sie nur so vor Optimismus – hier Protonen – strotzte. Interessanterweise zeigte Rico allerdings Solidarität mit Tina, anstatt sich mit Daniela zu freuen, und lief deshalb nur missmutig neben seiner Protonenfrau her.

Versuchsauswertung: Das physikalische Phänomen der Anziehung zweier unterschiedlich geladener Elementarteilchen – also Protonen und Elektronen – sowie der Abstoßung zweier gleich geladener Teilchen wäre damit auch für den Bereich der zwischenmenschlichen Beziehungen nachgewiesen.

Wissenschaftliche Erkenntnis: Null Komma null, da endogene Faktoren wie Luftfeuchte, Alkoholgehalt und Mundflora der Teilnehmer nicht berücksichtigt wurden ...

Während wir uns nun also wieder durch die wandelnde Menschenmasse auf der Königstraße durchschlugen, keimte in mir ein Gedanke auf, den ich mir einfach nicht erklären konnte: Ich war drauf und dran meine Freundin mit dem Hinweis aufzumuntern, dass es ja noch andere Schuhgeschäfte in Stuttgart gäbe. Noch schlimmer aber war: Ich tat es auch! Noch im gleichen Moment spürte ich Ricos strafenden Blick. Allerdings fand meine Idee glücklicherweise keinen allzu großen Anklang ...

»Diese High Heels gibt es aber in keinem anderen Laden, denn das sind echte ...« Tina giftete mir irgendeinen italienischen Namen entgegen, mit dem ich allerdings nichts anfangen konnte.

»Genau! Wenn du mal einen Blick in die Prospekte werfen würdest, wüsstest du das!« – So schnell hatte sich also Daniela wieder mit ihrer Freundin verbündet...

Mangels Lobby unterdrückte ich den Wunsch, zum Gegenschlag anzusetzen, denn Rico hatte sich mit seinen Gedanken in der Zwischenzeit in irgendeine extraterrestrische Sphäre geflüchtet.

»Dann kauf ich mir eben einen Wintermantel ...«, äußerte Tina plötzlich bedrohlich ruhig.

»Ja, das ist 'ne super Idee! Der Winter kommt ja mittlerweile immer früher ...«, pflichtete ihr Daniela bei.

Meine Umgebung erzählte mir da etwas ganz anderes: Menschen liefen Mitte Dezember noch in leichten Pullovern und Hemden durch die City, und es war nur eine Frage der Zeit, bis auch die Tannenbaumverkäufer irgendwann einmal um ihr jährliches Geschäft zittern mussten ... Aber hatten wir eine andere Möglichkeit? Nein, denn in diesem Moment schossen schon wieder wie auf Befehl die zarten Hände hervor, um uns den Weg zu leiten. Das Ende – oder war das erst der Anfang? – der Odyssee führte uns zu einem riesigen Einkaufszentrum. Wenn Tina selbst hier nichts Passendes fand, war ihr wirklich nicht mehr zu helfen ... Vor der Drehtür, aus der uns bereits ein intensiver Parfümgeruch entgegenschwebte und uns hereinlocken wollte, wie eine Hexe in ihr Knusperhäuschen, hatte sich eine Menschentraube angesammelt. Neugierig drängten wir dazu und vernahmen jetzt ein sopranes Jauchzen: »Alkohol! Alkohol! To jest mi bliskie i drogie ... ubóstwiam moją żonę ... jednak nie ma jej!*« Rico und ich drängten uns augenblicklich weiter vor, bis wir freie Sicht auf etwas hatten, dass wir uns auch gerne erspart hätten: Vor uns tanzte – besser, torkelte – Jacek mal wieder stockbesoffen herum! Offensichtlich war er aber mittlerweile trotzdem

---

* Übersetzung vom Polnischen ins Deutsche: »Alkohol! Alkohol! Das ist mir lieb und teuer ... ich bete meine Frau an ... aber sie ist nicht da!«

wieder eine feste Beziehung eingegangen, denn sein Tanzpartner war ...
der Einkaufswagen. Einige Leute schüttelten nur den Kopf und schämten sich eine Runde fremd, andere wiederum zückten ihre Handys und filmten seinen Auftritt – ich nahm mir vor, bei der nächsten Gelegenheit mal danach zu googeln ... Erschreckend war dabei aber, dass sich alle Anwesenden mehr oder weniger daran zu erfreuen schienen. Und noch erschreckender war, dass ich nicht wusste, ob ich das nun ebenfalls lustig finden oder diese arme Seele nicht schnellstmöglich aus der Schusslinie genommen werden sollte ... Die Polizei in Person zweier Uniformierter nahm mir diese Entscheidung ab, als sie Jacek in diesem Moment in aller Seelenruhe abtransportierte, während unser Freund noch irgendetwas wie »Ona jest miłością mego życia!«** zurückrief.

Nach dieser Aufregung tat es ganz gut, zu sitzen – auch wenn es letztendlich nur die Couch vor den Umkleidekabinen war. Was die beiden Damen jetzt aufführten, war in etwa mit Testspielen von Bundesligavereinen gegen irgendwelche Kreisligamannschaften vergleichbar: Bereits vor Anpfiff war klar, wie das Spiel ausgehen würde. Allerdings konnten sich die Profis in solchen Spielen empfehlen, während es für die Amateure einfach nur ein riesiges Erlebnis war. Bei Rico und mir war das mit dem Erlebnis ein wenig anders, und trotzdem spielten wir jetzt in einem Spiel mit, das unsere Mädels schon vor dem Anpfiff gewonnen hatten, beäugt von einer amüsiert dreinblickenden Verkäuferin, die sich klar im Abseits aufhielt.

»Ich glaube, wir sollten Jacek helfen ...«, eröffnete Rico einen Schauplatz neben dem eigentlichen Spielfeld.

»Ja schon, aber wie?«

»Weißt du, mir ist vorhin die Idee gekommen, dass Jacek in einer meiner Wohnungen leben könnte.«

»Meinst du das ernst?«

** »Sie ist die Liebe meines Lebens!«

»Klar tue ich das! Dann wäre er erst mal weg von der Straße.«

Ich bezweifelte, ob das Jacek überhaupt wollte. »Dann muss er ja nur noch weg vom Alkohol hin zu einem Job, körperlicher Pflege und richtigen Klamotten ... Tja, und dann wird er vielleicht eines Tages Abteilungsleiter in einem deiner Unternehmen ...«

»Sag niemals nie, aber erst mal eins nach dem anderen. Mir ist durchaus klar, dass das nicht von heute auf morgen geht, aber ich denke, dass man zumindest versuchen sollte, den Stein ins Rollen zu bringen.« – Wenn der Stein auch weiterhin eher torkeln als rollen sollte, würde es noch ein langwieriges und anstrengendes Unterfangen werden.

»Warum machst du das?«

»Was meinst du?«

»Na, warum legst du dich für einen Obdachlosen so ins Zeug?«

»Weil ich's kann!«

Wenn ein Argument restlos überzeugte, dann musste es von Rico kommen.

»Wie stellst du das nur an, Rico? Ich meine, du hast eine Handvoll Unternehmen, um die du dich kümmern musst, bist so wohlhabend, dass du diesen Laden hier mit einem Fingerschnippen aufkaufen könntest ...« – insgeheim hoffte ich das auch, denn dann würden die Wintermäntel als Erstes rausfliegen – »... und trotzdem hast du die Zeit und das Herz, um Menschen in Not zu helfen.«

Rico überlegte kurz. »Hm, darüber habe ich ehrlich gesagt noch nie so bewusst nachgedacht ... Ich glaube, wir haben gerade einen weiteren Grund für einen Bierabend in den Weinbergen gefunden«, lachte Rico auf.

Bevor ich antworten konnte, nahm mein Freund ruckartig die stramme Haltung eines sitzenden Unteroffiziers ein, der mit dem Oberstleutnant bei einer Tasse Tee zusammensitzt, denn die Umkleidekabinen wurden in diesem Moment zeitgleich geöffnet. Die Vorführung konnte also beginnen ...

»Naaa ...?«, fragten Tina und Daniela so bestimmt, dass wir den Käse unter der gespannten Mäusefalle schon förmlich riechen konnten. Dabei drehten sich die beiden wie zwei Tanzbären synchron im Kreis.

»Äh, jaaa ...?«, fragten wir geübt zurück.

Erst als wir durch ihr Augenverdrehen tief in die eigene Hälfte zurückgedrängt wurden, offenbarten sich die ersten Abstimmungsprobleme zwischen uns:

»Der Mantel steht dir hervorragend!«, sagte Rico.

»Der Mantel steht dir!«, sagte ich.

»WIE steht er mir?«

»Na ... gut.«

Wie von der Tarantel gestochen, lief Tina stürmisch zurück zur Umkleidekabine, wobei ich mich fragte, warum man die eigentlich für das Anziehen eines Wintermantels brauchte. Gehörte das etwa dazu, um das Glücksgefühl nach dem Kauf noch zu steigern? Oder hatten die beiden auch gleich noch einen Bikini anprobiert? Wenn das der Fall war, würden wir die Prozedur ja vielleicht doch schneller als gedacht hinter uns bringen ... Tinas Statement aus der Kabine raubte mir aber sogleich jede Hoffnung: »Wir werden erst gehen, wenn ich einen Mantel gefunden hab, der dir WIRKLICH gefällt!« – Dabei hatte ich das ungute Gefühl, dass *wirklich* ein sehr subjektives Wort war ...

Während sich Daniela nun dazu entschieden hatte, Tina bei der Mantelauswahl – zusätzlich? – zu beraten, klopfte mir Rico aufmunternd auf die Schulter: »Kopf hoch, David, wir werden das gemeinsam durchstehen!«

Ja, Rico hatte wirklich ein Herz für Menschen in Not ...

6. In den Fängen der italienischen Liebesmafia

Was gibt es Schöneres, als mit seiner Herzensdame in ein Restaurant zu gehen und sie sich mit den amourösen Blicken der Kellner und Köche teilen zu müssen? Na ja, am ehesten vielleicht noch, ein Stadtderby aus dem gegnerischen Block heraus zu verfolgen ...

Als wir uns jetzt, von einem älteren, gut gebräunten Herrn an einen kerzenbeleuchteten, gemütlichen Tisch geleitet, gegenübersaßen, konnte ich mir einen Seitenhieb einfach nicht mehr länger verkneifen: »Hey Salvatore! Für mich bitte einmal das Gleiche, das du gerade mit deinen Augen verzehrt hast. Das wird wohl die ganze Nacht sättigen ...«

»Prego Signore? Ich verstehe nicht ganz ...«

Natürlich verstand er mich nicht – er wollte es ja auch gar nicht.

»Eine Flasche von dem chilenischen *Carménère*, Salvatore!« Tinas Augen funkelten dabei so verführerisch, dass ich kurz davor war, aufzustehen, um hinter dem Kellner nachzusehen, ob sich dort nicht zufällig irgend so ein Adonis versteckt hielt.

»Naturlich, infinita bellezza! Komme sofort!«

Anscheinend hatten ihre Augen doch nur in Vorfreude auf den vergorenen Weinbeerensaft gefunkelt, denn als mich Tina nun ansah, war jeglicher Glanz wieder verschwunden.

»Was ist los, mein Schatz? Bist du immer noch sauer wegen heute Mittag? Ich hab dir doch schon gesagt, dass es mir leidtut. Aber irgendwann mussten Rico und ich einfach mal was essen gehen. Na ja ... und das war halt nur möglich, als du mit Daniela gerade so intensiv über diesen Schaffellmantel diskutiert hast ...«

»Das ist ein Mantel aus Alpakawolle! Und ja, du hast dich bereits entschuldigt! Und ja, ich habe deine Entschuldigung auch angenommen! Aber nein, ich bin trotzdem noch sauer! Ich ...«

»Bitteschon, hier kommt Ihr *Carménère* ...«

Ich hätte es kaum für möglich gehalten, aber in diesem Moment war ich tatsächlich froh, dass dieser Rentneradonis dazwischenquatschte. Wahrscheinlich hatte die sowieso schon mit Emotionen gefüllte Luft in dieser Pizzeria Tinas aufbrausende Art noch verstärkt. Noch wahrscheinlicher aber war, dass sie sich bereits nach nur wenigen Stunden Tragezeit mit ihrem roten Alpakamantel identifiziert hatte. Zumindest fühlte ich mich jetzt so unsicher, wie auf einer Lamaweide irgendwo in den Anden. Leider verschwand Salvatore sofort wieder, und auch seine erneuten Schmeicheleien konnten Tinas Feuer nicht löschen.

»Weißt du, was mir heute klar geworden ist?« – Es war mal wieder eine von diesen rhetorischen Fragen ... Tina hatte mit Torsten wirklich mehr gemeinsam, als nur den Kleidungsstil ... – »Wir beide haben rein gar nichts gemeinsam! Du schaust Fußball, spielst Fußball und triffst dich mit deinen Freunden, um über Fußball zu diskutieren! Warum heiratest du nicht gleich einen Fußball?« – Ich wollte den Zeigefinger heben, um mich zu rechtfertigen, schließlich diskutierten wir in unserer Männerrunde nie über Fußball ... na gut, vielleicht ab und zu mit Rico, aber sonst ... Doch Tina war jetzt auf 180. – »Mich aber interessiert es kein Sandkorn breit, ob der VFL Hamburg jetzt in die zweite Liga aufgestiegen ist oder nicht! Und du ... Du interessierst dich kein bisschen für meine Hobbys!«

Stille. Eigentlich hatte ich jetzt eine epochale Auflistung erwartet, doch die blieb ... Nun, was sollte ich sagen? Tina hatte recht: Es gab ehrlich gesagt wirklich keine einzige Sache, für die wir uns gleichermaßen begeistern konnten ... zumindest hatten wir bisher noch keine entdeckt. Aber waren daran letztendlich nicht wir beide schuld? Denn konnte Liebe nicht auch Brücken zu Dingen schlagen, für die Mann – und natürlich auch Frau – sich sonst nicht interessierten?

Mitten in die Stille platzte nun Salvatore, der seine Bräune in der Zwischenzeit im Pizzaofen aufgefrischt zu haben schien: »Darfe ich *gli* *innamorati** in ihrer Vertraumtheit stören und fragen, was es zu essen sein darf?«

Natürlich durfte er. Danach war er aber auch schon wieder in Richtung Solarium verschwunden.

»Du hast recht, Tina. Ich denke, dass wir uns beide ab und zu zusammenreißen, und dem anderen zuliebe auch mal das tun sollten, was ihm Freude bereitet ... Und ich verspreche dir, dass ich genau das tun werde. Notfalls stelle ich mich nächsten Samstag um 18 Uhr zwischen die Schiebetüren, damit du noch deine Traumschuhe ergattern kannst. Ist das ein Deal?«

Der innige Kuss sowie die folgenden zärtlichen Streicheleinheiten waren das überzeugendste JA. Da machte es auch nichts aus, dass Salvatore uns kurze Zeit später das Essen brachte und dabei irgendeinen merkwürdigen Vergleich zwischen Tinas Lippen und den Peperonis auf ihrer Pizza zog ... Wobei, so daneben lag er gar nicht, schließlich konnte Mann sich bei ihr durchaus leicht die Zunge verbrennen. Plötzlich blieb mir fast meine Lasagne im Hals stecken: Ich traute meinen Augen nicht, als in diesem Moment tatsächlich Toni das Lokal betrat. Okay, dass ein Italiener in eine italienische Trattoria essen geht, ist jetzt nicht so unwahrscheinlich. Aber das war auch nicht das Erstaunliche. Das Erstaunliche war, dass ihm eine Frau Händchen haltend folgte. Und noch erstaunlicher war – mal ganz davon abgesehen, dass er auch kein neues Veilchen am Auge zur Schau trug –, dass es sich bei ihr, seiner Beschreibung nach, zweifellos um Schwester Hanebüchen handeln musste.

»Ciao Salvatore! Come stai?«

»Bene, bene ... E tu? Eine hubsche Dame hast du da mitgebracht ...« Und als ob Salvatore fürchtete, dass sie sein Kompliment nicht verstanden hatte – vielleicht, weil sie ja geradewegs aus Mailand hierher einge-

---

* die Verliebten (aus dem Italienischen)

flogen worden sein konnte, oder vielleicht auch einfach nur, weil es sich auf Italienisch um Längen schmeichelhafter anhörte –, wiederholte er das Gleiche auch noch einmal in seiner Muttersprache.

Toni erwiderte etwas Zustimmendes, natürlich nicht, ohne dabei sein breites Grinsen aufzusetzen, und dieses schien sogar noch breiter zu werden, als er mich jetzt entdeckt hatte. Ich hoffte ernsthaft, dass er bisher noch nicht auf die Idee gekommen war, sich Botox spritzen zu lassen, denn sonst würde ihn seine extreme Gesichtsspannung noch eines Tages in wirklich große Lebensgefahr bringen.

Sofort steuerte Toni auf mich zu: »Das nennt man wohl Zufall, oder?«

Ich fand, dass Schicksal besser passte.

»Tja, anscheinend schaffen wir es nicht mal am Wochenende, uns gegenseitig in Ruhe zu lassen ...«, pflichtete ich ihm bei.

Noch ehe ich mir überlegt hatte, ob ich Tina mit meinem Arbeitskollegen bekannt machen wollte, hatte sie bereits zusammen mit Schwester Hanebüchen die Initiative übernommen. Überrascht sahen Toni und ich uns an, als die beiden Frauen sich nun so begrüßten, als ob sie schon in ihrer Kindheit gemeinsam Barbies die Haare gestutzt und gleich danach wieder mühsam angeklebt hätten. Offensichtlich funkten die beiden auf der gleichen Wellenlänge, und so war es nur die logische Konsequenz, dass aus dem eigentlich recht gemütlichen Zweiertisch ein Mixed-Doppel wurde. Ohne zu zögern, fingen die Damen der Schöpfung an, sich noch ein wenig zu beschnuppern. Kleidungsstil: stimmte nicht zu hundert Prozent überein, aber unter Frauen war das ja in der Regel in Ordnung, weil sich aus diesen Diskrepanzen schließlich durchaus eine kontroverse Diskussion entwickeln konnte. Lieblingsmarken: passten bei beiden wie die Faust auf Tonis Auge.

So erstellte die eine nach und nach einen Steckbrief von der anderen, und als sie mit dem Resultat zufrieden waren, konnte auch schon die nächste, noch persönlichere, Runde eingeläutet werden: Tina erzählte von unserem »Bettmeeting« im Modehaus und Schwester Hanebü-chen – hinter dem Decknamen versteckte sich Franka – verriet im Gegenzug, wie Toni die Oberschwester so lange mit Telefonanrufen terrorisiert hatte, bis diese, vor Wut schäumend, die Polizei einschal-tete. Also war er kurz entschlossen, mit Rosen bewaffnet, im Kran-kenhaus einmarschiert und dort schnurstracks in die HNO-Abteilung gelaufen. Weil ihn aber eine stark alkoholisierte und dazu noch schwer kurzsichtige Patientin für einen Mafioso hielt, der als Rosenverkäufer getarnt ein Attentat verüben wollte, zog sie ihm mit ihrem Gehstock resolut eins über die Rübe. Als Toni wieder zu sich kam, war Franka dann ein weiteres Mal zur Stelle. Und obwohl die Rosen mittlerweile verschwunden waren – wie sich später herausstellte, hatte die gehstock-schwingende Undercoveragentin das Klo bei dem Versuch, die Blumen herunterzuspülen, verstopft, da sie den Verdacht gehabt hatte, dass Sprengsätze in den Rosenblüten angebracht worden sein könnten –, fühlte sich Franka geschmeichelt und war jetzt erst seit wenigen Stun-den glücklich verliebt.

Gerne hätte ich Franka mit der Andeutung gewarnt, dass es wohl besser gewesen wäre, wenn diese kurzsichtige Jane Bond ein wenig stär-ker zugeschlagen hätte. Aber das war jetzt eine Sache zwischen ihr und Toni. Und wer weiß, vielleicht hatten sich ja die Halbwertszeiten seiner Beziehungen mittlerweile wirklich verlängert. Bisher nämlich hatten diese eher der Lebensdauer einer Eintagsfliege entsprochen ...

Während unsere Mädels auch weiterhin fröhlich der Mitternacht entgegen gackerten, ließen Toni und ich uns über die Schwächen und Fehler der deutschen beziehungsweise italienischen Nationalmann-schaft aus, wohlgemerkt natürlich nur über die des jeweils anderen. Mit Toni hatte ich auf diese Weise schon so manchem Fortbildungsseminar einen ganz anderen Sinn gegeben ...

Als wir jetzt, Stunden später, schließlich aufbrachen, hatten sich zwei Frauen ihre Lebensgeschichte erzählt, während zwei Männer in dieser

Zeit unbeirrbar auf ihren Standpunkten beharrt hatten und damit am Ende des Abends so schlau waren wie davor ...

7. Tillmann

Also, äh ... ich ... weiß nicht ... Ich soll etwas über David erzählen? Na ja, äh ... ich ... ich bin kein besonders guter, äh ... Beobachter ... Wa... was? Dann über ... über ... mich? Nein ... also, äh ... ich bin auch kein besonders guter Redner ... Wie ich die Idee finde, alles am Computer aufzuschreiben? Ja, ... das ... das wäre besser ... denke ich ...

David ist IMO* der beste Kumpel, den man sich wünschen kann! Ich weiß noch, wie er damals in der Schule neben mir saß und mich immer gerade noch rechtzeitig vor den durchgekauten Papierkügelchen aus der hinteren Reihe gewarnt hat. ☺ Deswegen haben die Schützen irgendwann ihre Strategie geändert und fortan nur noch ihn beschossen. ☹ Oder beispielsweise noch in der Grundschule, als er mir, zusammen mit Edgar, jedes Mal beistand, wenn die berühmt-berüchtigte Knäckebrotgang mal wieder mein Pausenbrot herausverlangte. ☺ Die beiden waren selbst dann noch an meiner Seite, als wir kopfüber an den Kleiderhaken am Schuleingang hingen. ☹ Kurzum, David ist immer für mich da, wenn ich in der Klemme stecke ... und ich stecke JFYI oft in der Klemme ...

Ich weiß auch nicht so recht, warum ich das Unglück förmlich anzuziehen scheine. Bereits als kleiner Junge war immer ich derjenige, bei dem der Froschkönig im Märchengarten sein Maul öffnete und seinen Wasserstrahl verspritzte °-°. Und immer war ich derjenige, der beim Fußballspielen im Schulsport allein vor dem Tor stehend seine Brille verlor und dessen Schuss mit der Pike unseren Lehrer daraufhin zentral ins Gemächt traf *LOL*, sodass er meinen Teamkollegen anschließend je zwanzig Liegestützen aufbrummte ... *mkay* Als selbst das nichts mehr half, verbannte er mich ins Tor, da ich dort seiner Meinung nach

---

*   Bedeutung der Abkürzungen im Netzjargon am Ende des Kapitels.

weniger Familien zerstören würde. ☺ Nur hatten die anderen leider nicht vergessen, welche Strafe ich ihnen zuvor immer eingebrockt hatte, und so zogen meine Mitschüler jedes Mal aus wenigen Metern gnadenlos ab ... unglücklicherweise wieder mit dem Lederball, nachdem ihn unser Sportlehrer sicherheitshalber vorübergehend gegen einen Filzball ausgetauscht hatte. Nur die Dankbarkeit für David und Edgar konnte die Schmerzen ein wenig betäuben, denn sie waren die Einzigen, die mit mir Erbarmen hatten ... *THX* Edgar schoss die Kugel jedes Mal so weit am Tor vorbei, sodass er während des Ballholens auch gleich noch mit den Mädchen aus unserer Klasse reden konnte, die uns oft von der Hallentribüne aus zusahen. David dagegen schoss die Kugel immer so präzise an den Außenpfosten, dass der Abpraller Herr Jürgens, unseren Sportlehrer, mit voller Wucht am Kopf traf ... *LMAO* Die Konsequenz war, dass er mich bereits nach zwei Wochen im Tor ablösen musste ... *Sry*

Aber auch später auf dem Gymnasium war immer ich derjenige, auf dem sich die Stärkeren ihre Schuhe abtreten konnten. Schade, dass Edgar da schon auf eine andere Schule gehen musste ... Aber Gott sei Dank war David noch da! Wenn er nicht gewesen wäre, hätte ich todsicher zu einem der vielen Mobbing-Opfer gehört, die in diesem grauenhaften Sumpf aus Selbstzweifeln versinken. Selbstzweifel, die sich meist, einem Krebsgeschwür gleich, unaufhaltsam über Selbsthass bis hin zur Selbstaufgabe ausbreiten ... *Y?* Doch dann sagte David eines Tages, als es mal wieder so richtig schlimm war, etwas, was ich erst mit der Zeit begreifen sollte: Als ich ihn fragte, wie ich so selbstbewusst werden könnte, wie diejenigen, die mir all den seelischen Schmerz zufügten, lachte er nur und antwortete: »Tilly, glaub mir, die haben genauso wenig Selbstbewusstsein wie du! Deswegen machen die ja diesen Scheiß ... nur um sich auf diese Weise mit den Haaren aus ihrer eigenen Scheißsituation herauszuziehen! Aber weißt du, was der große Unterschied zwischen dir und denen ist?«

Natürlich wusste ich es nicht.

»Du hast noch ein Herz …!« *YMMD☺*

Mit der Zeit lernte ich, mich so zu akzeptieren, wie ich bin. Ich habe aufgehört, irgendwelchen unrealistischen Vorstellungen nachzuträumen. Ich werde zum Beispiel nie ein Reden schwingender Politiker werden … nicht einmal ein Reden schwingender Informatiker – BTW solche Infos gibt es wirklich.

Aber es gibt Dinge, die ich sehr wohl kann. Beispielsweise Programmieren … Oder Zuhören … Ich denke, dass das eine ganz wichtige Eigenschaft ist, die leider heutzutage viel zu oft unterschätzt wird. ☺

Mittlerweile habe ich meinen Platz in der (Informatiker-)Welt gefunden. Wenn ich Programme schreibe, dann scheint die Zeit nur so zu verfliegen. Letzte Woche habe ich zum Beispiel den Code für ein Programm geschrieben, das die Wahrscheinlichkeit eines Kometeneinschlags auf der Erde simuliert. Das geht natürlich nicht, ohne die Informationen über die Umlaufbahnen der bekannten Kometen zu besitzen, und zudem die physikalischen Gesetzmäßigkeiten der einzelnen Erdatmosphäreschichten zu berücksichtigen … und vielleicht noch von ein paar weiteren Faktoren, aber das wäre TMI. ☺

Wenn man einen Programmcode schreiben möchte, erstellt man zuerst eine sogenannte *class*, die man sich wie ein noch nicht konkretes Bild von einem Haus vorstellen kann. Innerhalb der Klasse werden dann Attribute erstellt, also zum Beispiel die Anzahl der Stockwerke. Dafür verwendet man dann am besten einen ganzzahligen Datentyp, den *Integer*. Mit *int Stockwerke* ist dann bereits das Grundgerüst des Attributes erstellt. Im einfachsten Fall erstellt man dann gleich einen *Konstruktor*, dem das gerade definierte Attribut übergeben wird, und eine weitere, diesmal konkrete, Zuordnung des Attributes später, verfügt man bereits über eine Klasse, die eine selbst gewählte Anzahl von Stockwerken ausgeben kann. Die nächste Herausforderung ist dann, dass man … oh, aber, na ja, vielleicht interessiert dich das gar nicht … *TL; DR*

Okay, wo bin ich vorhin stehen geblieben? Ach ja, bei meinem Studium. Wahrscheinlich denkst du dir, dass wir Infos alle Nerds mit dicken Hornbrillen sind, und ... na ja ... ich bin zugegebenermaßen nicht gerade der lebende Beweis für das Gegenteil. Aber insgesamt ist diese Einschätzung genauso richtig wie das Denken, dass alle Muslime gleichzeitig radikale Islamisten seien. Viele von uns hängen nämlich genauso häufig wie andere Studenten in irgendwelchen Klubs ab, und mindestens einmal im Monat veranstalten wir in unserer WG eine Party, die sich echt gewaschen hat ... *GG* Und unsere Mädchen sind auch nicht ohne! Hübscher als die aufgetakelten BWL-Tussis sind sie allemal! Mit dem Unterschied, dass Mann mit ihnen meistens eine Beziehung auf intellektueller Ebene eingeht. Aber das ist für mich wirklich okay, denn gute Gespräche sind ja bestimmt besser als Sex, oder ...?

Nächstes Jahr beginnt für mich der Ernst des Lebens. Sagt David. Sagt auch Rico. Nur Edgar sagt das nicht. Er meint dann immer nur, dass es die höchste Pflicht eines jeden Individuums sei, den Ernst aus seinem Leben zu vertreiben ... Meistens begründet er das mit so einer philosophischen Weisheit seines Rasta-Glaubens, manchmal auch mit dem chinesischen Weltverständnis von Yin und Yang. Der Ernst ist Yin und die Lockerheit Yang ... oder war es genau andersherum? Ach, ich weiß es nicht mehr ... *nc* Na ja, jedenfalls befürchte ich, dass ich dann wirklich schon sehr bald in die raue Arbeitswelt eintreten muss ... ☹ Es sei denn, ich studiere doch noch Geoinformatik, was etwa fünf Jahre dauern würde. Aber mit dem Wissen bildet sich ja schließlich auch die Persönlichkeit aus, oder? Und wenn es mit dem Aufbaustudium dann doch nicht klappen sollte, wird irgendwo sicher immer ein Informatiker gesucht, um ein paar Zeilen Programmtext zu schreiben, oder mit seinem Monitor Algorithmen auszudiskutieren. *G*

Noch mal zurück zu David: Er ist wirklich ein supercooler Typ. Ich hoffe, dass ich ihm eines Tages etwas von dem zurückgeben kann, was er für mich bisher alles getan hat. Er ist keiner von denen, die nach dem Motto »Tue Gutes, und rede darüber« leben, aber das macht seine Hilfe nur noch glaubwürdiger, denke ich. ☺ Also müssen andere, wie meine Wenigkeit zum Beispiel, diesen Job übernehmen und erklären, was für ein toller Freund er ist. Manchmal habe ich das Gefühl, dass er sich insgeheim wünscht, öfters mal Anerkennung dafür zu erhalten ... Hm, ich hoffe, ich konnte mit meinem *Comment* ein wenig dazu beitragen.

Jetzt muss ich meinen Blog-Eintrag aber schleunigst abschließen, da er höchstens 8368 Zeichen enthalten darf ... *OMG* Bleibt mir also nur noch, abschließend einen alten Informatikerspruch zu zitieren:

» 90 % aller Fehler sitzen 60 cm vor dem Bildschirm!« *ROFL*

Abkürzungen im Netzjargon und deren Bedeutung

IMO	In my opinion (Meiner Meinung nach)
JFYI	Just for your information (Nur zu deiner Information)
LOL	Loughing out loud (Lautes Lachen)
mkay	Hm okay (nachdenkliches Okay)
THX	Thanks (Danke)
LMAO	Laughing my ass off (Lache mir den Arsch ab)
Sry	Sorry (Entschuldigung)
Y?	Why? (Warum?)
YMMD	You made my day (Du hast meinen Tag gerettet)
BTW	By the way (Übrigens)
TMI	Too much information (Zu viele Informationen)
TL; DR	Too long; didn't read ([Der Text] war zu lang, [habe ihn] nicht gelesen)
GG	großes Grinsen
nc	no comment (Kein Kommentar)
G	Grins (Grinsen)
OMG	Oh my god (Ach, du meine Güte)
ROFL	Rolling on the floor laughing (Ich wälze mich vor Lachen auf dem Boden)

8. Schwäbische Odyssee

Und täglich grüßt das Murmeltier, schoss es mir durch den Kopf, als ich in diesem Moment die Haustür aufschloss – obwohl *wöchentlich* eigentlich besser passte. Wieder stand ich vor der schweren Entscheidung – warum immer gerade mittwochs? –, die Treppe oder doch lieber den Aufzug zu nehmen. Glücklicherweise erschien mir plötzlich der Geist des früheren englischen Premierministers Edward Heath, der mir ins Ohr flüsterte, dass niemand vor Fehlern sicher sei. *Das Kunststück besteht darin, denselben Fehler nicht zweimal zu machen.*

»Danke Eddy!«, erwiderte ich erleichtert und bestellte den Aufzug – dieses Mal mit reinem Gewissen – nach unten. Auch die Waage hatte meine Gewichtseinschätzung heute Morgen positiv bestätigt ... alarmierend positiv, denn mich hatte dabei das ungute Gefühl beschlichen, dass mit dem Teil irgendwas nicht stimmen konnte. Egal was ich zusätzlich auf die Waage wuchtete – zunächst tief gefrorene Lammkeulen aus unserem »Mülleimer«, danach Tinas Modekataloge, die schon fast enzyklopädische Ausmaße annahmen und deren Inhalt ich übrigens nicht eines Blickes würdigte, und zu guter Letzt noch den Kochtopf mit dem Inhalt vom Vorabend – ich fragte mich immer noch, wie es Tina geschafft hatte, die fünf Kilo Reis zu einem Würfel von geschätzten 10 cm Durchmesser zu komprimieren –, die Nadel wollte einfach nicht über die 55 Kilo steigen! Auch nicht, nachdem ich jetzt also zwischen Lammkeulen, Modekatalogen und Kochtopf stehend erneut nach unten blickte. In diesem Moment wurde mir allerdings klar, dass ich auch noch das Aquarium mit den Junkiefischen hätte draufstellen können, ohne dass sich etwas getan hätte: Der Zeiger wurde nämlich von einem kleinen Holzplättchen blockiert, das rechts von der 55 feinsäuberlich angebracht worden war! »Alle Achtung Tina, du kannst wirklich handwerklich begabt sein ... wenn du nur willst«, bemerkte ich leise.

Dummerweise wurde mir gleichzeitig aber auch bewusst, dass die Nadel damit eigentlich irgendwo in den 80er-Sphären geschwebt wäre. Überrascht hätte es mich jedenfalls nicht, schließlich war mein Vorsatz von letzter Woche, künftig mehr Sport zu treiben, im Ansatz gescheitert. Nun ja, immerhin hatte dieser Ansatz noch den Weg zum Kartenhäuschen eingeschlossen ...

Vergangenen Samstag hatte ich mich nach dem Shoppen todesmutig in die Kälte gestürzt und war zu der kleinen Vorverkaufsstelle in der Nähe des Stadions nach Bad Cannstatt gejoggt. Dass es auf einmal so kalt geworden war, konnte meiner Meinung nach nur zwei Gründe haben. Der eine war, dass sich die Sonne mittlerweile aus der Affäre gezogen und nun bereits das Weite gesucht hatte, der andere, dass mich das endlose Warten, bis Tina endlich ihren Andenmantel entdeckt hatte, innerlich ausgelaugt hatte.

Vollständig aus der Puste, kam ich zu dem Kartenhäuschen gehechelt und brachte vor der stämmigen Verkäuferin nur ein »Vier Karten für das VFB-Spiel nächsten Samstag, bitte« heraus.

»Hä? Wat willste?«

Überrascht von der Lautstärke wich ich zurück. Und auch, um den anderen Geschossen, die jetzt ihren Mund verließen, auszuweichen. Da ich nicht davon ausging, dass sie unter der Hand mit Buletten dealte, zeigte ich atemlos auf meinen umgehängten Stuttgartschal.

»Ach, willste etwa zum Spiel? Gegen Berlin, wa?«

»Ja.«

»Dann gibt's mal wieder ehnen auf den Sack, wa!?«

Ich wunderte mich, dass das Stadion trotz solcher Charmebolzen wie dieser Dame jede zweite Woche ausverkauft war. Aber vielleicht war ihre Hochstimmung ja auch mit der offensichtlichen Verbundenheit zu Stuttgarts nächstem Gegner zu erklären. Immer noch schwer am Pumpen, reckte ich vier Finger in die Luft.

»Wat? Gleech vier unjügliche Menschen sollen's werden?«

Für einen Augenblick überlegte ich mir, ob ich sie nicht mit der Tatsache konfrontieren sollte, dass sie in diesem Beruf mit an Sicherheit grenzender Wahrscheinlichkeit nicht mehr glücklich werden würde. Doch dann entschied ich mich dagegen, denn jetzt war kein Platz mehr für jedweden Zynismus. Jetzt ging es um die gebeutelte Schwabenehre!

»Wann haben denn die Berliner zuletzt etwas in Stuttgart gerissen? Überhaupt schon einmal nach der Wende?«

»Ein Sieg und zwei Unentschieden ös den letzten vier Öswärtsspielen, Freundchen! Da musst mir schon 'n kleenes bisschen vorbereiteter daherkommen ...!«

Ich musste zugeben, dass sie recht hatte, und ärgerte mich gleichzeitig, dass mir immer die unpassendsten Argumente einfielen, sobald ich die Lust verspürte, ein wenig auf Konfrontationskurs zu gehen. Also gab ich mich geschlagen, denn als VFB-Fan ohne Zahlengedächtnis hatte ich gegen dieses wandelnde Hertha BSC Berlin-Lexikon nicht den Hauch einer Chance. Dann doch lieber zwischenmenschlich punkten, dachte ich:

»Warum verkaufen Sie hier Karten?«

»Dat ist ja mal 'ne ünglöblich bleede Frage! Na, weil ick muss ...«

Es wäre sicherlich zu entschuldigen gewesen, wenn ich mich in diesem Moment umgedreht, und die Karten stattdessen im Internet bestellt hätte, aber ich war es inzwischen gewohnt, für meine Fragen und Kommentare regelmäßig Tiefschläge einstecken zu müssen – schließlich ist ja bei allem, das produziert wird, ein gewisser Ausschuss dabei ...

»Okay, okay ... dann anders gefragt: Warum verkauft eine bekennende Berlinerin Eintrittskarten in einem Stuttgarter Kartenhäuschen?«

Madamchen rollte schon ungeduldig mit den Augen: »Ick sagte doch: weil ick muss! Meen Mann hat 'nen juten Job bei Deemler. Deshalb sind wer hierherjezogen. Und meenste, ick hab den janzen Tag Lust, mir die Füß' vor dem Herd plattzustejen, hä!?«

Offensichtlich tat sie das lieber draußen.

»Glücklich scheint der Job aber nicht gerade zu machen ...«

»Hey, Freundchen, dir scheent die Sonne auch nitt jerade ausm Arsch, wa! Mir reecht es völlick, wenn ick hier dröhsen stehe und meene Ruhe hab, verstehste? Also, wenn de mich jetzt nitt jerade auf 'nen Kaffee ehnladen wolltest, dann nimm dir die Karten und mach 'ne Fliesche!«

Ich entschied mich für das Letztgenannte, griff mir die vier Karten für Rico, Edgar, Tillmann und mich, und joggte mit erhöhtem Tempo – also in etwa so schnell wie ein Trabbi mit einem Elefanten auf der Stoßstange – davon, da ich befürchtete, dass *Hertha Bertha* hinter meinem Rücken bereits die 110 wählte ... Ihr wisst schon: wegen § 3 Abs. IV AGG ...

Doch bereits nach einigen Metern wurde mir klar, dass ich den Rückweg nur noch bewerkstelligen konnte, wenn ich auf allen Vieren krabbelte. Also entschied ich mich kurz entschlossen, die Straßenbahn zu nehmen ... Mann muss es ja nicht übertreiben – schließlich sind es doch die kleinen Schritte, die früher oder später zum Ziel führen ... Ob sich das auch auf meinen momentanen Konditionszustand übertragen ließ, bezweifelte ich allerdings. Doch ich hatte keine andere Wahl, denn hier bewahrten mich die kleinen Schritte vor einem Kreislaufkollaps.

Erleichtert erreichte ich die Haltestelle *Schlachthof*. Aber was heißt hier eigentlich erleichtert? Erst im Nachhinein wurde mir wieder bewusst, dass man sich an einem Samstag zweimal – ach, was sag ich, am besten hundertmal – überlegen sollte, ob man sich in die Menschenfalle Straßenbahn stürzen möchte. Deshalb im Folgenden ein Auszug aus der ganz normalen Odyssee eines ganz normalen Bürgers durch das ganz normale Stuttgarter Stadtleben:

Schlachthof: Dort, wo sich sonst eine Horde Angetrunkener sammelte, um in Linienformation auf dem Cannstatter Wasen einzufallen – angetrunken deshalb, weil es sich heutzutage nur noch entlassene Banker mit entsprechender Abfindung leisten können, auf dem Volksfest in einen Rausch zu fallen –, fanden sich hier jetzt lediglich die berufsmäßigen Trinker ein und schwankten bedrohlich nahe an den Schienen entlang. Vielleicht gingen sie ja davon aus, dass ihre Alkoholfahne den Zugführern mit 7-Meilen-Stiefeln entgegenschweben würde. Glücklicherweise passierte nichts, und so stieg ich gemeinsam mit drei der Jogis in die erstaunlich menschenleere Straßenbahn ein ... aber okay, wer hat denn schon an einem fußballfreien Samstagnachmittag etwas im Grenzgebiet Stuttgart City-Bad Cannstatt verloren? Zwei der verwahrlost aussehenden Männer schoben ihre klapprigen Fahrräder, auf deren Gepäckträgern jeweils eine Kiste voller leerer Pfandflaschen thronte, neben sich her und bewachten diese wie einen Schatz. Der dritte dagegen setzte sich direkt neben mich und fing sofort mit bemüht deutlichen Worten an, auf mich einzuwirken.

»He, Langer, haste ma' 'n bissel Kleingeld?«

»Ne, sorry. Aber wie wär's mit 'nem Fahrticket?«

»Du denkst, ich ... brauch 'ne Karte? Na, dann ... pass mal uff: Ich hab nämlich mein ... Universalticket, hehe ...«

Dem Lauf seiner Finger folgend, blickte ich direkt auf das über den Sitzen angebrachte Schienennetz.

»Das ist soga elek... elekto... ne, verdammt, wie heißt das nochma'?«

Ich wartete geduldig. Früher oder eher später würde ihm das passende Wort schon noch einfallen ...

»Jau, genau, ich hab's, hehe ... Mein Ticket is' soga' isotonisch, hehe!«

Hätte ihm der Sitz nicht hilfreich assistiert, dann wäre er jetzt vermutlich, sich vor Lachen wälzend, auf dem Boden gelegen.

Plötzlich griff ihm jemand von hinten an die Schultern und sagte mit einer rauchigen Stimme: »Krieg dich mal wieder ein, Pritschen-Paule!«

Es war einer der beiden Drahtesel schiebenden Worka(lco)holics, die mit uns eingestiegen waren. Und zu mir gewandt, flüsterte er: »Pritschen-Paule hat einen an der Waffel, musst du wissen ... Der Alk wirkt sich halt bei jedem anders aus ... Ich hoffe nur, dass du schon bald wieder aussteigen musst ... Man erzählt sich nämlich, dass dank seiner Verschwörungstheorien schon Fahrgäste verängstigt davongerannt sind ... Also, viel Glück, mein Freund!«

Abschließend klopfte er auch mir auf die Schultern, bevor er sich wieder seinem Geschäftswagen zuwandte und nachzählte, ob ihm Furunkel-Freddy – wie er den anderen Flaschensammler nannte – nicht etwas von dem Plastikgold gestohlen hatte. Und offensichtlich hatte er tatsächlich nicht mehr alle Flaschen in der Kiste, da er in diesem Augenblick irgendetwas quer durch den Raum brüllte, dass sich nicht gerade wie eine Liebesbekundung anhörte.

Raitelsberg: Die Steigung zum Raitelsberg hinauf musste ich dann doch gezwungenermaßen Hand an Pritschen-Paules völlig verdreckte und genauso durchnässte Armeejacke anlegen, da er jetzt gefährlich weit aus dem Sitz gehoben wurde, während er sich immer noch über seinen eigenen Witz von vorhin kaputtzulachen schien. An der Haltestelle stiegen zwei Jungs in Kapuzenpullis und Sneakers ein. Sie würdigten uns keines Blickes, aber das war auch verständlich, da ihre ungeteilte Aufmerksamkeit dem Handy galt, das einer der Jungs vor sich hertrug.

»Boah krass, Alder! Wie der 360°-Flip über Bach machen kann ... echt krass, Alda!«

»Ja Mann, ich weiß, aber des is' bestimmt gefaked ... oder wie soll der auf Gras so 'ne Körperspannung haben, Alda?«

Gras! Das war das Stichwort für Pritschen-Paule. Alarmiert wie ein

Spürhund, stellte er nun seine Lauscherchen auf, schnupperte ein paar Mal und stand dann auf, um sich in die Nähe der Jungs zu setzen, die sich in eine Ecke vor uns verkrochen hatten.

»Alpha-Beta-Gamma, bitte kommen ... habe Codewort *Gras* vernommen ... hört ihr mich?«, flüsterte er aufgeregt in sein imaginäres Walkie-Talkie.

Ich ging stark davon aus, dass es niemand außer mir gehört hatte. Und selbst wenn, war das auch schon egal, denn Paule war genau im falschen Moment losgelaufen ... nämlich gerade, als die Straßenbahn den höchsten Punkt erreicht hatte, und nun wieder bergabwärts fuhr. Wie ein Sprinter raste er los ... allerdings in die falsche Richtung ... nach hinten ... und unfreiwillig ... Glücklicherweise hatte Aspirin-Arne – der Mann mit der rauchigen Stimme – sein Fahrrad so zentral im Türbereich abgestellt, dass es nun als unüberwindbare Hürde diente ... und Pritschen-Paule aufhielt. Er stand. Das Fahrrad fiel. Und mit ihm geschätzte hundert Flaschen, die jetzt quer durch die Straßenbahn rollten.

»Entschuldigung«, nuschelte Pritschen-Paule.

Aspirin-Arnes Antwort fiel da schon wesentlich deutlicher aus ...

Bergfriedhof: Für einen Moment befürchtete ich, dass das Pritschen-Paules Endstation sein könnte, doch Furunkel-Freddy schaffte es, den aufgebrachten Aspirin-Arne zu beruhigen ... oder besser, er trieb einen Keil zwischen die beiden, indem er sein Gesicht dazwischen ... Seiner Meinung nach schien das aber auch zu reichen, denn sobald die Türen aufgesprungen waren, schnappte er sich sein Fahrrad und rollte es nach draußen. Natürlich nicht, ohne vorher noch ein paar Flaschen aufzusammeln, die er dann in seiner eigenen Kiste verstaute.

Karl-Olga-Krankenhaus: Endlich kam hier Leben in die Bude, denn in diesem Moment enterte eine Seniorengruppe die Straßenbahn.

Dabei schienen sie ihr Urschwäbisch geradezu provozierend laut durch die Luft hallen lassen zu wollen. Eine robuste Dame – wahrscheinlich die Vereinsvorsitzende – reagierte umgehend, als sie Aspirin-Arne und Pritschen-Paule nach den Flaschen greifen sah.

»Kommt, helfet mer den zwoi mal. Dann macht des Flaniere' durch die Staatsgalerie nachher doppelt so viel Spaß ...«

Sie lachte so laut auf, dass die beiden Flaschensammler erschrocken zu ihr aufsahen. Die anderen Senioren stimmten in ihr Lachen ein, und ehe ich mich versehen konnte, wuselten etwa zwei Dutzend Rentner über den Boden und hatten – trotz der regelmäßigen Ächzlaute beim Bücken – die Flaschen in Windeseile wieder zusammengetragen.

Stellvertretend für die ganze Gruppe übernahm anschließend wieder die Frau das Kommando: »Gell, des wird net für 'n Bätscher [1] verwendet ... Des gibt ja eh nur 'n Glutzger [2], gell ... Kauft euch lieber 'n paar Brockela [3] oder Grombier [4] ...«*

Während die anderen Senioren im Hintergrund zustimmend nickten, entwickelten sich die Gesichter von Aspirin-Arne und Pritschen-Paule zu einem einzigen, großen Fragezeichen. Gleich darauf aber brach wieder der ganz normale Wahnsinn aus: Die älteren Herrschaften suchten sich jetzt so zielstrebig ihre Sitzplätze aus, dass man fast den Eindruck bekommen konnte, eine nur für die Rentner hörbare Melodie würde jeden Moment verstummen und daraufhin ein Sitz in dem Abteil gestrichen werden. Auch die beiden *Alder-Brüder* wurden nicht verschont, sodass sie nun systematisch in ihrer Ecke eingekreist worden waren. Dabei schien der Eierlikör heute Mittag vier Damen besonders gut geschmeckt zu haben, denn sie stimmten jedes Mal ein Gekreische an, sobald eine von ihnen anfing, etwas Lustiges zu erzählen – wobei lustig ja auch immer relativ ist ... Egal, sie fanden es jedenfalls lustig, und da bisher noch keine Kopf-

---

* [1] schwäbisch für »Alkoholrausch«; [2] »Schluckauf«; [3] »Erbsen«; [4] »Kartoffeln

hörer für zwei Personen erfunden sind, wurden die beiden Jungs genauso wie ich unfreiwillige Zeugen schwäbischer Zungenbrecher ...

»Dr Babschd hôt s' Schbätzlesbschtegg zschbäd bschdelld« [5], gluckste die eine.

Gelächter.

»Wa dennd denn dia en denne Dannâ denne« [6], gackerte die andere.

Großes Gelächter.

»Schället Se edd an sällere Schäll, sälle Schäll schällt edd. Schället Se an sällere Schäll, sälle Schäll schällt« [7], setzte die dritte noch eins drauf.*

Ekstatisches Gelächter.

Ihr dürft mich gerne intolerant nennen, aber in diesem Moment wünschte ich mich irgendwo nach draußen, meinetwegen auch aufs Straßenbahndach, wo sich in diesem Moment etwa hundert Volt einen ständigen Schlagabtausch lieferten.

Stichwort Schlagabtausch: Pritschen-Paule schien mit einem blauen Auge noch einmal davongekommen zu sein – anders als bei Toni hatte das blaue Auge hier wirklich nur symbolische Bedeutung –, denn in diesem Moment setzte er sich wieder neben mich. Dabei hatte er seinen Geheimauftrag anscheinend wieder vergessen, denn seine einstigen Zielobjekte schienen ihn plötzlich nicht mehr zu interessieren. Dagegen nahm ich aus dem Augenwinkel wahr, wie sich die beiden Jungs mit offenem Mund anstarrten.

»Boa ey, was labern die da, Alda?«

»Was frägsch du mich? Seh ich aus wie Auskunft?«

Neckartor: Noch während mir Alpha-Beta-Gamma-Paule den wahren Grund für die Eurokrise zu erklären versuchte, dieser allerdings bereits

---

* [5] »Der Papst hat das Spätzlebesteck zu spät bestellt.«; [6] »Was machen denn die in diesen Tannen drinnen.«; [7] »Klingeln Sie nicht an dieser Klingel, diese Klingel klingelt nicht. Klingeln Sie an jener Klingel, diese Klingel klingelt.«

durch das neuerliche Gekreische der vier Ladys im Keim erstickt wurde, stieg eine junge Frau mit ihrem kleinen Sohn zu. Sogleich riss er sich von ihrer Hand los und peilte den Fensterplatz auf der gegenüberliegenden Seite meines Abteils an. Dummerweise saß dort nur bereits ein Seniorenpaar …

»Mamaaa, ich will ans Fenster!«, schrie er mit verheulten Augen während ihm die Nase wasserfallartig lief.

»Ho, des isch ja 'n süßer Bub«, lächelte die Dame verzückt und machte dem kleinen Kaiser bereitwillig Platz.

»Und ihr seht aus wie verschrumpelte Kartoffeln!«, fing der Rotzlöffel auf einmal an zu lachen.

»Lutz! Du wirst dich sofort bei dem älteren Ehepaar entschuldigen!«

»Aber wenn's doch stimmt …«

»Lutz, entschuldige dich auf der Stelle oder du bekommst heute Abend Fernsehverbot!«

»Das machst du doch eh nie! Der Fernseher ist ja viel zu schwer für dich, um ihn aus meinem Zimmer zu tragen …«

»Dann wird das eben Papa machen!«

»Das glaubst du doch selber nicht! Papa greift sich nach Feierabend jedes Mal seine Bierflasche und will dann seine Ruhe haben …«

»Lutz, sei sofort still!«

Und Lutz war still, schließlich hatte Lutz sein Ziel erreicht. Er hatte seinen Fensterplatz und seine Mutter übernahm völlig entnervt den Job, sich bei den Senioren in seinem Namen zu entschuldigen. Unterdessen hatte sich der personifizierte Schrecken wieder dem Fenster zugewandt, um nun die vorbeilaufenden Passanten mit seinen Grimassen zu terrorisieren.

Staatsgalerie: Lucky Lutz – wie ich ihn jetzt nannte, weil er Beleidigungen schneller als sein eigener Schatten verteilen konnte – ließ jetzt von seinen Opfern draußen auf Stuttgarts Straßen ab, weil sich die Seniorengruppe in diesem Moment erhob. Das liebenswerte Mütterchen lächelte den *süßen Bub* trotz der erlittenen Kränkung abschließend noch einmal an, worauf Lucky Lutz diese Einladung dankend annahm und einen weiteren Beweis seiner fehlenden Einfühlsamkeit erbrachte: »Aber Großmutter, wieso hast du so große Brüste ...?«

Ich sah, wie sich die Dame völlig verdattert mit offenem Mund umdrehte, und fühlte mich mal wieder bestätigt: Märchen sind einfach nichts für kleine Kinder ...

Auch die vier Eierlikörladys hatten ihren Mund geöffnet, allerdings vor Lachen. Als ob sie abschließend noch den ultimativen Beweis ihrer Hochkultur erbringen müssten, setzte die Dannâ-Dame von vorhin beim Hinausgehen an: »I han âmôl oen kennd khedd, der hôdd oene kennd. Dui hôdd a Kend khedd, dees hôdd se abbr edd vo sällem khedd. Dar hot nemlich nemme ...«

Dann war die Schiebetür endlich zu.

Hauptbahnhof: »Alda, ich hab jetzt eben nur Bahnhof verstanden!«

»Ja, aber des isch auch Bahnhof, Mann!«

»Hä?«

In etwa so aussagekräftig ging das dann noch ein wenig weiter, bis wir die Station am *Arnulf-Klett-Platz* erreicht hatten. Dort hatte der eine Junge seinen Kumpel endlich davon überzeugen können, jetzt aussteigen zu müssen, um »bei MäcDonald, Alda« zu gehen. Zu meinem Leidwesen nahm dabei keiner der beiden ein Wort in den Mund, das meinen treuen Begleiter Paule hellhörig werden ließ. *Alda* gehörte nämlich offensichtlich nicht zu seinen Codewörtern, denn sonst wäre er in der Zwischenzeit definitiv von einer Überdosis verrückt geworden ... Bevor er mir allerdings erläutern konnte, warum die geplante Marserforschung im Zusammenhang mit der Eurokrise stand, wurde er auch schon wieder in seiner Konzentration gestört.

Eine Kohorte gepiercter Jugendlicher in schwarzen Mänteln und mit bunten Frisuren übernahm jetzt das Ruder. Zu gern hätte ich erlebt, wie sich die Kombination aus Rentnern und Rebellen auf engstem Raum auf das soziale Gefüge ausgewirkt hätte. Aber nein, die Senioren mussten sich ja unbedingt Gemälde von *Turner*, *Monet* und *Twombly* ansehen. Jedoch stellte sich jetzt heraus, dass die Mantelzunft nicht weniger kunstbegeistert war.

»Wir stürmen die Liederhalle!«, grölte einer.

»*Die Ärzte* rocken!«, stimmte seine Freundin kreischend ein und schaffte es dabei gleichzeitig auch noch, ihm ihre Zunge in den Hals zu rammen.

Soweit ich mich erinnern konnte, fand heute wirklich ein Programm in der Liederhalle statt. Und es waren tatsächlich die Ärzte, die dort ihren Auftritt hatten. Allerdings spielte meiner Meinung nach *das Ärzteorchester* auf. Und statt *Westerland* stand die *Sinfonie Nr. 6 in C-Dur* von *Franz Schubert* auf dem Spielplan. In Gedanken malte ich mir aus, wie die wild gewordene Horde die Treppe bis vor zur Bühne lauthals herunterstürmte, plötzlich zögerlich stehen blieb, langsam irritiert die Köpfe hob, und daraufhin in die vor Schrecken geweiteten Augen dutzender Musikliebhaber in Anzug und Ballkleid blickte ...

Auf einmal schien auch Aspirin-Arne in bester Arbeitsstimmung zu sein, denn er warf sich jetzt eine der weißen Tabletten ein, zerkaute sie dürftig, und schob sein Fahrrad anschließend hinaus ins Pfandflaschenparadies *Hauptbahnhof*.

Friedrichsbau: Erstaunlicherweise war am *Hauptbahnhof* außer den Rebellen niemand anderes zugestiegen, und obwohl es vielleicht ein wenig abschreckend wirkte, dass die Truppe Mäntel mehr auf- als nebeneinandersaß und dabei den Inhalt ihrer Bierflaschen sogleich wieder in oxidierter Form an ihre Umgebung abgaben, war es dann doch ein wenig übertrieben, sich deshalb nicht den Sinfonienliebhabern anzuvertrauen.

Vielleicht lag es aber auch an Lucky Lutz, der sich in der Zwischenzeit an die Anwesenheit der Jugendlichen gewöhnt hatte, und nun stolz Eigenkreationen wie *Dompfaffenfürze* oder *Rotzrasselrottweiler* quer durch den Wagen schrie, während seine Mutter völlig überfordert danebensaß, und sich zu beruhigen versuchte, indem sie mit ihrem Oberkörper langsam vor und zurück schaukelte. Dabei flüsterte sie regelmäßig ein »Lutz, bitte ...«, das sie aber mehr an sich zu richten schien, denn der Begriff *Gnade* tauchte offensichtlich nicht in Lutz' Kreativitätszentrum auf. In gewisser Weise war ich über die kleine Nervensäge jedoch froh, denn sie schien jetzt ein Wort verwendet zu haben, das Pritschen-Paule aufschrecken ließ:

»Entschuldigung, ich muss ma' kurz was erledigen ... Lauf net weg, Langer!«

Danke für den Hinweis, dachte ich.

Aber wohin sollte ich denn auch verschwinden? Schließlich hatte sich mein Körper bereits an die wohlige Wärme hier drinnen gewöhnt. Und auch wenn ich mich nur schwer von dem Gedanken trennen konnte, den Rebellensturm auf die Liederhalle hautnah mitzuerleben, wartete ich notgedrungen, bis sich Paule wieder neben mich gesetzt hatte:

»Da bin ich wieder, Langer! Ich hab den Jungen gefilzt ... Er ist sauber!«

Liederhalle: Ein ohrenbetäubendes »*Ärzte*, wir kommen!« ertönte, als sich das Knäuel aus Piercings nun mühevoll wieder auseinander knotete. Wer sich da wohl gleich mehr auf das Aufeinandertreffen freuen würde ...

Dieses Mal ließ sich mein Sitznachbar auch nicht von der Studentin abhalten, die jetzt, hypnotisch auf das Buch in ihren Händen blickend, einstieg. Im Hintergrund nahm ich noch ein »Oh, ich hab solche Sehnsucht« wahr, während im Vordergrund Pritschen-Paule loslegte:

»Das mit dem Euro is' nämlich so ... Im Geheimen wird bewusst an seiner Entwertung gearbeitet. Das is' wie damals vor dem Zweiten Weltkrieg ...«

Mir brannte die Frage auf der Zunge, ob man denn seiner Meinung nach schon in den 30ern den Entschluss gefasst hatte, sich irgendwann einmal Hand in Hand mit einem Marsmännchen ablichten zu lassen. Verschwörungs-Paulchen jedoch schlug eine noch viel globalere Erklärung vor: »Die Chinesen! Die Chinesen sind daran schuld!« – Natürlich! Die Chinesen ... Darauf hätte ich ja auch wirklich selber kommen können ... – »Heimlich kaufen die sich nach und nach in unsere Wirtschaft ein. Und was geschieht, wenn sie das geschafft haben?« Ich zuckte zusammen, als er plötzlich eine Plastiktüte hervorzog und sie mit einem lauten Knall platzen ließ. »Paff! Die kleinen Männchen lassen unseren Euro vor ihre Speisehunde gehen. Und danach verwenden sie europäische Informationen, um Geräte zu bauen, mit denen sie das Universum noch vor den Amerikanern erforschen werden! Aber ... das haste nicht von mir ...«

Schloss-/Johannesstraße: »Ich will Frühlingsrollen! Früh-lings-r-o-l-l-e-n!!!«

Im Buchstabieren war Lucky Lutz jedenfalls schon mal super ...

»Es gibt heute Abend aber Gyros, Lutz. Das habe ich dir doch bereits gesagt.«

»Wenn ich keine Frühlingsrollen kriege, sage ich nächstes Mal zu Onkel Reinhold, dass er ein *aufgeblasener Wichtelarsch* ist!«

Ich hörte noch ein seufzendes »Endlich schöpft der Junge mal sein Potenzial sinnvoll aus ...«, bevor mein persönlicher Nostradamus die Frühlingsrollen-Vorlage bereitwillig annahm:

»Da ham' wir's doch wieder! Die Chinesen treiben mit ihrem Essen sogar nen Keil zwischen die Familie. Die ham 'n ganz ide... ideol... scheiße, wie heißt das doch glatt noch mal ...?«

Schwab-/Bebelstraße: Zu meiner Beruhigung suchte Pritschen-Paule immer noch fieberhaft nach dem richtigen Wort. Der kleinkalibrige Nervenkiller nahm sein Gestotter dankend an und äffte ihn mit strahlend sadistischem Gesicht nach.

»Idiotisch«, warf ich meinem Sitznachbarn zu.

»Genau, das Wort hab ich gesucht, mein Freund! Das chinesische System trieft nur so vor Idiotie ... he, das war gar nicht das richtige Wort! Willst du dich etwa über mich lustig machen?«

Kopfschüttelnd verneinte ich seine Vermutung, doch er ignorierte mich bereits. Gekränkt blickte er in eine andere Richtung. In diesem Moment entdeckte er die Studentin. Und ... ihr Buch! Pritschen-Paule sprang auf. Seine Augen glänzten.

Arndt-/Spittastraße: »Wusstest du, dass Nitsche in einem christlichen Elternhaus aufgewachsen ist?«, fragte Pritschen-Paule die Studentin unangekündigt und beugte sich dabei nah an sie heran.

»Steht da drin ... allerdings heißt er in dem Buch *Nietzsche*«, antwortete das Mädchen, ohne mit der Wimper zu zucken, wobei sie das z ganz besonders betonte.

»Hm, hm«, kratzte er sich nachdenklich am Kopf. »Weißte, was ich mich bei Nitsche jedes Mal frag?«

»Keine Ahnung ... wenn Sie *Nietzsche* meinen ...«

»Na, dafür aber ich ... Weißte, ich frag mich, warum der Phil... Philo... ach ... der Denker Nitsche sich den Übermenschen als ein Wesen ohne moralische Empfindungen vorgestellt hat, als einen Menschen, der alle Wertevorstellungen über Bord geworfen hat und sein Leben nur noch auf sich selbst ausrichtet. Der Übermensch ist quasi ein Ego... Egoi... selbstverliebtes Arschloch! Da ein Mensch ohne Wertvorstellungen aber ein ziemlich mieser Philo... Mensch wäre, hat Nitsche folglich einen Übermenschen beschrieben, der seinem eigenen Leben nicht krasser entgegenstehen könnte. Oder anders gesagt:

Philo... ach, sein Berufsstand eben, darf eigentlich gar nicht ernsthaft an einen solchen Übermenschen denken, weil er sonst seine eigenen Werte infrage stellen würde. Vielleicht ist das aber auch das Typische an der Philo... Dingens: Zustände anzusprechen, die niemals zu erreichen oder zu verstehen sein werden ... Wie wenn ich zum Beispiel über 'nen Lottogewinn nachdenke, verstehste?«

Stille. Selbst Nachwuchsphilosoph Lutz hatte jetzt Sendepause. Völlig überrascht legte das Mädchen ihr Buch zur Seite und wusste nicht, was sie darauf antworten sollte. Auch ich war tief beeindruckt von meinem wahnsinnig interessanten Ex-Sitznachbarn.

Vogelsang: Und Pritschen-Paule würde das auch bleiben, denn das war meine Haltestelle. Leider nicht nur meine, denn auch Lutz musste hier mit seiner Mutter raus. Ich warf noch einen kurzen Blick zurück zu den beiden Philosophen und war mir sicher, dass dies der Beginn eines ziemlich metaphysischen Gesprächs werden würde.

Neben mir lief jetzt das Monster mit der triefenden Nase her.

»*Vogelsang, Vogelsang,* ich hör aber keine Vögel!«, schrie er plötzlich wie von der Tarantel gestochen los. »Ich will, dass die Vögel endlich wieder zurückkommen!«, entwickelte sich das anfängliche Gebrüll mittlerweile zu einem einzigen Geplärre.

»Vermisst du etwa ihr morgendliches Gezwitscher?«, fragte ich vielleicht etwas zu naiv.

»Deren Scheiß-Geklimper? Ne, ich vermiss die, weil man dann so schön ihre Eier zertreten kann ...«

Bei dem Gedanken an seine Lieblingsbeschäftigung konnte der kleine, süße Lutz auf einmal wieder lachen. Allmählich wurde mir die Rotz versprenkelnde Inkarnation des Bösen zutiefst unsympathisch. Mit anklagendem Blick sah ich seine Mutter an, die sich allerdings nur zu einem kraftlosen Schulterzucken aufraffen konnte, das wohl um

Verständnis bitten sollte. Bei einem Hund hätte es bedeutet: »Keine Angst, der will doch nur spielen ...!« Aber Lutz war kein Hund ... zumindest kein vierbeiniger ...

In diesem Moment kam mir ein genialer Einfall, wie das Seelenleid der armen Frau möglicherweise doch noch gemildert werden konnte. Und ehrlich gesagt auch noch aus einem anderen Grund ... Mir fiel ein, dass Daniela eine eigene Praxis als Logopädin führte, auch wenn sie selber eher nur vorbeischaute, um die Sprache nicht zu verlernen ... Dass Lutz keine Sprachprobleme hatte – wenigstens nicht die Art von Problemen, wegen denen man sonst dorthin geht – war mir klar, aber vielleicht konnte Daniela ja doch etwas mit ihrer ganz eigenen Art bewirken. Auf jeden Fall würde sie jedoch einen Vorgeschmack auf das erhalten, was sie durchaus in nicht allzu langer Zeit um den eigenen Verstand bringen konnte.

»Sicherlich wird sie Ihnen weiterhelfen«, drückte ich der Frau einen Zettel mit Danielas Telefonnummer in die Hand.

Und zu Lutz gewandt setzte ich meine tiefste und damit noch am autoritärsten klingende Stimme ein: »Spar dir ab jetzt lieber deine Sprüche, denn du wirst sie schon sehr bald wieder brauchen!«

In meine Straße abbiegend, hinterließ ich drei verdutzte Menschen: Lutz, dem es plötzlich die Sprache verschlagen hatte. Seine Mutter, die zögernd ein Handy aus ihrer Handtasche nahm ... Und ich, weil es Lutz die Sprache verschlagen hatte und weil seine Mutter ihr Handy aus der Handtasche nahm ...

Während ich jetzt also in den Aufzug stieg und auf den Knopf für den 5. Stock drückte, hoffte ich innerlich, dass ich heute von einer erneuten Odyssee verschont bleiben würde ...

9. Riding in a winter wonderland

Als ich die Wohnungstür aufschloss, gähnte mir Dunkelheit entgegen. Ein Blick rüber zum Aquarium, das mir sonst wie eine Befeuerungsanlage auf einer Landebahn entgegenleuchtete, offenbarte, dass sich Tina auch heute wieder an meinen Spontaneinfall von letzter Woche gehalten hatte und nach dem Aufstehen den selbst gestrickten Pullover von ihrer Oma quer über die überdimensionale Konservendose gespannt hatte.

Gestern Abend hatte mir Tina vor dem Schlafengehen ihren heutigen Tagesablauf in gewohnter Ausführlichkeit erklärt: »Erst Arbeit, dann Shahrukh, es könnte morgen also später werden ...«

Shahrukh war Tinas Massagemaharadscha und, wie sie betonte, der Einzige, der sie so richtig zur Ruhe kommen ließ. Natürlich konnte mich Tina mit solchen Andeutungen nie im Leben eifersüchtig machen ...

Meinem Verständnis nach war ich auch ein ganz passabler Masseur, auch wenn dabei keine spirituellen Gedanken direkt von meinen Händen in den Körper des anderen flossen. Tina jedoch sah das völlig anders. Als ich sie das letzte Mal massiert hatte, weil sie sich mal wieder total verspannt fühlte und Shahrukh gerade Urlaub hatte, um eine spirituelle Reise in das Innerste seines Körpers zu unternehmen – was neben den wegfallenden Flugkosten auch den unschätzbaren Vorteil hat, dass man dabei kaum Gefahr laufen kann, wegen Durchfall seinen Urlaub auf dem Klo zu verbringen –, harschte Tina mich an, in Zukunft besser davor denjenigen, der sich freiwillig unter meine Hände begab, danach zu fragen, ob er denn schon sein Testament geschrieben habe ...

Direkte Kritik ist natürlich nie etwas Angenehmes, vor allem wenn man der Adressat davon ist. Doch diese Art der Kritik gibt einem immerhin noch die Möglichkeit, sie zwar akustisch aufzunehmen, bevor man sie dann aber auch sofort gedanklich totschlägt. Bei umschriebener –

oder, wie ich sie getauft habe, *philosophischer* – Kritik ist es nicht mehr ganz so einfach. Denn der Unterschied zwischen einem »du bist saudoof« und einem »du bist gar nicht mal so undoof« besteht darin, dass man zuerst ein wenig nachdenken muss, bevor man auf den Kern der Aussage stößt. Und wenn man dann schon mal so beim Nachdenken ist, und die Kritik plötzlich auf einen zustürmt, dann fehlt blöderweise meistens gerade in diesem Moment jener rettende Totschläger, der sich auf einmal in Luft aufgelöst zu haben scheint.

Aber okay, ich hatte Tinas Meinung von meiner Massagekunst wie ein Mann hingenommen und ihr entgegnet, dass bisher jedenfalls jeder meine Fingerfertigkeiten gelobt habe.

»Dann solltest du in Zukunft vielleicht weniger Sumoringer massieren ...!«, war die Antwort.

Tja, manchmal sollte man einer schlecht gelaunten Frau gar nichts erwidern und sich besser nur seinen Teil dazu denken ... wie ein RICHTIGER Mann eben ...

Nach dem üblichen Jackentausch machte ich mich jetzt sofort wieder auf den Weg zum *Bachelors,* und da ich dieses Mal genug Zeit bis zu unserem Männerabend und zudem wenig Lust auf Polizist Lustig hatte, schwang ich mich auf mein Fahrrad. In der abendlichen Rushhour durch Stuttgarts City war man damit unterm Strich auch nicht wesentlich langsamer. Der einzige, wirklich schmerzhafte Nachteil war, dass die eiskalten Finger bei diesen Minustemperaturen irgendwann einfach nur noch den Lenker umkrampften, sodass ich mich bei den Abfahrten immer für einen Augenblick bei dem ernsthaften Versuch ertappte, mit den Füßen zu bremsen.

Heute war ich nicht der Letzte unserer Runde, der den anfänglichen, wohligen Mottenkugelgeruch des *Bachelors* inhalieren durfte. Edgar stand dieses Vergnügen noch bevor, obwohl ich bezweifelte, dass er die-

sen in seinem üblichen Zustand noch mit all seinen Sinnen wahrnehmen würde. Tillmann und Rico saßen bereits in unserem Stammeck
und führten einen regen Dialog ... Falsch! Es war ein reger Monolog,
geführt von Rico, der nur dank Tillmanns regelmäßiger *Ähs* und etwas
weniger regelmäßigen *Ähms* ansatzweise einem Dialog ähnelte.

»Hey Jungs!«

»Ha, da ist ja mein Junger!«

»Ha... hallo ... David ...«

»Ist bei euch alles in Ordnung?«

»Na, und wie! Du weißt doch: Je näher der Storch herangeflattert
kommt, desto größer ist die Vorfreude, haha!« – Nein, das wusste ich
nicht. Wenn Rico aber bereits jetzt die Flügelschwingen des Adebars
vernehmen konnte, dann musste er entweder ein so gutes Auge haben,
dass er problemlos eine Karriere als Schiedsrichter starten konnte, oder
aber der Vogel würde es sich spontan anders überlegen und vorher
noch eine 8-monatige Verschnaufpause irgendwo im Süden einlegen.

»Ja, ich ... ich bin auch, äh, okay ... denke ich ...«

»Wisst ihr, wo Edgar bleibt?«

»Nein, bei mir hat er sich bisher noch nicht gemeldet ...«

»Aber ... aber, äh, bei ... bei mir ...« Alle Augenpaare waren jetzt auf
Tillmann gerichtet. Und obwohl es wirklich nur zwei waren, fühlte er
sich jetzt spürbar unwohl in seiner Haut. »Also, äh ... er hat gemeint,
dass ... dass er ein wenig später kommt. Er ... er, äh, er muss noch etwas,
äh, *Signifikantes* klären ...«

Dass Edgar das genau so deutlich gesagt hatte, schien nahezu
unglaublich, aber wahrscheinlich hatte Tilly den Wortlaut unseres Bruders kurzerhand in seinem Rechenzentrum so übersetzt, dass es auch
ein Normalsterblicher verstehen konnte. Üblicherweise musste man
nämlich ein paar Minuten lang über Edgars Aussagen nachdenken, um
nicht letzten Endes den tieferen Sinn in seiner Botschaft zu übersehen.

»Na, dann bestellen wir doch solange schon mal die erste Runde ...«, meinte Rico und fügte nach kurzem Blickkontakt zu Tillmann hinzu: »... auch wenn es nur 'ne Kleine wird.«

»Ach Tilly, ein kleines Schlückchen wird dich schon nicht umbringen«, ermunterte ich meinen Freund.

»Ja, äh, mich direkt nicht, aber ... Alkohol ist schließlich ein, äh, Nervengift und, äh, kann zum Absterben von Gehirnzellen führen.«

»Wovon du ja mehr als genug hast.«

»Äh, danke ... aber ... aber Alkohol führt auch zu, äh, zu, äh ...« Tillmann deutete peinlich berührt auf seinen Schritt – Shit! Ja, damit war dann wirklich nicht mehr zu spaßen. »Und außerdem, äh, findet am nächsten Sonntag unsere monatliche Party in unserer, äh, WG statt ...«

Ich hätte Tillmann darauf aufmerksam machen können, dass er bis dahin geschätzte 9,6 Promille abgebaut hatte, doch mir war bewusst, dass auch das nichts gebracht hätte, um ihn umzustimmen. In dieser Hinsicht war er nämlich genauso konsequent wie Toni beim Anbaggern von Frauen ... Mein tiefer Respekt dafür – natürlich nur, was Tilly anbetrifft ...

»Zwei Bier und eine Spezi, Fräulein Barkeeperin«, rief Rico mit seiner geballten Stimmgewalt quer durch die Bar und grinste mich dabei bedeutungsschwanger an. »Siehst du, extra für dich werd ich dieses Mal nicht persönlich.«

Während Tillmann noch leise ein »Ja, äh, eigentlich wollte ich, äh, nur eine KLEINE Spezi« hervorbrachte, kam Jenny im Handumdrehen auch schon mit der Bestellung.

»Habt ihr denn etwa bereits wieder meinen Namen vergessen?«, fragte sie neckisch.

Wie könnte ich jemals deinen Namen vergessen?, dachte ich.

»Wie könnten wir jemals deinen Namen vergessen, Jenny«, sagte Rico. »Aber David war der Meinung, dass wir dir zu nahe treten könnten, wenn wir dich bei deinem Namen rufen.«

Jenny sah mich überrascht an. Während ich meinem Kumpel von Herzen dankte, dass er jenen Schwachsinn, den ich beim Shoppen in völliger Umnachtung von mir gegeben hatte, ausgerechnet jetzt wiedergeben musste, tat ich nun das, was nach Tonis Meinung das einzig richtige war: Ich grinste. Verlegen und dazu wahrscheinlich ziemlich dämlich. Jenny jedoch lächelte nur freundlich und sagte in ihrer gewohnt unbeschwerten Art: »Also, damit wir das dann auch mal ganz offiziell klären: Ich heiße Jenny.« Dabei machte sie einen leichten Knicks und schenkte uns ein weiteres bezauberndes Lächeln.

»Sehr erfreut, ich bin der Rico!«

»Und ich freue mich noch mehr als unsere charmante Plaudertasche ...«, lächelte ich zurück. »... Ich bin David.«

»Äh, und ich ... ich ... bin ... bin ... bin ...« Offensichtlich war Tillmanns Rechenzentrum in diesem Moment abgestürzt, was auch früher immer der Normalfall gewesen war, wenn er mit einem weiblichen Wesen reden musste.

»Das ist unser Tillmann. Du kannst ihn aber auch Tilly nennen, nicht wahr?«, klopfte ich meinem Freund etwas zu stark auf den Rücken, sodass ihm seine Brille von der Nase fiel.

Jenny musste lachen. Es war nicht dieses herablassende Lachen, nach dem Motto »Mann, was für ein Waschlappen«, nein, es war ein herzliches, unbekümmert vergnügtes Lachen, das sie untermauerte, indem sie jetzt Tillmanns Brille vom Boden aufhob.

»Da... Da... Danke« – Tillys Rechner war in der Zwischenzeit glücklicherweise neu gestartet ...

In diesem Moment kam Edgar herein und steuerte in gewohnt lässiger Weise auf unseren Tisch zu.

»Heeey Brüder! Love and peace, schön euch zu sehen!«

»Hey Edgar! Wo hast du denn gesteckt?«

»Ach, nichts Wichtiges, meine Brüder. Nur wieder mal so ein bisschen Verwaltungskram ... Ihr wisst schon. Das mit den Typen auf dem Amt zu klären, macht mich echt *down*. Aber zum Glück hab ich ja euch.«

Edgar versuchte ein breites Grinsen, doch ich merkte, dass da etwas war, das ihn zutiefst beunruhigte. Etwas, von dem ihn nicht mal sein Pflanzenkompendium befreien konnte. Und zudem etwas, dass ihn dazu brachte, uns den wahren Grund seines Zuspätkommens zu verschweigen. Aber wir waren doch Kumpels. Wir konnten uns doch alles erzählen ...

»Seit wann schieben denn die Leute auf dem Amt Extraschichten?«, tippte ich mir mit dem Finger symbolisch auf jene Stelle des Handgelenks, wo normalerweise eine Armbanduhr tickt.

»Yo Bruder, dazu kann ich nur sagen: In *Babylon* ist alles möglich ...«

Besser als mit dieser unkonkret konkreten Antwort, hätte uns Edgar nicht zu verstehen geben können, dass er nicht mehr über den Grund seiner Verspätung reden wollte.

»Hey, ihr habt schon bestellt ...«

»Ja, Tilly hat uns erzählt, dass du dich verspätest. Sorry, aber wir wussten ja nicht, wann du kommst ...«

»Kein Problem, love and peace Brüder! Ich hab nur momentan so einen Mordsdurst wie ein äthiopischer Marathonläufer, der so high ist, dass er an allen Wasserständen vorbeifliegt ...«

Erleichtert atmeten wir auf. Edgar war also immer noch der gleiche, liebenswert lustige Fantast. Nur Tillmann schien sich Vorwürfe zu machen, dass sein Kumpel jetzt auf dem Trockenen saß.

»Hie... hier Edgar«, schob er ihm seine Spezi zu, die Edgar dankend annahm und in einem Zug leerte. Währenddessen hob Tillmann anfangs noch zögerlich seinen Zeigefinger, bevor er vorsichtig zu schnippen anfing, bis er sich letztlich dazu durchrang, ein zurückhaltendes *Äh* anzustimmen. Aber da war es bereits zu spät. Das Glas war leer. Und Edgar voll.

»Danke, mein Bruder! Yo, ich werde dich der Feuerwehr weiterempfehlen ...«

»Und ich bestell dir noch mal eine«, beruhigte ich Tilly und wollte gerade aufstehen, als mich Rico mit einem halb mahnend, halb belustigten Grinsen ansah:

»Aber das kannst du doch auch von hier aus machen, oder willst du auch gleich noch herausfinden, ob Jenny vielleicht die Cola-Rezeptur kennt ...?«

»Und, äh, diesmal bitte eine ... eine kl...«

Weiter kam Tillmann nicht, denn in diesem Moment fuhr Edgar ungewohnt aufgeregt dazwischen: »Heeey Bruder, da kommt gerade eine Chica zu uns herübergelaufen. Und ihr Blick ist total auf dich fixiert. Meinen Respekt, man!« – Gut, nur weil Edgar meinte, dass jemand seinen Blick auf etwas Bestimmtes richtete, hieß das deshalb noch lange nicht, dass auch die gleichen Bilder in seinem Gehirn ausgewertet und anschließend interpretiert wurden. Schließlich war bei ihm selber oft genug zu beobachten, dass er beispielsweise einen Einkaufswagen sekundenlang anstarrte und dann Sachen sagte wie: »Yo man, wie soll ich denn diese grüne Giraffe in den Laden da bringen? Und in welcher Sprache soll ich sie überhaupt ansprechen? Man, diese Welt ist doch total durchgedreht ...«

Tilly, der gegenüber von Edgar saß, und somit in die andere Richtung blickte, fand das gar nicht lustig: »Wirklich ... wirklich witzig Edgar, aber ... aber so all... allmählich fall ich darauf, äh, nicht mehr herein ...«

In diesem Augenblick sah ich das angesprochene Mädchen auch. Sie sah sehr sympathisch aus, und ihr angestrengter Blick verriet, dass sie ihre Kontaktlinsen heute wahrscheinlich zum ersten Mal trug.

Unterdessen legte Tillmann für seine Verhältnisse ungewohnt emotional los: »Dieses Mal werd ich dir aber nicht den, äh, Gefallen tun und ...«

Wieder mal war es Rico, der zur richtigen Zeit eingriff, um zu verhindern, dass Tilly jetzt direkt vor dem Mädchen ausplauderte, wie er das letzte Mal vor Aufregung das Spezi-Glas auf seine Hose geleert hatte und anschließend, weil er nicht mehr weiterwusste, panisch unter den Tisch gekrabbelt war. Obwohl das ehrlich gesagt so lustig ausgesehen hatte, dass wir einfach hatten losprusten müssen, war uns gleichzeitig aber auch klar geworden, dass unser Freund offenbar sehr darunter litt. Deshalb hatten wir uns unter sechs Augen abgesprochen, ihm in dieser Beziehung helfen zu wollen.

Doch nun war es zu spät! Aber wer konnte auch ahnen, dass er von einem weiblichen Wesen angesprochen würde, und nicht, wie eigentlich vorgesehen, andersherum.

»Hallo!«, sprach Rico ein freundliches Machtwort, während ich Tillmann unter dem Tisch anstieß.

»Hallo!«, kam es genauso freundlich zurück. »Hallo Tilly!«

Dass sie Tillmann bei seinem Kosenamen ansprechen würde, hatten wir jetzt am wenigsten erwartet. Ruckartig drehte er sich um. Von nun an lag es allein an seiner Systemkompatibilität, mit der Hardware *Frau* zu harmonieren, denn wir hatten ja keine Zeit mehr gehabt, das Dating-Update auf seiner Festplatte zu installieren ...

»Ha... ha... hallo Marie! Äh, was ... was machst du denn hier?«

Tina hätte auf eine solche Frage sicherlich etwas wie »Ich bin hier die Klodame« geantwortet, aber Marie sagte nur lächelnd: »Weißt du, ich bin mit meinen Freundinnen hier. Wir sitzen da drüben, quatschen ein wenig – auch über den süßen Nikolausbart von Professor Worsch – und machen uns einen schönen Abend ... So wie du hoffentlich auch ...«

Stille. Ich wollte gerade mit meinem Finger ein *ANTWORTE! SOFORT!* in Tillys Seite malen, war doch nun der entscheidende Moment, quasi der Breaking-Point, gekommen. Aber erstens war Tillmann viel zu dünn, als dass man auch nur annähernd fünf Buchstaben auf ihm nebeneinander quetschen konnte, und zweitens tat er genau das in diesem Moment – antworten!

»Ja, äh, mir geht's gut ... Kommst ... kommst du am, äh, Sonntag?« – Gar nicht übel, Tilly!

»Zu eurer Party? Hm, eigentlich würde ich schon sehr gerne kommen ... Aber ich weiß nicht so recht ... Immerhin kenn ich dort doch so gut wie niemanden ...«

»Dann ... dann, äh, komm doch mit einer Freundin ...« – Ein guter Schachzug, Bachelor!

»Meinst du wirklich? Eure WG ist ja nicht gerade die größte ...«

»Äh, ich ... ich werde das abklären, und ... und dann geb ich dir sofort im, äh, Chat Bescheid, o... okay?« – Einfach spitze, Adonis der Bits und Bytes!!!

Marie nickte. Und nicht nur das! Mit dem Kommentar »Du kannst mich aber auch anrufen« gab sie ihm jetzt ihre Handynummer.

Als sie wieder auf dem Weg zurück zu ihren Freundinnen war und Tilly sich zu uns umdrehte, blickte er in eine Runde offener Münder. Einzig er selbst schien gar nicht kapiert zu haben, was für eine Meisterleistung er da gerade eben vollbracht hatte. Zweifelsohne hatte er damit für die Überraschung des Abends gesorgt.

Es blieb auch die einzige. Heute outete sich weder einer von uns als kommender Vater noch kreuzte Jacek mit einer Alkoholfahne im Gepäck auf, und auch der notorische Geldeintreiber in Diensten der Polizei ließ sich nicht blicken. So redeten wir noch über dies und das. Dies, wie unseren Stadionbesuch am Samstagabend, und das, zu dem unter anderem Ricos Gedankenspiele gehörten, mit Daniela im Vorfeld der Geburt eine Art Kurztrainingslager in Dubai abzuhalten. Schließlich hatte das, wie er betonte, den Bayern auch schon mal zum Gewinn der Meisterschaft verholfen ...

Kurz vor Mitternacht verabschiedeten wir uns feuchtfröhlich draußen vor der Bar voneinander. Zur Vorbeugung gegen die Kälte hatten Edgar, Rico und ich uns abschließend noch einen Absacker genehmigt. Rico und Tillmann liefen daraufhin in Richtung Haltestelle, um mit der Straßenbahn nach Hause zu fahren. Rico nahm die nach Ostfildern, Tillmann jene zur Universität. Edgar dagegen ging den Weg nach Hause zu Fuß, da er fast um die Ecke wohnte und außerdem der Meinung war, dass die kalte Winterluft den Kopf beinahe genauso frei machen würde, wie das beste Gras.

Also war ich der Einzige aus unserer Truppe, der den Schnaps vor der anstehenden Heimfahrt wirklich nötig gehabt hatte. Als ich mich jetzt aber mit dem Fahrradschloss abmühte – was weniger daran lag, dass es vereist war, als vielmehr der Tatsache geschuldet war, dass meine Zielgenauigkeit jetzt ziemlich zu wünschen übrig ließ –, bereute ich den edlen Tropfen zum ersten Mal ganz leicht.

Und dann stand sie plötzlich vor mir. Jenny. Der Mond, der sich in diesem Moment zwischen den Wolken hindurchschob, beschien ihr hübsches Gesicht, und ihre Haare, die sie jetzt hochgesteckt trug, schimmerten in dem einfallenden Licht rubinrot. Das war der Augenblick, in dem es *Klick* machte ...

Das Fahrradschloss war offen.

»Wo musst du denn hin?«, fragte ich sie.

»Nach Botnang.«

»Hey, das ist auch genau mein Weg!« – Na ja, im Grunde genommen stimmte das zwar auch, nur eben nicht ganz. Denn Botnang lag noch hinter der Haltestelle *Vogelsang*, mit dem kleinen, aber feinen Haken, dass dazwischen ein Anstieg lag, der bei meiner gegenwärtigen körperlichen Verfassung auch ohne Weiteres mit L'Alpe d'Huez konkurrieren konnte. Beide Anstiege bedeuteten für mich nämlich den sicheren Tod, davon waren zumindest meine Muskeln felsenfest überzeugt ...

»Du fährst mit dem Fahrrad nach Hause?«, blickte sie mich etwas skeptisch an.

»Na klar! Darf ich dich mitnehmen?«

»Hm, in deinem Zustand dürfte ich dich eigentlich gar nicht fahren lassen. Stell dir vor, du hast einen Unfall ... Dann muss ich als Zeugin aussagen, dass du vorher genau drei Biere und einen Zwetschgenschnaps getrunken hast ...«

»Ach, so schlimm wird es schon nicht werden. Ich hab doch alles unter Kontrolle!«

Sagte ich. Und vergaß dabei völlig, den Lenker festzuhalten. Mit einem Satz war Jenny da und fing meinen Untersatz gerade noch rechtzeitig auf. Ich konnte sehen, wie sich ein leicht spöttischer Blick in ihren Kornblumenaugen bildete.

»Soso, du hast also noch alles im Griff?«

»Äh, na ja, vielleicht doch nicht alles, aber ich werde schon achtgeben. Danke für deinen Einsatz. Möchtest du also eine nächtliche Stadtrundfahrt in der ersten Reihe auf einem, zugegebenermaßen nicht beheizten, Zweirad unternehmen?«

»Das klingt zwar sehr verlockend«, lachte sie auf, »aber ich bevorzuge dann doch lieber die etwas wärmere Straßenbahn. Du musst wissen, ich schreibe morgen eine Prüfung, und da wäre so eine Blasenentzündung ein wenig hinderlich ... Sei mir bitte nicht böse ...«

»Nein, natürlich bin ich das nicht ...«

»Okay, dann bis nächste Woche!«

Augenblicklich drehte sich Jenny um und lief in Richtung Haltestelle.

»Bis nächste Woche ... und viel Erfolg bei deiner Prüfung!«

Ich hörte noch ein leises Danke, bevor sie außer Sichtweite war. »Na, dann auf ans Werk, David!«, schwang ich mich auf meinen Drahtesel. Sofort piekste der Fahrtwind wie Tausende kleiner Nadeln in meine Haut und verbesserte damit auch nicht gerade meine Motivation. Für einen Moment spielte ich mit dem Gedanken, das Fahrrad zur Haltestelle zu schieben und dann mit der Straßenbahn nach Hause zu fahren. Aber halt, das ging ja nicht. Schließlich fuhr bereits Jenny mit dieser Bahn, die dazu auch noch die Letzte für heute war. Außerdem hatte Jenny sicherlich auch noch wesentlich belustigendere Blicke im Repertoire, die ich jetzt nicht unbedingt kennenlernen wollte. Na super!, dachte ich mir, als ich jetzt bemerkte, dass es in der Zwischenzeit leicht zu schneien begonnen hatte.

Kurz hinter der Haltestelle passierte es dann: Blitzeis! »Oh no!«, rief ich, als ob ich dadurch erreichen konnte, dass die Eiskristalle vor Schreck schmelzen würden. Glücklicherweise hatte ich noch nicht besonders viel Geschwindigkeit gesammelt, sodass ich das Fahrrad schnell wieder unter Kontrolle bringen konnte. Puh, jetzt erschtmal 'n Butterbrot, saß mir der Schock noch in den Gliedern. Als ich mich endlich zum Weiterfahren entschließen konnte und meinen Kopf in diesem Moment hob, sah ich eine Gestalt mit klackenden Absätzen vor mir laufen.

»Hey, Jenny!«, holte ich die junge Frau ein. »Was ist los? Ich dachte, du wolltest die Straßenbahn nehmen ...«

»Ja, das dachte ich eigentlich auch. Aber dann kam die Meldung, dass heute keine weiteren Bahnen mehr fahren werden.« Sie zeigte auf die Anzeigetafeln, die uns noch aus der Ferne entgegenleuchteten. »Wegen der Wetterverhältnisse. Und so kurzfristig kann auch kein Nachtbus organisiert werden.«

Täuschte ich mich, oder hatte sie geweint? Ihre glänzenden Augen und das Schniefen sprachen dafür, aber andererseits war das bei Temperaturen unter dem Gefrierpunkt auch völlig normal.

»Und nun willst du den ganzen Weg zurücklaufen?«

»Was bleibt mir denn anderes übrig?«

»Nun, steigen Sie ein, Mademoiselle! Ihr ganz persönlicher Schienenersatzverkehr ist soeben vorgefahren!«

»Du bist ein Spinner!«, lachte Jenny, und es hörte sich so an, als ob sie das jetzt auch dringend gebraucht hatte. »Aber ... wenn das Angebot noch steht ...«, sprang sie, noch ehe ich ihr das bestätigen konnte, auf, strich sich den Mantel glatt, und überprüfte vorsichtshalber noch einmal den korrekten Sitz ihrer Handtasche.

»Heja, Cowboy!«, rief sie, und ihre klare Stimme hallte dabei von den umgebenden Gebäuden zurück.

Na, wenn das mal kein Ansporn war ...

»Was schreibst du denn morgen?«

»*Grundlagen sozialpädagogischen Denkens und Handelns.* Es ist nicht so, dass die Prüfung besonders schwer wäre. Was mir eher Angst macht, ist die Situation nach dem Studium ... Werde ich überhaupt eine Stelle finden? Und wenn ja, wo? Wie wird es sein, berufliche Verantwortung zu tragen? Werde ich Beruf UND Alltag gleichzeitig bewältigen können? Oh, Entschuldigung, ich heul dir hier die Ohren voll, obwohl ich mich lieber bei dir bedanken sollte ...«

»Das ist doch absolut kein Problem. Und danke mir am besten erst, wenn ich dich auch wirklich heil nach Hause gebracht habe ... Ich kann deine Sorgen sehr gut verstehen. Bevor ich meine Ausbildung zum gestaltungstechnischen Assistenten begann, habe ich auch studiert ... na ja, besser gesagt, hineingeschnuppert. Nach einem Semester war dann aber auch schon wieder Schluss. In der Zeit danach habe ich mir teilweise die gleichen Fragen gestellt ... Aber du hättest erst einmal meine Eltern sehen sollen ...« Ich kramte ein paar Zitate hervor, die Jenny sichtlich amüsierten.

»Was hast du studiert?«

»Maschinenbau in Karlsruhe ... und das trotz zweier linker Hände!«

»Solange uns diese beiden Hände in der Spur halten, ist das völlig in Ordnung ...«

Bestimmt hatte es Jenny nicht so wortwörtlich gemeint, wie es jetzt tatsächlich passierte: In diesem Moment verfing sich nämlich der Vorderreifen in der Bahnspur! Ich versuchte noch zu reagieren, doch es war zu spät. Gemeinsam wurden wir vom Fahrrad katapultiert und landeten ... in einem Sandhügel – ein Hoch auf die übertriebenen Straßenwartungsarbeiten in Baden-Württemberg ...

Schützend hielt ich meine Hand unter ihren Kopf und sah in ihre weit geöffneten Augen, als wir jetzt aufeinander landeten. Ihre hochgesteckten Haare hatten sich durch den Sturz gelöst und bedeckten jetzt teilweise ihren Mund. Während ich ihr die Strähnen vorsichtig aus dem Gesicht strich, spürte ich, wie sich unsere Oberkörper mit rasendem Puls gegenseitig abklopften.

Doch in diesem Moment wurde mir klar, dass ich nicht weitergehen durfte. Schließlich konnte ich von Tina keine Treue verlangen, wenn ich das gleichzeitig nicht auch von mir selbst einforderte ...

»Bist du okay?«, vergewisserte ich mich.

»Ja ... ich denke schon. Da haben wir wohl noch mal ziemliches Schwein gehabt, oder?«

Ich nickte zustimmend und half ihr auf: »Na ja, vielleicht sollten wir die Stadtrundfahrt lieber auf einen anderen Tag verschieben und stattdessen laufen ...«

Jenny war auch dafür, und so liefen wir von nun an gemeinsam nebeneinander her, was stellenweise auch nicht weniger problematisch war. Vor allem für sie mit ihren Absätzen war es enorm schwer, die Balance zu halten, sodass ich ein paar Mal korrigierend eingreifen musste. Aber erst als wir die Botnanger Steige mit ihren unbarmherzigen Treppen erreicht hatten, war Jennys Schmerztoleranz endgültig erreicht. Sie zog ihre Stöckelschuhe aus ...

»Hast du noch ein anderes Paar dabei?«, fragte ich – was für eine Frage ... Mit Sicherheit hatte sie noch eins in ihrer Handtasche verstaut, schließlich war sie ja eine Frau ...

»Nein, ausgerechnet heute natürlich nicht!«, schmollte sie. »Wer kann denn auch schon mit Schnee im Dezember rechnen ...«, verdrehte sie ihre Augen und ärgerte sich über ihre Vergesslichkeit.

»Tja, dann hilft wohl nur noch eins ...« Ich warf das Fahrrad zur Seite und hob dafür ganz spontan sie auf meine Arme.

»Aber ...«

»Keine Widerrede, du holst dir sonst doch noch deine Blasenentzündung ab …« – Dass sich meine Wirbelsäule im Gegenzug vor
Freude doppelt wölben würde, ignorierte ich in diesem Augenblick
konsequent. »Außerdem sehe ich das auch als Gelegenheit: Wenn ich
das tatsächlich bis nach Botnang durchziehe, dann wird das mit der
Türschwelle nach der Hochzeit auch absolut kein Problem sein!«

Wir verfielen in ein gemeinsames Schweigen, während ich ange-
nehm überrascht war, dass mein Gleichgewichtsinn trotz der Boden-
verhältnisse ungewöhnlich gut arbeitete.

»Und dein Fahrrad?«, fragte sie nach einer Weile.

»Keine Sorge, das werd ich auf dem Rückweg abholen …«

»Rückweg? Ich dachte, du wohnst auch da oben …«

»Ach so, ja … na ja, ehrlich gesagt, wohn ich da unten …« Da wir
schon ein gutes Stück zurückgelegt hatten, drehte ich mich um und
konnte ihr mit einer Kopfbewegung zeigen, wo ich wohnte.

Von unserem Standpunkt aus hatten wir einen atemberaubenden
Blick über die Großstadt. Um diese Uhrzeit legte sich eine wunderbare
Stille über die Stadt und die zahllosen Straßenbeleuchtungen hüllten
ihre Umgebung in ein faszinierendes Lichtermeer.

»Du bist WIRKLICH ein Spinner! Wie kann ich das nur wieder-
gutmachen?«

»Hm, es reicht eigentlich schon, wenn du niemandem erzählst, dass
ich betrunken den Schienenersatzdienst gespielt habe …«

Mit ihrem kristallklaren Lachen gab sie mir das Versprechen und
meinte, dass mir die Worte, dafür dass ich betrunken war, noch sehr
flott über die Lippen kämen. Doch allmählich spürte ich, dass ich mir
meine Puste zunehmend einteilen musste, wenn ich nicht bald wie ein
kettenrauchender Hochleistungssportler klingen wollte. Also war es
von nun an Jenny, die aus ihrem Leben erzählte. Dass sie zum Beispiel
bis vor einigen Jahren Gesangsunterricht genommen hatte, aber nie und
nimmer die richtige Stimme für eine große Karriere hätte. Oder, dass

sie schon oft von irgendwelchen Stalking-Scoutern auf der Königstraße angesprochen worden war, ob sie sich denn nicht vorstellen könnte, für einen Dessoushersteller zu modeln, dies aber immer ablehnte, weil sie ihre Brüste für zu klein befand. Und dass sie schon früh ohne Vater aufgewachsen war, nachdem sich dieser mit seiner neuen Flamme nach Übersee abgesetzt hatte, um künftig keine Alimente mehr zahlen zu müssen.

Weit nach Mitternacht erreichten wir schließlich ihre Wohnung. Jenny bedankte sich mit einem zärtlichen Kuss – natürlich auf die Wange – und wünschte mir unter Gähnen einen guten Heimweg.

Während ich zurücklief, musste ich ebenfalls pausenlos gähnen. Allerdings nur deshalb, weil mein Gehirn jetzt dringend genügend Sauerstoff benötigte, um Tina eine plausible Erklärung abzugeben, warum ich so spät nach Hause kam.

Denn eines war bei ihr so sicher, wie die Niederlage einer englischen Nationalmannschaft im Elfmeterschießen: Egal, wie müde Tina auch sein mochte, sie blieb garantiert so lange wach, bis sie mein obligatorisches *Autsch* hörte, wenn ich mir mal wieder an einem dieser dämlichen Wandschränke den Fuß anschlug.

10. Alles eine Frage der Psychologie

»Einen wunderschönen guten Morgeeen!«

Bumm! Die hinter mir zufallende Tür ließ mich in diesem Moment realisieren, dass ich von nun an der puren Liebestollwütigkeit Torstens ausgeliefert war. Als ob er auf einem unsichtbaren Seil balancierte, kam er jetzt auf mich zugetippelt, und wo andere stehen bleiben und einen gewissen Höflichkeitsabstand einhalten, stürmte er einfach weiter. Eine Böe schrecklich süßen Parfüms wehte mir entgegen, als er sich nun wie eine Boa um meinen Hals schmiegte. Dabei wäre doch heute meine effektivste Ausrede an der Reihe gewesen ...

»Ach Davidschatz! Du glaubst ja gar nicht, wie froh ich bin, dich zu sehen ... Im Gegensatz zu Toni, diesem Schlaffschniedel!«

Also brüteten die beiden Streithähne immer noch an ihrem gemeinsamen Ei herum ...

»Wollt ihr euch nicht so langsam mal wieder versöhnen?«

»ICH? Ich bin doch der Letzte, der den ersten Schritt machen muss!« – Stimmt, bei Torstens Tippelschritten hätte einer eh nie im Leben gereicht ...

»Na ja, ich mein ja nur. Aber ihr werdet schon wissen, was ihr da macht. Schließlich seid ihr beide ja erwachsene Jung... äh ... Erwachsene ...«

Mit einem tiefen Seufzer ließ ich mich in meinen Drehstuhl plumpsen.

»Was ist denn los, mein Hübscheeer?«

Vor meinem geistigen Auge lief noch einmal jenes satirische Drama ab, das mich heute in aller Frühe zu Hause erwartet hatte ...

Nichts ahnend schloss ich die Wohnungstür auf, als Tina in der Dunkelheit plötzlich mit einer Pfanne bewaffnet hervorsprang.

»Halt, mein Schatz, ich bin's doch nur!«

»Ich weiß …«

Ihre Katzenaugen funkelten mir bedrohlich entgegen. Und da zudem dieser leicht aggressive Unterton in ihrer Stimme mitschwang, konnten mich jetzt wohl nur noch die Grundlagen der Psychologie retten, die wir damals in der Oberstufe kennengelernt hatten. Ich erinnerte mich noch leise an Herrn Geist, einen Mann, der von sich selbst immer behauptet hatte, er könne mit einem einzigen Blick das Innerste seiner Schüler aufdecken. Einer seiner typischen Sätze war: »Meine Freunde im Geiste, ihr müsst bei zwischenmenschlichen Konversationen stets bedenken, dass euer Gegenüber einem ständigen Wandel seiner inneren Wünsche, quasi seinem heimlichen Verlangen, unterliegt. Deshalb ist es so wichtig, dass ihr dem Gesprächspartner eure volle Aufmerksamkeit schenkt. Ihr müsst die in der Luft schwingenden Emotionen förmlich aufsaugen …«

Leises Getuschel und vereinzeltes verhaltenes Lachen.

»Ja, jetzt lacht ihr noch. Ihr denkt euch sicher, nein, ich weiß es sogar, der olle Geist tickt nicht mehr richtig. Aber was werdet ihr machen, wenn ich euch einen Beweis erbringe …?«

»Sagen Sie es uns doch! Sie können doch die Emotionen aus der Luft filtern«, rief Kevin alias *Rappendes Maschinengewehr* aus der letzten Reihe nach vorne und atmete dabei theatralisch tief ein.

Anerkennendes Schulterklopfen von seinen Kumpels und kollektives Gelächter in der Klasse.

»Na, dann nehmen wir doch gleich mal dich dran, Kevin. Damit haben wir praktischerweise gleich ein Individuum vor uns, zu dem wir aufgrund der lokalen Nähe auch gleich ein emotionales Verhältnis aufbauen können. Also Kevin …«

Kevin verstummte augenblicklich.

»… ich werde mich nun einzig und allein auf deine Person konzentrieren. Und wenn ich den wahren Blick in deinen Augen richtig deute, dann hast du ein tiefes Verlangen nach Liebe.«

Jetzt blickte Kevin nervös um sich.

»Genauer gesagt, eigentlich nur nach der Liebe einer ganz bestimmten Person.«

Mittlerweile versuchte Kevin den Geist'schen Blicken zu entkommen, indem er sich hinter einem Ordner versteckte.

»Ja, diese Person sitzt sogar irgendwo hier in diesem Raum – und ich kann deine Kumpels beruhigen: Es ist eine SIE ...«

Gespannte Stille füllte den Raum und wartete nur darauf, sich in ein schadenfrohes Gelächter ergießen zu können. Unsere Blicke wanderten gebannt zwischen dem Lehrer und Kevin hin und her.

»... aber ...«, und an dieser Stelle baute Herr Geist eine rhetorische Pause ein, als wollte er den Höhepunkt seiner Vorstellung gebührend vorbereiten, »... um die Spannung, die die Psychologie im Allgemeinen bereitet, nicht hier und jetzt so einfach fallen zu lassen, werde ich es dabei belassen. Jedoch gebe ich dir einen guten Rat, Kevin, quasi von Mann zu Mann: Beherrscht du die Kunst der Psychologie, dann garantiere ich dir, dass sie dir noch dieses Jahr nicht mehr länger widerstehen wird!«

»Ja, super, wir sind aber bereits in zwei Monaten raus aus der Schule ...«

»Na, dann wird's aber höchste Zeit, dass du endlich mal anfängst aufzupassen!«

Herr Geist war wirklich ein Meister der Psychologie ... und ich hatte offensichtlich nicht gut genug aufgepasst ...

Das bereute ich spätestens in dem Moment, in dem sich nun auch noch ein vorwurfsvoller Blick in Tinas Gesicht schlich:

»Wo warst du?«

»Draußen ...«, antwortete ich wahrheitsgemäß, obwohl doch verdächtig wortkarg.

»Wo draußen?«

»Na ja, wir waren heute ziemlich lange im *Bachelors* ...«

»Also warst du drinnen ...«

»Ja ... draußen, drinnen, das ist doch alles relativ ...«

»Komm mir jetzt nicht wieder mit deinen ausweichenden Phrasen! Das *Bachelors* hat bis Mitternacht geöffnet ... Also, wo warst du?«

Ich erlag für einen Moment der Versuchung, Tina mit gespielter Überraschung zu fragen, seit wann sie denn auch unsere Stammkneipe besuchte. Allerdings traf mich die Erkenntnis härter, dass sie ihre Information mit Sicherheit einer viel universaleren Quelle verdankte ... dem Internet.«

»Okay ... ich hab eine Frau durch die Dunkelheit nach Hause begleitet ... ihre Straßenbahn ist ausgefallen.« Und da ich wusste, dass Tina jeden Moment – in jeder anderen Situation hätte ich gesagt, endlich einmal – Gebrauch von dem Kochutensil in ihrer Hand machen würde, schob ich noch schnell hinterher: »Du hast eben einen hoffnungslosen Kavalier als Freund ...«

Wenn ich mir auch nur für eine Sekunde erhofft hatte, dass ich ihr mit meinem Lächeln süßen Honig um den Mund schmieren könnte, dann wurde ich spätestens in diesem Moment bitter enttäuscht: Das Zucken ihres Augenlides bedeutete nichts Gutes. Und tatsächlich musste ich im Nachhinein feststellen, dass ich mir unnötig wenige Sorgen gemacht hatte, als ich kurz zuvor noch davon ausgegangen war, an Kleiderschränken angeschlagene Füße könnten in dieser Nacht die einzigen Schmerzen sein ...

»Ooooch, wie süß, bist du etwa am Träumeeen?«

Wenn das der Fall gewesen war, dann hatte mich die Berufswelt in diesem Augenblick wieder. Und anscheinend keine Sekunde zu früh, denn Torsten stand bereits direkt über mir und hatte seinen Mund dabei so weit geöffnet, dass er mich unweigerlich an ein Raubkätzchen mit ausgerenktem Kiefer erinnerte. Tja, in Erster Hilfe war er eben schon immer einsame Spitze gewesen ...

»Nein ... ja ... mir geht's gut, kein Problem ...«

»Na, das will ich auch hoffeeen, schließlich findet doch heute unser *Anniversary-Präsentationsmeeting* statt.«

So eine Sch...! Das hatte ich ja total verschwitzt! Anlässlich unseres fünfjährigen Bestehens hatte unser Chef uns gestern aufgetragen, eine kurze Präsentation vorzubereiten, in der wir die aktuelle Unternehmenslage skizzieren und eine persönliche Prognose für die nächsten Jahre abgeben sollten.

Jetzt hatte ich also noch genau eine halbe Stunde Zeit, mir eine Idee inklusive ihrer Gestaltung aus den Fingern zu saugen. Das allein war schon nicht einfach, aber Torsten machte es durch seine typischen hysterischen Anfälle – die sich sogar noch verstärkten, wenn er aufgeregt war – zu einem Ding der Unmöglichkeit:

»Aaach, ich bin ja so nervös! Ich glaube, ich hyperventiliere jeden Momeeent ...« oder »Davidschatz, meinst du, Herr Behrens wird mein Push-Up BH auffallen?«

Pünktlich zum Startschuss tauchte dann auch Toni auf – inklusive Grinsen.

»Ladys and Gentlemen, seid ihr bereit, die größte berufliche Niederlage eures Lebens hinnehmen zu müssen?«

Ich war es. Torsten noch lange nicht ...

»Pah, ich werd's dir gleich zeigen, du aufgeblasener Tortellinifresseeer!«

»He, wag es ja nicht, mich anzufassen, du Hascheffekttunte. Mit deinem BH siehst du ja noch lächerlicher aus als sonst!«

Na klasse. Vor mir lebten sich zwei Kreativitätsköpfe mal so richtig aus, während ich an meinem Geschäftslaptop saß und meinen Kopf einfach nur noch frustriert auf die Tastatur hämmerte.

Herr Behrens bekam die unterschiedlichsten Facetten des Lebens zu Gesicht, als er in diesem Moment in den Besprechungsraum eintrat. Na ja, genau genommen waren es nur zwei: Toni und Torsten, die aufrecht und selbstbewusst dasaßen. Und ich, der mit gesenktem Kopf seinem Henkersurteil entgegensah.

»So, meine Herren ...« – Torsten sah ihn dabei leicht gekränkt an – »... dann wollen wir doch mal sehen, wie Sie unsere gegenwärtige Lage beurteilen, und wie Sie den Startschuss für die nächsten fünf Jahre setzen würden. Einem halben Jahrzehnt des hoffentlich finanziellen und zugleich persönlichen Wachstums!« – Demnach gab es also nur einen in diesem Raum, der in den nächsten Jahren doppelt wachsen würde ... »Aber mehr will ich für den Moment gar nicht sagen, schließlich muss ich mir ja ein paar Motivationen für die Jubiläumsfeier aufbewahren, hehe ... Wer möchte mich also zuerst begeistern?«

Ich kam mir etwas fehl am Platz vor, als sich die zwei Kampfhähne ... Pardon, der Kampfhahn und die Kampfglucke, sich nun in ihrem Gegacker überboten. Unser Chef erkannte aber offensichtlich den Fortschritt der Emanzipation an, als er Torsten jetzt den Vortritt ließ. Schadenfroh streckte dieser seinem Kontrahenten die Zunge raus und gluckste, als Behrens sein *exquisites Outfit* lobte.

Während der nächsten halben Stunde entpuppte sich Torsten als echtes Multitalent. Wo Toni und ich eigentlich davon ausgegangen waren, dass er jetzt eine Vision von rosa gestrichenen Räumen und frisch gepresstem Litschisaft für alle zum Besten geben würde, zeigte er ein feinfühliges Gespür für die aktuelle Wirtschaftslage und die nächsten Schritte des Unternehmens. Behrens nickte nachdenklich, als Torsten davon sprach, dass wir unser Werbeetat zurückfahren müssten und uns stattdessen auf die aktuelle Klientel konzentrieren sollten.

Als Nächstes war Toni an der Reihe und wusste genau, dass er nach Torstens Leistung jetzt erst recht gefordert war. Mit seinem breitesten Grinsen stand er vor uns, sodass man fast meinen konnte, er wolle die Wirtschaftskrise einfach weglächeln. Er kam ebenfalls zu dem Schluss, dass es momentan am Besten wäre, jegliche unnötigen Risiken zu vermeiden und künftig auf eine zeitgemäße Werbestrategie zu setzen –

hätte man vor seinem Vortrag ein Phrasenschwein aufgestellt, dann wäre dessen Leben bereits eine halbe Stunde später zu Ende gewesen ... Unseren Chef schien das allerdings nicht zu stören. Anerkennend klopfte er nach dem Vortrag auf die Tischkante und unterstrich das noch durch ein »Bravo Herr Amore! Auf Sie kann ich mich einfach verlassen!«

Tja, und dann war ich an der Reihe. Ohne Push-Up BH. Ohne Grinsen. Ohne Konzept. Selbst die Gestaltung der Folien hätte ein Dreijähriger mit Tendenzen zum Burn-out besser hinbekommen. Aber okay, dann musste ich eben umso mehr mit Worten überzeugen. Und ich war jetzt mehr denn je davon überzeugt – obwohl ich noch nie ein begnadeter Redner gewesen war. So hörte ich mich also revolutionierende Dinge sagen ...

»Ich denke, dass wir auch oder gerade in wirtschaftsschwachen Zeiten investieren sollten! Dabei müssen wir natürlich immer unsere Möglichkeiten im Auge behalten, aber letztendlich halten wir durch Investitionen den Geldfluss auf dem Markt am Laufen. Nehmen wir mal an, dass auf einmal ein Umdenken der Haushalte und Unternehmen hin zum konsequenten Sparen stattfindet, dann würde doch jegliches Wirtschaftswachstum versiegen, Entlassungen und noch weniger Geldflüsse wären die Folge. Außerdem bin ich dafür, dass wir jetzt verstärkt auf den Märkten für unsere Dienstleistungen werben sollten, die noch voll im Saft stehen. Momentan bietet sich uns eine ideale Gelegenheit, dadurch unsere Marktanteile zu erhöhen, gerade weil die Konkurrenz aller Voraussicht nach nur sehr zögerlich investieren wird. Wir könnten damit also zu Gewinnern in der Krise werden ...«

An für sich war ich mit meiner Präsentation recht zufrieden, als ich jetzt mit den Worten »... sonst müssen wir in fünf Jahren immer noch in dieser Kantine essen!« schloss. Ich sah Behrens zusammengekniffene Augen. Ich bemerkte auch seinen hochroten Kopf. Und vor allem erkannte ich, dass seine Stirnader auf Baguettegröße anschwoll. Klarer

Fall, in diesem Moment hätte mir auch der beste Psychologe der Welt wohl nicht mehr helfen können ...

»Was fällt Ihnen eigentlich ein, Herr Grichting!? Halten Sie sich mit Ihren hirnrissigen Vorschlägen etwa für was Besseres? Denken Sie, dass wir den Blinden spielen werden, der mit offenen Armen freudig dem Abgrund entgegenrennt? Wissen Sie was, mir platzt gleich der Kragen! Ich ... ich ...«

Weiter kam Behrens zu meinem Glück nicht. Ich hatte nämlich schon befürchtet, dass er die Vorschläge zur Kosteneinsparung gleich hier vor Ort in die Tat umsetzen und dazu noch die Sammlung seiner ganzen Motivations-CDs als Wurfgeschosse einsetzen würde.

Sarah jedoch war diejenige, die mir all das ersparte, als sie in diesem Moment ihren Kopf durch die Tür steckte. Und obwohl ihre Antennen sofort die dicke Luft orteten, sagte sie mit ihrem typischen Lächeln: »Entschuldigen Sie bitte die Störung, Herr Behrens, aber Ihre Frau ist unten am Empfang in der Leitung. Sie sagt, dass sie einfach nicht mehr weiter weiß, und dass sie Ihr Sohn noch um den Verstand bringen wird ...«

»Was?«, wirbelte Behrens herum, erkannte aber sofort, dass es jetzt besser war, gleich zu handeln.

Während er aufstand und Sarah folgte, presste er die Worte durch seine Zähne – wenn er hoffte, dass es eine beruhigende Wirkung auf ihn hätte, dann lag er damit falsch ...

»Warum muss der Apfel nur so weit vom Stamm fallen ...? Aber jetzt ist Schluss mit der Dickköpfigkeit. Jetzt werde ich dir beibringen, wie man sich benimmt. Und wenn ich den ganzen Abend auf dich aufpassen muss ... Nein, jetzt reicht es wirklich, mein lieber Lutz ...«

Als der ausgebrochene Vulkan den Raum verlassen hatte, spürte ich das erste Mal so etwas wie Mitleid mit dem Ausdrücke schwingenden Albtraum aller Mütter ...

II. Tina

Eigentlich habe ich jetzt gar keine Zeit dafür ... Und dann auch noch völlig unentgeltlich? Nicht einmal in der Zeitung wird meine Geschichte abgedruckt? Nein, danke, ich hab heute noch viel Wichtigeres zu erledigen. Als ob ich nicht schon genug ausgelastet wäre ...

Wie? Vielleicht kommt irgendwann ein Buch darüber raus? Hm, wenn ich dann an den Gewinnen beteiligt werde ... Na gut, dann will ich mal nicht so sein. Schließlich sollte man ja auch von Zeit zu Zeit mal eine gute Tat vollbringen, nicht wahr?

Es ist aber auch extrem schwer, einmal komplett abzuschalten und nicht an Geld und Karriere zu denken. Allein der Begriff *Opportunitätskosten* bereitet mir schlaflose Nächte: In der Zeit, in der ich beispielsweise ins Kino gehe, könnte ich auch arbeiten. Folglich verliere ich in meiner Freizeit also streng genommen bares Geld ... Also arbeite ich lieber zu Hause weiter an meiner Karriere.

Aber das ist wirklich okay, denn ich weiß ganz genau, dass sich das irgendwann bezahlt machen wird. Schon meine Eltern haben mir als Kind immer eingebläut, dass es *ohne Fleiß keinen Preis* gibt. Deshalb habe ich mich dafür entschieden, mein ganzes Leben auf meine berufliche Karriere auszurichten.

Freundschaften betrachte ich ehrlich gesagt als Luxus: Ab und zu kann man sie sich gönnen, aber bloß nicht zu oft, denn das lenkt nur von den wirklich wichtigen Dingen ab. Ich habe schon früh gelernt, dass ich nicht umsonst zwei Ellbogen geschenkt bekommen habe. Nicht mehr und nicht weniger als jeder andere. Und unsere Gesellschaft verlangt nun mal von uns, diese auch einzusetzen, um einander das Leben schwer zu machen. Ich glaube, es gibt auf unserer Erde einfach nur eine begrenzte Menge Glück. Und je mehr Menschen an diesem Glück teilhaben, desto weniger bleibt für jeden Einzelnen übrig.

Aber damit genug der philosophischen Gedanken. Ich kann sie mir schlichtweg nicht leisten, denn auch mein Tag hat nur 24 Stunden ... Leider. Der Gedanke daran lässt mich oft ein wenig unruhig werden, vor allem wenn ich das Gefühl habe, dass es insgesamt viel zu langsam vorangeht. Mit meiner Karriere, meine ich. Denn mittlerweile bin ich schon seit zwei Jahren leitende Angestellte ...

Leitende Angestellte. Für mich ist das ein anderes Wort für *Speichel leckender Überbringer von Nachrichten.* Manchmal ist mir einfach nur zum Ausrasten zumute. Am liebsten würde ich dann ... oh, das wird ja möglicherweise abgedruckt, nicht wahr? Na ja, jedenfalls reicht mir diese Position noch lange nicht. Ich will aufsteigen, Geld verdienen, endlich reich und sorgenfrei sein ...

Hätte ich ein paar Zentimeter Schwellkörper zwischen meinen Beinen baumeln, dann wäre ich garantiert schon viel näher an meinem Ziel! Aber Gleichberechtigung funktioniert eben nur in einer gleichgeschlechtlichen Gesellschaft, wie zum Beispiel bei den Schnecken ... Wir Frauen müssen uns dagegen jeden Tag von Neuem in der Arbeitswelt beweisen. Wir werden doch geradezu dazu genötigt, Kaffee aufzukochen und unseren Ausschnitt besonders weit zu tragen! Und ich muss ehrlich gesagt zugeben, dass mir das mittlerweile sogar Spaß macht. Damit meine ich natürlich nicht die Erniedrigungen, nein, ich denke dabei an die anzüglichen Blicke der notgeilen Männer, die sich dann wie Roboter steuern lassen. Nur dass die Batterien in meiner Fernbedienung dann irgendwann nicht mehr so funktionieren werden, wie erhofft. Und dann werden die Gaffer vergeblich auf den *AUSKNOPF* drücken ...

David ist ganz anders. Er ist keiner von diesen testosterongesteuerten Männern. Wobei ich damit nicht sagen will, dass er eine Niete im Bett wäre. Oh nein, ganz im Gegenteil! Ich hatte schon eine lange Liste von Typen, aber mit David hatte ich zweifelsohne den besten Sex. Wenn wir unser Vorspiel zum Beispiel unter der Dusche starten, dann ... oh, aber ich denke, dass unser Geschlechtsakt nicht gerade das beste Thema für ein Buch ist, oder ...? Was ich eigentlich damit sagen will ist, dass David einfach ein viel zu guter Kerl ist. Viel zu lieb, um in der Berufswelt erfolgreich zu sein, obwohl er sicherlich das Zeug dazu hätte. Denn zum einen ist er sehr intelligent, und zum anderen – und das ist noch viel wichtiger – ist er ein Mann ...

Ehrlich gesagt gefällt es mir, ihm hin und wieder die Leviten zu lesen. Danach tut es mir zwar immer ein wenig Leid, aber nach einem angespannten Arbeitstag, an dem man nichts als buckeln muss, ist das die reinste Wohltat ...

Über kurz oder lang bekomme ich immer, was ich will. Das war schon immer so, und das wird sich auch nie ändern. Als ich noch die Zeit hatte, um auf Partys zu gehen, gab es keinen Abend, an dem die Jungs nicht wie die Fliegen um mich herumschwirrten. Und auch wenn so eine Bestätigung natürlich ein tolles Gefühl war, bin ich danach oft wieder alleine heimgegangen. Ganz einfach, weil es noch viel mehr Spaß machte, die aufdringlichsten dieser sabbernden Ständer eiskalt abblitzen zu lassen.

Auch David hatte ich sofort an der Angel. Na ja, und zugegebenermaßen er auch ein bisschen mich ... Mit seinen ausdrucksvollen, aufmerksamen Augen und dem strahlenden Sunnyboylächeln hat er es mir von Beginn an angetan. Und dazu ist er ein wahnsinnig guter Liebhaber ... vorausgesetzt, ich habe die Zeit und Lust für solche Spielchen.

Denn wenn nicht, dann sind Mitmenschen meistens nur lästig! Ich weiß nun mal genau, was ich will. Und ich gehe dabei keine Kompromisse ein ...

Jetzt habe ich aber genug aus meinem und Davids Leben – okay, vielleicht mehr über seine ... Qualitäten – erzählt. Das wird doch wohl für ein ordentliches Kapitel reichen, oder? Bevor ich mich aber endlich wieder meiner Arbeit zuwende: Wo ist denn der zu unterzeichnende Vertrag für meine Gewinnbeteiligung ...?

12. Das Zentrum des Lebens

Sowohl die gleißenden Flugzeuglichter als auch die Kraft der drehenden Turbinen zogen uns von Zeit zu Zeit in ihren Bann, als Rico und ich mit einem Kasten Bier – nach dem gestrigen Abend im *Bachelors* hatten wir uns auf die alkoholfreie Version geeinigt – nicht unweit von seinem Haus entfernt auf einer Bank saßen und von hier oben auf den Fildern einen faszinierenden Blick auf den Stuttgarter Flughafen besaßen. Und obwohl wir uns dick eingehüllt hatten, wäre uns jetzt ein kleiner Warmmacher bei den Minustemperaturen nicht ungelegen gekommen ...

Mit der ersten geköpften Flasche saßen wir auf der Banklehne und blickten etwas sentimental hinunter auf die ausgedehnten Felder vor dem Flughafen, die uns, verschluckt von der Dunkelheit und abseits des Einzugsbereiches der Flughafenlichter liegend, wie ein einziges Nichts entgegengähnten.

In meinen Gedanken lief noch einmal der heutige Tag im Schnelldurchlauf vorbei: die zwei *Trouble-Ts* Torsten und Toni, Behrens' Wutausbruch und Tinas Reaktion, nachdem ich ihr erzählt hatte, dass ich mich heute spontan mit Rico treffen würde – nur so viel dazu: Sie war davon nicht gerade besonders begeistert ...

»Hey David, was beschäftigt dich?« – Unheimlicherweise ahnte Rico immer, was in mir vorging.

»Tja, momentan so viel, dass es sogar deine ausgedehnte Lebensvita an Details übersteigen würde.«

»Hehe, na, das würde mich aber sehr wundern, schließlich kennst du ja gerade mal ein Viertel davon ... Aber mal im Ernst, was ist los?«

»Da wäre zum einen Tina ... mittlerweile stelle ich unsere Beziehung ernsthaft infrage!«

»Oh ...« Ich wusste, dass ich jetzt ein Thema angesprochen hatte, bei dem ich Ricos Unparteilichkeit herausforderte. Gleichzeitig wusste ich aber auch, dass ich mich immer auf ihn verlassen konnte. Egal, wie groß meine Geheimnisse auch sein mochten, Ricos Verschwiegenheit war noch größer. »Okay, was ist zwischen euch beiden los?«

»Frag lieber, was nicht los ist … gut, vielleicht Sex … aber ansonsten haben wir momentan alles: Ärger, Misstrauen und all den anderen Mist, der eine Beziehung vergiftet.«

Rico seufzte und dachte einen Moment nach: »Hast du schon versucht, etwas dagegen zu unternehmen?«

»Wenn du damit Ausziehen meinst, nein, hab ich bisher noch nicht … Weißt du, ich glaube es ist sinnlos, wenn ich versuche, etwas dagegen zu unternehmen, weil ich mehr und mehr das Gefühl bekomme, dass Tina das braucht …«

»Streit?«

»Ja, entweder das … oder sie kann mein Gesicht einfach nicht mehr länger ertragen.«

»Jetzt kommst du der Wahrheit schon näher«, lachte Rico auf, verwandelte sich daraufhin aber sofort wieder in einen ernsten Seelenklempner. »Hm, du musst wissen, dass manche Menschen ihre Liebe zu jemand anderem nicht so eindeutig zeigen. Vielleicht, weil sie nicht wollen. Vielleicht aber auch, weil sie es einfach nicht können …«

»Und du glaubst also, dass mich Tina liebt, es mich aber nicht spüren lassen will oder kann?«

»Das wäre doch immerhin möglich …«

»Na, dann stelle ich dir mal 'ne Frage: An welcher Stelle genau siehst du bei den folgenden Beispielen, dass da auch nur ein Fünkchen Liebe sein könnte? Zum Beispiel, wenn mich Tina im Bett küsst, und sich dann unverhofft mit ihren Fingernägeln in meinen Hals krallt, bevor sie mir fast die Haare vom Kopf reißt?«

»Äh, na ja, vielleicht steht sie ja auf Schmerzen … zumindest wäre sie nicht die Erste, der so etwas gefällt.«

»Ja, mit dem kleinen Unterschied, dass es meine Schmerzen sind.

Schlimmer ist aber, dass sie mich erst heute Morgen mit einer Kochpfanne quer durch die Wohnung gejagt hat, nur weil ich etwas später als gedacht nach Hause kam.«

»Hehe, eigentlich ein lustiger Gedanke ... Aber okay, vielleicht wollte sie einfach nur die Robustheit von diesem Ding austesten ...«

»Die Pfanne war ein Familienbesitz ihrer Großmutter! Und nur weil sie gleich beim ersten Schlag in ihre Einzelteile zerfiel, ist nichts Schlimmeres passiert!«

»Frauen sind halt manchmal ganz schön schwer zu verstehen ...«

»Wenn das ab und zu der Fall ist, dann zieht eine Beziehung daraus auch ihren Reiz. Aber wenn das zur Normalität wird, dann ...«

Ich verstummte. Und auch Rico sagte nichts mehr.

Erst nach einer Weile durchbrach ich unser gemeinsames Schweigen: »Wie verhaltet ihr, du und Daniela, euch, wenn ihr miteinander Streit habt? Und jetzt sag mir bloß nicht, ihr hättet keinen.«

Ungewöhnlich lange suchte Rico jetzt nach den richtigen Worten: »Natürlich haben wir den auch von Zeit zu Zeit. Zeig mir doch mal eine Beziehung, in der es so etwas nicht gibt ... Aber nach einer Weile ist er auch wieder vergessen. Es ist ein ständiges Geben und Nehmen, verstehst du?«

»Bei dem du ständig gibst ...«

Es war nicht besonders schwer, zu erkennen, dass ich damit ziemlich genau ins Blaue getroffen hatte. Aber Rico wäre nicht Rico gewesen, wenn er nicht auch jetzt noch die Gelassenheit in Person gewesen wäre.

»Das Ganze ist nicht so einfach zu erklären ... als ich vorhin davon gesprochen habe, dass dich Tina vielleicht eher ... sagen wir, versteckt liebt, habe ich auch an Daniela gedacht. Ich weiß genau, dass sie mich liebt, nur ... spüre ich das eben nicht immer ...«

Für einen kurzen Moment nahm ich in Ricos Stimme ein leichtes Vibrieren wahr, und ich konnte verstehen, dass auch einem Mann – dazu noch einem so feinfühligen – dieser Gedanke zu schaffen machen konnte. Schon oft war mir aufgefallen, dass Rico und Daniela zusammen meist eher auf ... Sparflamme köchelten. Gleichzeitig hatte mich aber auch immer fasziniert, mit welcher Souveränität die beiden Seite an Seite durch alle privaten Krisen marschiert waren. War das alleine Ricos Bereitschaft zu verdanken, sich zu demütigen, indem er immer wieder nachgab?

»Wie machst du das nur?«, fragte ich verwirrend zusammenhanglos, allerdings nur deshalb, weil gleichzeitig Tausende Dinge durch meinen Kopf schossen. »Wie schaffst du es nur, einfach immer souverän aufzutreten und trotzdem authentisch zu bleiben? Und wie schaffst du es, erfolgreich zu sein und dabei dennoch auch an das Ende der Gesellschaft zu denken? Wie machst du das nur?«

Gespannt wartete ich auf Ricos Antwort. Nicht einmal die Lichter einer gerade gestarteten Maschine konnten mich davon ablenken.

»Weißt du, dass ich noch nie mit jemandem darüber gesprochen habe? Ich meine, nicht wirklich ernsthaft, verstehst du?«

Ich spürte, dass Rico jetzt einen Bereich seines Lebens ansprechen würde, den er bisher noch nicht einmal seinem besten Freund anvertraut hatte.

»Ich schäme mich richtig, dass ich schon so lange mit IHM lebe und es mir dennoch so schwer fällt, anderen davon zu erzählen ...«

Mit IHM? Auf einmal war ich mir gar nicht mehr so sicher, ob ich von Ricos Geheimnis erfahren wollte. Und dennoch spürte ich, dass es für ihn jetzt nichts Wichtigeres gab, als es mir zu erzählen, ja dass es ihn geradezu erleichtern würde. Alles, was er noch brauchte, war diese eine kleine Frage:

»Von wem?«

»Von Gott.«

»Gott?«

»Gott.«

Es war ja nicht so, dass ich noch nie etwas von Gott, dem Schöpfer der Welt, gehört hatte. In meiner Kindheit war ich mit meinen Eltern jeden Sonntag in die Kirche gegangen, hatte dort Malbücher von biblischen Erzählungen voll gekritzelt, und zwischendurch immer mal wieder den viel zu komplizierten, und deshalb langweiligen Worten des Pfarrers gelauscht. Nach zwei Stunden ging es dann wieder für eine Woche zurück in den Alltag, bis es am nächsten Sonntag eben wieder *Malen nach Figuren* hieß. Unzählige Male hatten mich meine Eltern ermahnt, dass ich gut aufpassen müsse. Doch wie sollte ich zuhören, wenn ich mit der Bedeutung der Reden nichts anfangen konnte? Als ich erwachsen wurde, führte ich dann nur noch eine recht oberflächliche Beziehung zu Gott, vergleichbar mit der zu einem entfernten Bekannten, mit dem man einmal Kontakt gehabt hat, dieser jedoch mit der Zeit abgebrochen ist und man schließlich irgendwann zu dem Ergebnis kommt, dass man doch auch irgendwie ohne ihn leben könnte.

»Ich schäme mich, dass ich erst heute das erste Mal mit voller Überzeugung von IHM sprechen kann ... Wo er mir doch so oft schon geholfen hat, wo er doch mittlerweile ein fester Bestandteil meines Lebens geworden ist.«

Stimmt, ich hatte Rico wirklich noch nie mit einer Bibel in der Hand gesehen, oder aber ein Tischgebet sprechen hören.

»Denn ER ist es, der mir die Gelassenheit schenkt, wenn mich Probleme belasten. ER ist es, der mir die nötige Geborgenheit gibt, wenn Daniela mal wieder ihre Kränkungsphase durchlebt. Und ER schenkt mir auch die Liebe, ohne die ich mit Sicherheit bloß ein egoistischer Arsch wäre ... Verstehst du, was ich meine?«

Mir fiel es sehr schwer, das alles nachzuvollziehen, gleichzeitig aber auch sehr leicht, das alles mitzufühlen: »Aber was oder wer ist Gott für dich? Ich meine, liest du die Bibel, um ihn besser kennenzulernen? Und ist es letztlich nicht eine Frage des persönlichen Glaubens?«

»Hm, das ist ja gerade das Verrückte. Ich kann es mir einfach selber nicht erklären! Weder lese ich täglich das Wort Gottes noch bete ich wirklich jeden Abend. Und obwohl ich weiß, dass das eigentlich einen guten Christen auszeichnet, spüre ich ganz genau, dass mich Gott trotzdem liebt. Das bedeutet aber natürlich nicht, dass ich das als Freifahrtschein sehe, all das zu tun, was ich möchte ...«

Auch wenn mich der plötzliche Themenwechsel überrascht hatte, und ich mich dabei ein wenig unwohl fühlte – sprachen wir beide doch von etwas, dass sich nicht so einfach fassen lässt, wie das Holz, auf dem wir saßen – spürte ich gleichzeitig auch ein inneres Verlangen. Das Verlangen, über etwas zu sprechen, das einem die Vernunft – war es überhaupt die Vernunft, oder nicht viel mehr der unvernünftige Stolz? – ausreden wollte.

»Wie hast du ihn kennengelernt?«

»In einer Lebensphase, in der ich völlig am Boden war ...« – Ich traute meinen Ohren kaum. War so etwas bei Rico wirklich möglich? – »Das ist schon ne ganze Weile her, noch bevor du und ich uns kennengelernt haben. Damals stand ich am Rande eines Burn-out ... in dem Alter! Vielleicht hatte ich mir einfach zu schnell zu viel zugemutet ... Na ja, auf jeden Fall schwebte anfangs trotzdem immer nur dieser eine Gedanke wie ein Damoklesschwert über mir: Wenn du auch nur ein Unternehmen aufgibst, wird das der Anfang vom Ende sein ... Tja, und dann habe ich eines Tages die Erfahrung machen dürfen, dass man sich manchmal einfach demütigen muss, um in seinem Leben einen Schritt vorwärtszukommen. Für mich bedeutete das, mir einzugestehen, dass ich Hilfe benötigte. Die Alternative wäre der Weg ins Nichts gewesen ...«

»Und da hast du Gott erfahren?«

»Genau. Aber ich kann dich beruhigen: Ich gehöre jetzt keiner Sekte an, die dich einer Hirnwäsche unterziehen möchte. Meiner Meinung nach ist Toleranz sowieso die wichtigste Eigenschaft. Bin ich etwa ein guter Christ, wenn ich darauf aus bin, nur die Fehler eines ›Ungläubigen‹

aufzuzählen? Nein, ich denke, ich bin dann ein guter Christ, wenn ich stattdessen die Botschaft Jesu, Gottes Sohn, weitergebe. Die Botschaft, dass wir jedem unsere Liebe zukommen lassen sollten, auch wenn es sich dabei um eine Person handelt, die einem puren Hass entgegenbringt ... Zugegeben finde ich das manchmal einfach wahnsinnig schwer ...«

Dafür, dass Rico so eine Heidenangst hatte, sich als Christ zu outen – vor nicht allzu langer Zeit wäre es noch das Normalste der Welt gewesen ... – gab er einen sensationell guten, weil einfach glaubwürdigen, Prediger ab.

»Du überrascht mich einfach immer wieder aufs Neue, Rico!«, lächelte ich und griff ihm dabei bewegt an die Schulter. »Aber was sagt Daniela dazu?«

Rico schwieg eine Weile. Ein weiteres Flugzeug startete Richtung Westen, bevor es sich in Kürze endgültig für eine der vier Himmelsrichtungen entscheiden würde.

»Wir haben noch nie ernsthaft darüber gesprochen. Und Daniela interessiert das auch nicht. Sie meint, dass Religion eine Erfindung von irgendwelchen Gurus wäre. Danach will sie dann nichts mehr davon wissen und ist dann mal wieder 'ne Zeit lang ...«

... beleidigt, ergänzte ich seinen Satz in Gedanken – allzu schwer war das aber auch nicht. »Wie kommst du damit zurecht?«

»Hm, na ja, vielleicht soll es ja einfach so sein ... Irgendwann wird der richtige Zeitpunkt kommen, und wer weiß, ob dann nicht gerade alle beleidigten Leberwürste ausverkauft sein werden ...«

Wir mussten beide lachen. Es war ein leichtes und unbeschwingtes Lachen, das wir dem Vollmond entgegenschleuderten. Dabei bemerkten wir beide, dass wir immer noch die erste Flasche in den Händen hielten – an fehlenden Trinkmöglichkeiten konnte es nicht nur gelegen haben ...

So redeten und lachten wir noch eine ganze Weile weiter. Ja selbst dann noch, als schon längst das Nachtflugverbot den Flugzeugverkehr zur Ruhe hatte kommen lassen. Wir sprachen über Tillmann und Edgar, über die Jacek'sche Integrationspolitik, aber auch über Ricos Arbeit, die ihm derzeit mehr Spaß als je zuvor machte. Über meine Arbeit sprach ich an diesem Abend dagegen bewusst nicht mehr, schließlich hatte ich mich heute schon genug ausgeheult, wie ich fand.

Irgendwann nach Mitternacht packten wir dann unseren Kasten – der bis auf einen einzigen Kilo weniger übrigens immer noch so schwer wie am Anfang war –, gingen den Feldweg zu Ricos Haus zurück, und verabschiedeten uns voneinander. Allerdings nicht, ohne vorher noch leidenschaftlich darüber zu diskutieren, wer denn jetzt den Kasten Bier mit nach Hause nehmen sollte. Denn Isotonie hin, Elektrolyte her: Alkoholfreies Bier lässt sich doch nur in Wüstengebieten so richtig gut absetzen, oder ...?

13. Nachspielzeit

Eine bessere Vorbereitung auf das Samstagabendspiel der Stuttgarter gegen Berlin hätte ich eigentlich gar nicht haben können, als mir Tina jetzt die anprobierten Schuhe im Sekundentakt um die Ohren haute.

Diese Situation erinnerte mich ein bisschen an früher. Damals hütete ich eine Zeit lang das Tor meines Dorfklubs, und am Ende eines jeden Trainings wurden die Bälle an der Strafraumgrenze aufgereiht. Daraufhin flog intervallartig einer nach dem anderen auf mein Tor. Ich hielt sie alle ... nicht. Das Geschrei meines Trainers, der sich selbst im Training wie ein Rumpelstilzchen auf Speed aufführte, hallte noch heute in meinen Ohren nach: »Antizipirieren, David, antizipierieeeren! Du musst die Bälle erahnen! Ich sagte, antizipierieeeren!« Irgendwann reichte es mir dann, und so hängte ich die Handschuhe wieder an den noch rostfreien Nagel. Zum einen, weil der Torwart eh immer der Depp ist, und zum anderen, weil ich mein talentloses Talent für diese Position eingesehen hatte.

In diesem Moment überschnitten sich die jenseitigen Rufe meines Trainers mit den diesseitigen Tinas: »Kannst du nicht fangen!? Pass gefälligst mal besser auf, ja? Schließlich warst du es, der mir versprochen hat, nach den roten High Heels aus Wildleder zu suchen ...«

Ich konnte mich nicht daran erinnern, dass ich das so konkret gesagt hatte. Richtig war, dass ich ihr versprochen hatte, nach ihren Traumschuhen zu suchen. Und selbst das bereute ich inzwischen. Dass in dem großen Schuhuniversum aber gerade einmal ein einziges Paar existieren sollte, das Tinas Ansprüche erfüllte, war selbst für mich zu hoch. Dass sie dazu aber auch erst noch jedes PAAR anprobierte, bevor sie feststellte, dass das ja gar keine roten High Heels aus Wildleder waren, überstieg einfach meine Vorstellungskraft ...

Seit dem Vormittag schlugen – ach nein, laut Tina *shoppten* – wir uns von einem Laden zum nächsten durch, und so langsam begann der

Countdown bis zum Spielbeginn zu laufen. Mehrere Male versuchte ich das Wort *Opportunitätskosten* so geschickt platziert wie möglich zu erwähnen, aber in Tinas jetziger Welt schien schlichtweg keine wirtschaftliche Vernunft zu regieren.

Unruhig wippte ich auf meinen Zehenspitzen auf und ab und rief meiner Freundin von nun an bei jedem Schuhpaar zu, dass es vielleicht nicht das gesuchte Exemplar sei, aber dennoch mindestens genauso gut aussehe. Daraufhin erwiderte Tina dann, dass ich doch gar nicht wisse, wie ihre Traumschuhe aussehen. Vor meinem geistigen Auge sah ich Torsten in diesen knallroten Dingern auf mich zutippeln, aber das erzählte ich ihr natürlich nicht. Glücklicherweise schloss ausgerechnet dieser Laden in ein paar Minuten, sodass ich meinem Versprechen näher denn je war. Das war auch bitter nötig, denn ich würde dann jede Minute brauchen, um zum Stadion zu gelangen. Und so trat ich um Punkt 18 Uhr zwischen die Schiebetüren des Ladens und verließ mit meiner geknickten Freundin im Arm den Laden. Endlich frei!, atmete ich auf.

Es war ein naiver Trugschluss, wie sich herausstellen sollte.

»Schade, dass du nicht erfolgreich warst, meine Süße. Aber deshalb musst du doch nicht traurig sein. In anderen Teilen der Welt wären Menschen schon froh, wenn sie überhaupt irgendwelche Schuhe hätten ...«

»Wir leben aber nicht in diesen Teilen der Welt! Meinst du, ich gebe mich so schnell geschlagen?«

Wie leichtgläubig von mir, zu glauben, dass sie es täte ...

»Wir haben noch etwa sechs Stunden Zeit, die großen Einkaufsläden zu durchsuchen. Das erste Mal, dass die Adventszeit auch mal zu was nütze ist!«

In diesem Moment wurde mir klar, wie vorhersehbar Beziehungen manchmal sein können. Denn jetzt lief im Grunde tatsächlich alles auf den Kampf der klassischen Geschlechterklischees hinaus: Fußball gegen Schuhe ...

»Stopp! Du willst allen Ernstes weiter nach diesen Dingern suchen?«

»Du hast es erraten! Und du hast ja versprochen, mir dabei zu helfen ...«

»Ja, bis die Schuhläden schließen ... Du weißt doch, dass ich mich gleich mit meinen Jungs treffe.«

»Dir ist Fußball also wichtiger als ich?« Tina stieß mich von ihr weg.

Mit ungläubigem Blick sah ich sie an: »Erinnerst du dich denn nicht mehr, was wir uns letztes Wochenende zugeküsst haben? Dass jeder von uns auch mal die Interessen des anderen respektiert ...«

»Und? Respektierst du gerade meine Interessen?«

Tinas Augen funkelten. Mir wurde endgültig klar, dass sie nicht bereit war, sich zu ändern, dass sie immer diese auf sich selbst fixierte Person bleiben würde. Mit ihren gazellenartigen Beinen, dem schlanken Körper und dem makellosen Gesicht hatte sie mich bisher förmlich geblendet – allein schon aus diesem Grund trug ich also gewissermaßen genauso viel Schuld an unserer gemeinsamen Entwicklung ... Aber hinter der wunderschönen, äußeren Fassade verbarg sich einfach nur Leere. Eine Fassade, die schon bei der kleinsten Erschütterung einzubrechen drohte.

»Lass uns nachher nochmals in Ruhe darüber reden, ja?«, wollte ich ihr über die Schulter streicheln, doch sie wich zurück. Also drehte ich mich um und lief traurig davon, während mir Tina noch voller Wut hinterherrief: »Das Einzige, was du nachher noch machen kannst, ist, deine Sachen aus meiner Wohnung abzuholen!«

⇒⇐

»Hey Bruder! Yo, optimales Timing, man! Wir wollten gerade fragen, wo du steckst ...«

Rico, Edgar und Tillmann hatten bereits auf ihren Sitzen Platz genommen, als ich jetzt dazustieß und einen nach dem anderen begrüßte.

»Ich hatte nur noch 'ne kleine Meinungsverschiedenheit mit Tina, weiter nichts ...«

»Ja, äh, so was ist ... ist echt nervig. Äh, ich ... ich habe auch manchmal, äh, Meinungsverschiedenheiten ...«

Erstaunt blickten wir Tillmann an: »Yo Bruder, mit wem denn?«

»Mit, äh, mit ... mir ...«

Wir mussten alle lachen ... na ja, mit Ausnahme von Tillmann, der das anscheinend doch ernst gemeint hatte. Nur Rico sah mich anschließend mit einem ernsten, fragenden Blick an, sagte aber nichts.

»Bei euch alles in Ordnung?«

Tillmann und Rico nickten eifrig, nur Edgars Antwort kam etwas zögerlich.

»Was ist los, mein geflügelter Bruder?«

»Es ist alles okay, man! Macht euch wegen mir keine Sorgen. Yo, *Babylon* kann einem echten Rasta nicht so ohne Weiteres etwas anhaben ...«

Ich tauschte mit Rico und Tillmann fragende Blicke aus. Beide zuckten aber nur mit den Schultern. Offensichtlich hatten sie auch schon das Gleiche oder ähnlich kryptische Dinge zu hören bekommen.

Gerade als ich Edgar ein wenig auf den Zahn fühlen wollte, kam eine Gruppe von Fans, eingehüllt in VFB-Schals und kleine Fähnchen schwingend, auf uns zu, umzingelten uns, und nahmen dann, teils grölend, teils den Gegner beschimpfend, ihre Plätze ein. Neben Rico nahmen drei Jungs mit kahl geschorenen Häuptern und Springerstiefeln Platz. Ich, der die andere Flanke bildete, sollte in den nächsten 90 Minuten die Gesellschaft von zwei Männern um die 50 der Marke *Mir könnet älles. Außer Hochdeutsch.* genießen. Vor uns nahm eine Familie mit ihren zwei Kindern, einem Jungen und einem Mädchen, Platz. Und hinter uns bettete sich eine Gruppe älterer Damen und Herren in ihren vermutlich auf der letzten Werbefahrt gekauften Wärmedecken. Dabei erwähnten sie ununterbrochen und voller Stolz, dass sie schon vor der ersten deutschen Meisterschaft des VFB miteinander verheiratet gewesen wären ... also immer ein Männchen und Weibchen, versteht sich ...

Die Gruppe hatte keinen Moment zu früh Platz genommen, denn in diesem Moment wurden die Stadionboxen zu Höchstleistungen getrieben, während die Spieler unter dem frenetischen Jubel der Zuschauer den Rasen betraten. Es sollte der Auftakt zu einem in jeder Hinsicht denkwürdigen Spiel werden ...

Anstoß: Der Anpfiff des Spiels bedeutete gleichzeitig den ganz persönlichen Abpfiff für einen der drei Halbstarken neben Rico. Umrahmt von seinen beiden Kumpels, schien er das Vorglühen etwas übertrieben zu haben. Sein Kopf knickte zur Seite weg und landete auf der Schulter seines Nebenmanns, während ihm der Pappbecher mit dem Bier aus der Hand glitt. Sofort verteilte sich der Inhalt auf dem Betonboden. Panisch versuchte der dritte aufzufangen, was noch zu retten war, und belohnte sich für diese Heldentat mit dem letzten Schluck.

»Khedira! Des isch doch der Khedira!«, schrie der Mann neben mir in diesem Moment wie von Sinnen, während er sein Fernglas aufgeregt umkrampfte.

»Noi, der spielt doch mittlerweile in Bartschelona ... oder ne, ich glaub, des war Doddenham in England«, korrigierte ihn sein Freund.

»Madrid. Real Madrid«, sagte ich besserwisserisch ... zu mir selber. Warum ich das auch lieber für mich behalten hatte, wurde mir in dem Moment bewusst, als eine der Damen hinter uns meinen Part übernahm: »Der Sammy spielt jetzt bei Real Madrid, mein Herr ...«

»Ach so, ja, des isch ja fast des Gleiche ... von der Lokalidäd her, mein ich. Aber danke, gell! Sind Sie denn au' 'n waschechter VFBler?«

»Von klein auf. Einmal VFB, immer VFB!«, lachte die Dame.

Tja, und damit war der Grundstein für einen 90-minütigen Dauerdialog gelegt ...

3. *Spielminute:* der erste vielversprechende Angriff der Stuttgarter. »Zieh! Zieh! Zieh!«, feuerte der Kahlköpfige, der jetzt als Kissen für seinen Kumpel diente, den ballführenden Spieler an. Sein Kollege nahm die akustische Vorlage bereitwillig auf und leerte seinen Becher auf ex. Den folgenden Ballverlust quittierte er mit einem lang gezogenen Rülpser. Dafür erntete er böse Blicke aus der hinteren Reihe sowie ein echauffiertes »So ein ungezogener Bengel.«

Edgar schien sich in diesem Moment daran zu erinnern, dass das Leben nicht nur gasförmige Freuden bereithielt, und erhob sich: »Yo, ich hab Durst! Wollt ihr auch ein Bierchen, meine Brüder?«

Rico und ich nickten. Tillmann dagegen wie immer ...

»Äh, ich ... ich nehme eine ... eine kl...«

»Kleine gibt's nicht, mein Bruder. Nur halbe Liter ...«

»Aber ... aber dann muss ich, äh, na ja ... pullern ...«

»Das ist doch absolut kein Problem, Tilly. Hier gibt's doch Toiletten«, beruhigte ich ihn.

»Ja, schon ... ich ... ich kann aber nicht, wenn, äh, jemand in der Nähe ist ...«

Hm, das war allerdings ein echtes Problem ... Immerhin schafften wir es, Tilly dazu zu bringen, sich zumindest einmal die Getränkekarte anzusehen.

Rico und ich sahen den Jungs hinterher, als unsere Blicke gleichzeitig auf die zwei Halbstarken samt ihres friedlich vor sich hinsabbernden Kumpanen fiel. Augenblicklich spannten sich meine Muskeln an, und Adrenalin durchströmte meinen Körper, als ich die gefährlichen, auf Edgar gerichteten Blicke, wahrnahm. Der ohne Gegengewicht stand jetzt auf, und versperrte unserem Bruder damit den Weg. Ohne zu zögern, schnellte auch ich nach oben. Nur Rico blieb die Ruhe selbst:

»Ganz ruhig, Freunde. Gerade eben bei der Verkündigung der Mannschaftsaufstellung habt ihr doch auch den Jungen von der Elfenbeinküste angefeuert. Und jetzt wollt ihr auf einmal farbenblind sein?«

Unsicher sah der Stehende seinen Kumpel an. Dieser hatte offensichtlich bisher etwas weniger von dem braunen Dünnpfiff inhaliert: »Hey Edgar, der Typ hat recht! Is' doch eigentlich totaler Schwachsinn, was wir da machen. Wir jubeln hier den ausländischen Spielern zu, obwohl wir doch eigentlich gegen die sind ...«

»Willst du damit etwa sagen, dass du gegen unseren VFB bist?«, sah ihn Edgar, der Deutsche, mit offenem Mund an.

Jetzt hatte sogar der dritte im Bunde seinen lichten Augenblick – allerdings nur sinnbildlich, denn seine Augen blieben weiterhin geschlossen: »He Tanne, du bist gegen uns!?«

»Nein ... ja, äh ... ach, ich weiß gar nichts mehr ... Auf jeden Fall ist das Mist ...«

Da der Edgar des Nordens auch nichts weiter hinzufügen wollte – oder konnte –, machte er dem Edgar des Westens sowie Tillmann Platz, stimmte dabei aber einen der unzählige Male eingeübten Schlachtrufe an, um sich wenigstens wieder etwas Selbstvertrauen zu holen: »Oh, VFB Stuttgart, du bist unser Leben, für unsre Farben werden wir alles geben!«

»Schalalala«, versuchte das schlafende Riesenbaby seinen Kumpel akustisch zu unterstützen, versabberte aber total seinen Einsatz, und nickte daraufhin sofort wieder ein.

»Das gerade eben tut mir echt leid! Wir wollen ja eigentlich gar keinen Stress machen«, sagte der physisch belastete zu Rico gewandt.

»Schon okay«, klopfte ihm mein Freund versöhnlich auf den Rücken. »Ihr müsst wissen, dass Edgar der friedfertigste Mensch auf diesem Planeten ist ... und ich glaube, auf allen anderen auch ...«

Ich musste breit grinsen, als ich sah, wie sich die beiden Jungs verständnislos anblickten.

15. Minute: Als Heimmannschaft war der VFB jetzt natürlich gefordert und startete einen Angriff nach dem anderen. Bislang jedoch bekam die kompakte Berliner Abwehr immer noch gerade so einen Fuß vor den Ball.

»Die lauern doch nur auf den Konder!«, rief der Mann, der Khedira schon in England gesehen hatte, seinem Kumpel panisch zu.

»Ganz genau, des isch wirklich mordsgefährlich ...«, stimmte ihm dieser zu, bevor er sich auch schon wieder der älteren Dame zuwandte und mit ihr unter anderem die letzten 50 Jahre des VFB Revue passieren ließ. »Kommet Sie eigendlich auch aus Stuttgart?«

»Ne, sie kommt höchstwahrscheinlich aus Hamburg und ist mal eben kurz mit ihrem Ferrari hierhergedüst ...«, seufzte ich mir zu.

»Ha, na klar! Ich bin ein waschechter Schwab'«, antwortete sie mit einem Lachen.

Während auf dem Platz also nur eine Mannschaft spielbestimmend war, übernahmen um mich herum dagegen beide Parteien die Initiative.

»Ich will auch so ein Krokodil!«, rief jetzt der kleine Junge vor uns und deutete auf *Fritzle,* das Stuttgarter Maskottchen.

»Das ist doch nicht echt, Johann. Da drinnen steckt ein Mensch«, belehrte ihn seine Mutter.

»Ist der Mensch tot?«, fragte das Mädchen ängstlich.

»Nein, der lebt. Er spielt nur das Krokodil.«

»So ein Beschiss«, rief der Kleine empört.

»Johann, du sollst doch nicht solche Ausdrücke verwenden! Ich weiß gar nicht, wo du das gelern...«

»So eine Scheiße! Das war doch nie im Leben Abseits, du blöder Arsch! Am liebsten würde ich dir in deinen beschissenen Hintern treten!«

Völlig perplex sah die Frau ihren Ehemann an. Damit war dann wohl auch geklärt, woher die Fäkalquelle ihren Ursprung hatte ...

29. Minute: Mittlerweile waren Tillmann und Edgar wieder aufgetaucht. Dass Edgar mit den drei Bieren in der Hand wie ein Honigkuchenpferd strahlte, so als ob sich ihm auf einem seiner Trips das Universum höchstpersönlich offenbart hätte, war ja noch verständlich. Dass Tillmann aber genauso strahlte, überraschte mich allerdings. Dann sah ich aber auch, warum: Sein Pappbecher war nur zur Hälfte mit Cola gefüllt.

»Yo, unser Bruder hat den ganzen Laden so lange voll gestottert, bis die Verkäuferin, fertig mit ihren Nerven, extra für ihn eine Ausnahme gemacht hat.«

»Ja, äh, ich … ich hab doch eine bekommen«, überschlug sich Tillys Stimme fast vor Freude.

44. Minute: »Schiri, du pfeifst doch einen einzigen großen Scheiß zusammen! Geh morgen am besten gleich mal in die Tierhandlung und lass dir einen Blindenhund geben, du Vollpfeife …«, schrie der sprudelnde Fäkalbrunnen vor uns, als die Berliner in diesem Moment ihren ersten richtigen Angriff nutzten und in Führung gingen.

»Aber Papa, morgen ist Sonntag. Da hat die Tierhandlung doch zu«, zog ihn seine Tochter am Mantelzipfel.

»Ja, ja … dann soll der Idiot halt übermorgen in den Scheißladen gehen! Muss er halt hoffen, dass er davor nicht von 'ner Dreckskarre erwischt wird …«

»Gunnar!«, sah ihn seine Frau vorwurfsvoll an, sodass er sich mit den Worten »Ach, ist doch wahr« langsam wieder beruhigte.

»Ich hab's doch gesagt: Da spielet die einmol den Ball vors Dor, und dann zabbelt der glei!«, fühlte sich der *Doddenham-Mann* in seiner Prognose bestätigt.

»Des isch doch immer desselbe«, pflichtete ihm der andere bei.

»Ha jo, ha jo«, nickte dieser wiederum anerkennend.

Mit derlei harmonischem Konsens lieferten sich die beiden jetzt noch einen schwäbischen Schlagabtausch, den die beiden Mannschaften da unten bisher verpasst hatten.

Auch die zwei Überzeugungsglatzen schienen von dem plötzlichen Gegentreffer kalt erwischt worden zu sein. Erschrocken schlugen sie fast gleichzeitig die Hände über ihre Köpfe, wobei der eine seinem schlafenden Kumpanen aus Versehen einen Kinnhaken verpasste.

»He? Was is'n los, Mann?«

»Wir liegen hinten, das ist los!«

»Aber wir haben doch geführt ...«

»Ne, du Tröte, es stand torlos ... also kein Tor für die, und kein Tor für uns ... also ich mein, kein Tor, wo gezählt hätte ... verstehst du?«

»Unentschieden«, pflichtete Rico bei.

»Was? Echt? Aber wir sind doch besser, oder?«

»Das kannste aber laut sagen ...«

»Na, sag ich doch«, war das Sabberdepot mit seiner richtigen Einschätzung zufrieden und ratzte nun mit reinem Gewissen weiter.

Rico war der Einzige – mal ganz abgesehen von Tillmann und Edgar, die eigentlich nur da waren, um den Zuschauerschnitt zu heben –, den der Rückstand unserer Mannschaft kalt ließ: »Das Ding werden die schon noch drehen ...«, war lediglich sein Kommentar dazu – Ricos Optimismus eben ...

Halbzeit: »Papi, Papi, ich muss mal strullen ...«, griff der Junge, die Beine zusammenkneifend, nach der Hand seines Vaters.

»Nicht jetzt, Johann. Papi darf vielleicht gleich runter auf den Rasen und bei dem Stadiongewinnspiel mitmachen. Papi hat sich nämlich dafür beworben ...«

»Aber ich muss so dringend ...«

»Nein Johann, lass uns das nachher in Ruhe ausdiskutieren. Aber jetzt bricht ein ganz wichtiger Moment für Papi an.«

»Papaaa!«

»Ruhe!«

»Gunnar!« – Einen besseren Sprechchor hätten sich wahrscheinlich nicht einmal die Stuttgarter Ultras einfallen lassen können ...

»Geh jetzt gefälligst mit Johann auf die Toilette!«

Widerwillig nahm der Mann seinen Sohn an die Hand, während er beim Weggehen noch ein »Wenn ich jetzt aufgerufen werde, seid allein ihr schuld, wenn es nächstes Jahr nach Bottrop anstatt nach Bali geht! Und dann will ich nicht euer Geplärre hören!« abließ.

Genauso gut hätte ich auch Tillmann als pinkelnden Begleitschutz vorschlagen können, denn selbst die kleine Version des Zuckerwürfelsaftes schien sich bei ihm in der Zwischenzeit harntechnisch auszuwirken: Unruhig zappelte er mit den Beinen und versuchte angestrengt, einen bestimmten Punkt im Stadion zu fixieren.

Ich bereute mein Stillschweigen, als in diesem Moment tatsächlich ein gewisser *Gunnar Zorbach* vom Stadionsprecher aufgerufen wurde, kurz darauf aber, da eine entsprechende Reaktion ausblieb, jemand anderes ausgerufen wurde.

In der hinteren Reihe fand jetzt dagegen ein kollektives Aufwärmen statt. Anscheinend waren die Heizdecken der älteren Herrschaften nicht warm genug, als sie sich nun erhoben und unter lautem Lachen gemeinsam eine Kniebeuge nach der anderen ausführten. Dabei wurden sie spontan von den Zuschauern auf den hinteren Rängen euphorisch angefeuert, und einer meinte sogar, dass das die richtigen Einwechselspieler für die zweite Halbzeit wären.

49. Minute: »Was ist eigentlich mit der jamaikanischen Nationalmannschaft los, Edgar? Vor 13 Jahren wart ihr noch bei einer WM dabei, aber danach ...«, hörte ich Rico sagen.

»Yo man, was soll ich antworten? Alle meinen, dass wir doch von Sieg zu Sieg fliegen müssten, aber hey, ich sage dir, das Problem ist, dass Fußball bei uns nicht beliebt genug ist. Meine Brüder spielen immer noch am liebsten Kricket. Aber ich versichere dir, mein Bruder, dass wir Jamaikaner tief im Herzen unsere eigenen heimlichen Weltmeister sind.«

Das, was Edgar allerdings gerade als Herz bezeichnet hatte, lag in Wirklichkeit sehr wahrscheinlich eine Etage höher ...

Währenddessen kam Johann zurück. Rotz und Wasser heulend. Und an seiner Hand hielt er jemanden, der ihm jetzt zum Verwechseln ähnlich sah ... sein Vater ...

»Helene, hast du das gehört? Hast du das gehört? Gerade halte ich Johanns Pullermann, als die Stadionansage ertönt. Da dreht sich Johann zu mir um und sagt strahlend ›Das bist doch du, Papi‹. Das war das letzte Mal, dass ich euch ins Stadion mitgenommen habe! Das letzte Mal, hörst du!?«

Mann konnte aber auch wirklich Mitleid mit Gunnar bekommen: Bali war ins Wasser gefallen, und das einzige Wasser, das jetzt weit und breit zu finden war, war das auf seiner Hose ...

Mittlerweile befand sich auch mein Sitznachbar wieder im regen Austausch mit der Dame hinter mir und stellte so tiefgründige Fragen wie beispielsweise »Ha, trinket Sie denn au' am liebschten des Schtuttgarter Hofbräu?«

Ach ja, Fußball wurde übrigens auch noch gespielt. Derzeit suchten die Spieler allerdings mehr den Boden nach Regenwürmern ab, als dass sie die frische Luft auf Kopfhöhe genießen wollten. Oder wie es ein Fernsehkommentator sagen würde: »In der taktisch geprägten Anfangsphase, meine Damen und Herren, tasten sich jetzt beide Teams Körperteil für Körperteil ab ...«

62. Minute: Grenzenloser Jubel, der wohlverdiente Ausgleich war geschafft!

Der schlafende Teil des Glatzkopftrios wachte noch nicht einmal dann auf, als sein Kopf jetzt auf dem Plastiksitz neben ihm aufschlug, weil sich seine Kumpels jubelnd in den Armen lagen und ein »Welche Lust schwellt auf unserer Brust, wenn der Herbstwind uns umweht! Welch Genuss, wenn ein Schuss in das Tor des Gegners geht!« anstimmten.

Auch Rico, Edgar und ich lagen uns in den Armen – Rico und ich, weil wir uns über den Ausgleichstreffer freuten, und Edgar, weil er sich für uns freute. Nur Tillmann – ausgerechnet das Rechengenie unserer Truppe – zögerte unsicher: »Und, äh, Stuttgart spielt ... spielt heute also in den, äh, weißen Trikots, habt ihr gesagt?«

Unterdessen schwelgte die männliche Fraktion der älteren Generation in vergangenen Zeiten: »Ja, das erinnert mich an die Deutsche Meisterschaft im Jahre 1937. Damals waren wir noch als kleine Buben im Stadion. Ja, ja, gegen Worms war das ... Zu der Zeit haben wir ja noch auf der *Adolf-Hitler-Kampfbahn* gespielt ...«

Augenblicklich stellten sich die Lauscher der beiden Jungs auf. Sie sahen sich gegenseitig an, öffneten den Mund, sahen dann noch einmal zu Rico und ... schwiegen daraufhin. Na ja, nicht ganz, ihnen entfuhr dann doch noch ein »Einer geht noch, einer geht noch rein, hey ...«

75. Minute: Schlussviertelstunde ...

»Du, Papaaa?«

»Waaas?«

»Ist es in Bottrop eigentlich warm?« Dabei sah ihn seine Tochter mit einem zuckersüßen, kindlich naiven Blick an.

Er dagegen hatte sich mittlerweile in seine ganz persönliche Niederlage ergeben, und saß jetzt nur noch wie ein begossener Pudel teilnahmslos da.

»Ja, mein Schatz, in Bottrop ist es warm. Dafür werden schon die ganzen schönen Schornsteine sorgen«, antwortete er kraftlos.

Tillmann fühlte sich jetzt dagegen endlich im Stadion angekommen. Nicht, weil seine Beine in der Zwischenzeit aufgehört hätten, unruhig herumzuzucken. Ansonsten hätte ich auch einen schrecklichen Verdacht gehabt. Nein, Tillmann fühlte sich deshalb so heimisch, weil Rico ihm gerade eben eher beiläufig eine Frage zur Coderedundanz, also dem möglichst kompakten Schreibens von Programmcode, gestellt hatte – worüber wusste Rico eigentlich mal nichts? Na ja, jedenfalls konnte ich richtig sehen, wie Tilly förmlich aufblühte und seinen Gedanken – und glücklicherweise nur seinen Gedanken – freien Lauf ließ.

In diesem Moment war ich echt stolz auf meine Jungs. Auf Edgar. Auf Tillmann. Auf Rico. Einfach auf jeden Einzelnen.

86. Minute: die Führung! Nach einem wunderbaren Spielzug über vier Stationen und einer verunglückten Kopfballabwehr der Berliner Verteidigung, fasste sich der kleine Linksverteidiger von der Elfenbeinküste einfach mal ein Herz, zog aus der zweite Reihe ab und hämmerte den Ball direkt in den Winkel! Rico, Edgar, ich – und dieses Mal auch Tillmann – lagen uns in den Armen.

»Das is' es!«, schrien auch die beiden Babyköpfe neben uns auf, und steigerten sich in einen wahren Freudenrausch. »Es lebe Südamerika!«

Rico machte die Jungs anschließend darauf aufmerksam, dass die Elfenbeinküste in Afrika liege, doch das interessierte die beiden nicht allzu sehr.

»Egal, Ausland is' Ausland ...«, war aus dem Knäuel noch zu vernehmen – na ja, das war auf jeden Fall schon mal ein Fortschritt ...

Offensichtlich fand immer gerade dann ein reger Gedankenaustausch statt, wenn der Kopf des noch verbleibenden dritten aus dem Glatzkopftrio in Kontakt mit einem Plastiksitz geriet – man war fast geneigt zu sagen, dass sich Gleiches gerne zu Gleichem gesellte ... –, denn in diesem Moment blubberte er wieder los: »He, was'n jetzt schon wieder los?«

Da sich aber keiner seiner Kumpels erbarmte, den Newsticker für Besoffene zu spielen, verabschiedete er sich auch gleich wieder mit den

Worten »Ach, is' doch eh alles scheiße ...« ins Land der unruhigen Träume.

Selbst durch den gerade fallen gelassenen Fäkalbegriff ließ sich der schmollende Vater und Ehemann vor uns nicht in seiner momentanen Strategie beirren und blieb selbst im kollektiven Jubel mit verschränkten Armen sitzen. Seine beiden Wonneproppen dagegen schwenkten ihre Fähnchen jetzt eifriger denn je. Nach Beherrschung ringend, atmete er tief ein ... und das war auch dringend nötig, denn in schöner Regelmäßigkeit verfingen sich die Stofffetzen in seinem Gesicht. Eigentlich wäre der Kontrast ein Gemälde wert gewesen – ein tiefrotes Gesicht auf schneeweißem Untergrund –, wenn die Situation bloß nicht so tragisch gewesen wäre. Seine Frau jedoch wollte aber zusätzlich noch den Schierlingsbecher spielen, als sie in diesem Moment sagte: »Mensch Gunnar, stell dich doch nicht so an! Dann fahren wir nächsten Sommer halt wieder zu meinen Eltern nach Kiel.«

Hinter den Fahnen konnte man seine Antwort nur noch erahnen ... Sie fiel auf jeden Fall nicht allzu begeistert aus.

Bei meinen Sitznachbarn tat sich ebenfalls allerhand: Es war interessant zusehen, wie sich zwei erwachsene Menschen gleichzeitig Ärger einhandeln können: Der ältere Herr schräg hinter mir hatte es jetzt endgültig satt. Entweder konnte er sich die bescheuerten Fragen meines Nebenmannes nicht mehr länger anhören, oder er wollte seine Frau nicht mehr länger mit einem anderen Mann teilen. Jedenfalls fuhr er in dem Moment dazwischen, als der Schwabencasanova gerade wissen wollte, auf wie viele Minuten die Dame denn die Nachspielzeit schätzen würde.

»Jetzt halten Sie doch endlich mal den Mund! Das Geschwätz kann man doch im Kopf nicht aushalten! In ihrem Alter habe ich meine Frau höchstens noch gefragt, ob das Essen denn schon fertig ist ...«

Entrüstet sah ihn seine Ehefrau an: »Aber Herbert, jetzt sei doch nicht so! Das ist so ein netter Herr.«

»Ja ... nett ... wären wir früher so nett gewesen, dann hätten uns die Russen eine Ladung Blei in den Hintern geblasen!«

»Ach, fang bitte nicht schon wieder davon an, Herbert ...«

»Nein? Na, dann soll uns der ehrenwerte Herr doch mal sagen, wo er seine Frau gelassen hat ... Steht sie etwa zu Hause vor dem Herd?«

Er konnte es nicht sagen. Zumindest vorerst. Beschämt blickte er für einen Moment auf den Boden, bevor er plötzlich mit einer faszinierenden Unbekümmertheit antwortete: »Ha noi, die isch weg. Die isch mit den Kloinen letschte Woch' zur Schwiegermutter gezogen ...«

Parallel dazu trug sein Freund derzeit einen ganz anderen Grabenkampf aus: Nach dem Führungstreffer hatte er sich in Richtung des benachbarten Gästeblocks gedreht und stolz »VFB i' steh zu dir, VFB was auch passiert, mir halted zusammen, nix und niemand tut uns weh, so sind wir – so isch der VFB!« mehr gekrächzt als gesungen.

Die Quittung ließ natürlich nicht lange auf sich warten und kam nun in Form von gut gefüllten Bierbechern zurück ...

Nachspielzeit: Der VFB machte jetzt den Fehler, sich zu weit zurückzuziehen und den Gegner kommen zu lassen. Dicht gestaffelt in der eigenen Hälfte stehend, kam nun ein langer Ball nach dem anderen in den Stuttgarter Strafraum. Edgar verglich das Ganze – passend oder nicht – mit einem Apfel und einem Wurm:

»Yo, meine Brüder, da pflegt ihr euren Apfelbaum den ganzen Sommer lang und könntet die reifen Früchte eigentlich schon ernten. Weil ihr aber noch etwas warten wollt, ob die Äpfel nicht noch dicker und saftiger werden, kommt der Wurm und frisst sich durch euer Obst, man! Was müsst ihr also das nächste Mal tun?«

»Äh, vielleicht früher ... früher ernten?«

»Yo, richtig, mein Bruder ...!«

So richtig hatte ich den Vergleich auch jetzt noch nicht verstanden, aber er erklärte zumindest, warum sich Edgar fast ausschließlich von

Fleisch ernährte ... natürlich um die Pflanzen zu retten. Warum er sie dann stattdessen rauchte, erklärte er mit heliozentrischen Kräften, die sich durch den Rauch entwickeln, und damit das Wachstum der umgebenden Pflanzen – in seinem Fall allerdings wahrscheinlich nur die Cannabisplantagen in seinem Keller – anregen würden.

Und dann passierte etwas, womit keiner von uns vieren auch nur im Geringsten gerechnet, gleichzeitig aber auch jeder VFB-Fan im Stadion befürchtet hatte. Die Berliner glichen aus ... okay, nicht ganz, aber das war nur noch eine Formsache, als der Berliner Stürmer den Stuttgarter Keeper Ulreich – der trotzdem noch sicher seinen Weg in die deutsche Nationalmannschaft finden würde – ausspielte, und den Ball jetzt nur noch ins leere Tor schieben musste. So weit waren sich alle – auch wir – sicher und hielten kollektiv die Luft an. Was dann aber geschah, würde wohl noch zehn Jahre später in jedem Saisonrückblick auftauchen: Splitterfasernackt sprang in diesem Moment ein Mann über die Bande aufs Spielfeld und rannte am Stuttgarter Tor vorbei. Er sah extrem ungepflegt aus, und als er seine Arme in die Luft reckte, spross ein ganzer Urwald unter seinen Achseln hervor. Das war der Moment der schockierenden Erkenntnis. Edgar war der Erste, der aussprach, was wir alle dachten:

»Yo, das ist doch Jacek, oder? Man, sein Deo auf Naturbasis riech ich sogar bis hier nach oben ...«

Ein Raunen ging durch das Stadion, als Jacek so ungeschickt in die Schussbahn des Balles lief, dass er auf das Leder trat und zu Boden stürzte. Entsetzt musste der Stürmer mit ansehen, wie der Ball Zentimeter vor der Torlinie stehen blieb. Ulreich war blitzschnell wieder auf den Beinen und begrub die Kugel unter sich.

Jacek wurde ebenfalls begraben ... von einer Horde Ordnern. Allein schon das Zusehen tat weh, als sich jetzt ein halbes Dutzend Schwergewichtsboxer auf 400-Euro-Basis, eingehüllt in leuchtgelbe Leibchen, auf den dürren Hering von der Weichsel stürzte. Unter dem frenetischen Jubel der Stuttgarter Fans wurde er schließlich aus dem Stadion geführt.

Direkt im Anschluss war das Spiel auch zu Ende. Völlig perplex sahen wir Jungs uns an und schüttelten ungläubig den Kopf, während sich das Trio neben uns erhob. Richtig, pünktlich zum Schlusspfiff war auch der bisher schlafende Jogi wieder so einigermaßen anwesend. Langsam öffnete er die Augen und sah als Erstes *unseren* Edgar. Und wo man von braunem Mist sonst eigentlich eine verstopfende Wirkung vermutet, schien er hier für eine Beschleunigung der Gedanken zu sorgen: »He Kumpels, da steht ja 'n Schwarzer!«

»Ne, Fichte, das is' 'n Ausländer ...«

»Ja, sag ich doch ...«

»Ach Fichte, weißt du, so 'n Stadionbesuch ist echt lehrreich ...«, sah Tanne Rico an, worauf ihm mein Freund, mittlerweile wieder mit seiner üblichen Bärenruhe, zuzwinkerte und sich beide schließlich einen freundschaftlichen Klaps gaben.

Als Tanne daraufhin auch noch Edgar symbolisch die Hand reichte, wurde es Fichte zu viel. Nein, in dieser idealistischen Welt wollte er nicht leben. Sein Kopf knickte zur Seite und seine Beine zusammen, sodass ihn seine Kumpels gerade noch rechtzeitig auffangen konnten. In dem Moment, in dem sie ihn gemeinsam die Treppenstufen zum Ausgang hinunter schliffen, befand er sich bereits wieder in seiner viel ideologischeren Welt ...

Auch der unverhoffte Sieg – wobei sich eigentlich jeder im Stadion sicher war, dass die Wertung des Spiels am grünen Tisch annulliert werden würde, und damit ein Nachholspiel anstand – brachte dem Schwabenduo neben mir keine Ruhe. Bei dem Fachexperten wunderte mich das aber auch nicht. Wie ein einziges großes Bierfass trottete er nun hinter mir her:

»Des isch doch kriminell, is' des doch ...«, rief er aufgebracht.

»Ha jo, du hasch scho' recht, aber wenigschtens riechsch du nach nem Höfbräu ...«

»Ruhe!«, begann der ältere Herr daraufhin wie ein Rohrspatz zu schimpfen. »Man sollte Sie mal in einen Krieg schicken, Sie Schwätzer! Dann würden Sie vielleicht nicht so einen Mist verzapfen. Wir haben uns damals an der Ostfront wirklich wichtige Fragen stellen müssen: Wie viele Tage wird unserer Kompanie noch der Bohnenvorrat reichen? Oder: Wie viele Männer hat der Feind wohl auf der anderen Seite zusammengestellt? Ja, das waren lebenswichtige Fragen ...«

»Jetzt mach mal halblang, Herbert. Du hast gestern auf dem Seniorenabend deinen Auftritt gehabt. Und selbst da hast du mal wieder maßlos übertrieben, als du den Kindern von den Stalinorgeln vor Leningrad und deiner anschließenden Gefangenschaft in dem sibirischen Arbeitslager erzählt hast ...«, wies ihn seine Frau zurecht, woraufhin er nur noch ein »Ja, ja, das ist aber alles ganz genau so gewesen ...« entgegnete.

Unten am Ausgang liefen uns dann auch noch die Zorbachs über den Weg. Mittlerweile schritt der Vater wieder entschlossen voolneweg, während seine Frau mit den beiden Kindern an den Händen nur mühsam hinterherkam.

»Gunnar, warte doch! Oder hast du es so eilig, nach Kiel zu kommen?«

Ein lautes Fluchen war noch zu vernehmen, bevor er in der Folge sein Tempo nochmals verschärfte und schließlich aus unserem Sichtbereich entschwand.

In diesem Moment erspähte – oder besser gesagt erschnüffelte – Edgar, unser Partner mit der übersinnlichen Schnauze, Jacek. Er stand etwas abseits und wurde von zwei Polizisten flankiert. Als wir uns näherten, wurde uns klar, dass das vielleicht ein Fehler gewesen war.

»Ahaaaaa, sosooooo, hmmmmm ...«, meinte der eine Polizist, als er uns bemerkte. Es war Lustig. Verdächtig lange fixierte er uns. Offensichtlich stellte er einen Zusammenhang zwischen Jacek und uns her, als er jetzt gaaaaanz ruhig hinzufügte: »So schnell sieht man sich also wieder ...«

Als *schnell* hätte ich es zwar nicht gerade bezeichnet, aber Rico sprang darauf sofort an: »Aber nicht so schnell, wie dieser Herr gerade über das Spielfeld geflitzt ist, oder?«, lachte er.

Lustig musterte uns mit einem Basiliskenblick, während Jacek ein sopranes »Hallo Freunde, ich seien, euer Jacek« jauchzte. Damit entspannte er auch nicht gerade die Situation.

»Aha, er gehört also zu Ihnen?«

»Na ja, also nicht ... direkt«, sagte ich wahrheitsgemäß, wie ich fand, schließlich ist direkt ja auch relativ ...

»165 Euro.«

»Was? Wieso das denn jetzt? Wir haben mit der Stripeinlage von vorhin doch gar nichts am Hut ...«

»Die 165 Euro fallen ja auch nicht für den heutigen Vorfall an, sondern dafür, dass Sie letztes Mal bewusst einen Beamten in die Irre geleitet haben.« Wir sahen uns gegenseitig, keiner Schuld bewusst, an. »Ich habe Ihren Freund hier an dem Abend noch ausfindig machen können, was bei seinem schiefen Gesang aber auch nicht sonderlich schwer war ...«

Jacek lächelte schuldbewusst.

»... und dann hat er gestanden, dass Sie ihn unter dem Tisch versteckt gehalten haben ...«

Jacek sah uns jetzt freudig an: »Ja, ihr seien wahre Freunde ...«

Na toll, dann blieb also nur noch festzuhalten, dass das Verhängen von Strafen also auf den einfachsten Rechenregeln basierte: 1 x Gefährdung des Straßenverkehrs + 1 x Beamtenbeleidigung = 1 x Irreführen eines Beamten ...

»Wissen Sie was ...«, hatte Rico in der Zwischenzeit offensichtlich eine passende Strategie ausgeklügelt, »... ich mache Ihnen einen Vorschlag: Wir zahlen Ihnen das Doppelte, wenn wir dafür auch gleich den Nudisten da mitnehmen dürfen, einverstanden?«

Die beiden Polizisten tauschten abwägende Blicke untereinander aus.

»Wir sind doch hier nicht irgendwo, wo einfach drauflos verhandelt und bestochen werden kann …«, sagte der andere Polizist.

»Nein, natürlich nicht«, bekräftigte Lustig. »Aber überleg doch: Was sollen wir denn mit ihm machen? Er könnte ja noch nicht mal eine heruntergefallene Kiwi im Supermarkt ersetzen. Und bei seinem geringen Promillewert lohnt sich ja noch nicht mal die Ausnüchterungszelle …«

»Na gut«, antwortete sein Kollege zögerlich. »Ab und zu sollte man in seinem Beruf auch einmal Kompromisse zugunsten der Menschlichkeit eingehen, nicht wahr?«

Während sich die beiden noch dumm anlachten – gibt es eigentlich auch eine Geldstrafe für gedachte Beamtenbeleidigung? –, verschwanden wir mit Jacek im Gepäck so schnell wie möglich.

14. Jamaikakoalition

»Yo, du bist ja noch verrückter als meine verrücktesten Träume, man!«, stellte Edgar fest, als wir uns bereits ein gutes Stück vom Stadion entfernt hatten und nun um Jacek herumstanden.

»Ja, erzähl mal, wie bist du bloß auf diese bescheuerte Idee gekommen? Oder nein, erst mal möchte ich wissen, wie du überhaupt in das Stadion reingekommen bist«, drängte Rico unseren Flohfreund, die Wissenslücke zu schließen.

»Na, ich haben Karte gefunden ... Karte von Stadion ... in Mulleimer ... als ich suchen nach leeren Flaschen ...«

»Und daraufhin bist du einfach so ins Stadion gegangen?«, fragte ich.

»Jaaa, ich denken, da bestimmt geben Wurst und Bier umsonst ... warum gehen auch sonst so viele Menschen in Stadion?« – Das war eine durchaus logische Schlussfolgerung, vor allem in Jaceks Welt.

»Aber das erklärt ja noch lange nicht, warum du in der Nachspielzeit nackt auf den Rasen rennen musstest ...«

»Jaaa, das war weiche Rasen ...«, schien unser liebenswerter Stadtstreicher noch einmal die Situation in Gedanken durchzugehen und lächelte uns dabei verträumt an.

»Jacek! Du hast unserer Mannschaft damit den Sieg geklaut und wirst damit viele Menschen verärgern«, sagte Rico so eindringlich, dass ich ganz genau spürte, wie sehr ihn diese Tatsachen wurmten.

»Äh, ach ... ach so, ja, äh ... stimmt ... wir waren ja die ... die in den weißen Trikots, nicht ... nicht wahr?«

»Yo Bruder, das hat mich jetzt auch total verschickt! Warum müssen die auch in der Halbzeit die Seiten tauschen, man ... Ich dachte die ganze Zeit, dass die nur die Trikots gewechselt haben ...«

Rico ließ sich nicht von unseren beiden Antifußballern beirren: »Also Jacek ...?«

»Ach, das mir sehr leidtun ... ich das nix wollen ... ehrlich ... Jacek nur wollen Frau zurück ... «

Verwirrt sahen wir uns an. Hatte seine Frau etwa irgendwo auf den Rängen gesessen? In dem Fall hätte er vielleicht besser vorher einen Stylingberater aufsuchen sollen, denn auch wenn Körperbehaarung bekanntlich männlich ist, haben Frauen im Allgemeinen doch eher Angst davor, sich durch den Urwald zu schlagen ...

»Das musst du uns erklären.«

»Nun, ich sehen von Platz aus, dass Mann mit Kamera an Spielfeld stehen. Also bekommen Jacek Idee, dass er auf sich machen können aufmerksam ... und wenn daraufhin geben große Sensation, vielleicht wird auch in Polen übertragen ... «

Das war dann doch zu viel! Wir konnten uns nicht mehr halten, und mussten einfach losprusten. Auch Rico hatte seinen Anflug von Ärger angesichts dieser romantischen Vorstellung schnell wieder vergessen.

Wir begleiteten Jacek noch eine Weile, bis er sich an einer großen Kreuzung von uns verabschiedete, um sich von nun an in die Richtung des Neckarufers durchzuschlagen. Das war auch der Moment, in dem Rico Jacek ein unwiderstehliches Angebot machte: Er bot ihm eine kleine Wohnung in der Nordstadt als Unterschlupf an, und stellte ihm dazu noch eine Stelle in einem seiner Unternehmen in Aussicht. Überraschenderweise zeigte unser Freund tatsächlich Interesse und versprach, dass er es sich überlegen werde.

Auch wir vier Jungs verabschiedeten uns kurz darauf voneinander, da ein jeder heute noch, ausnahmsweise oder nicht, seinen persönlichen Pflichten nachkommen musste: Rico seinen Pflichten als guter Ehemann und werdender Vater, Tillmann denen eines guten Studenten ein halbes Jahr vor seinem Masterabschluss, Edgar seinen Pflichten als guter ... äh, sagen wir Philosoph. Und ich? Tja, ich musste dann wohl meiner Pflicht als guter Gepäckträger nachkommen ...

Als ich die Wohnungstür aufschloss, wehte mir eisige Kälte entgegen … allerdings nur symbolisch, da das Treppenhaus auch im Winter einer Sauna glich, wenn Frau Weller, die 87-jährige Agentin im Auftrag ihrer eigenen Neugier, mal wieder vergaß, die Wohnungstür hinter sich zu schließen, nachdem sie sich, wie gewöhnlich, dazu entschieden hatte, nachts noch ein wenig die Stuttgarter Innenstadt unsicher zu machen. Oder wie sie zu sagen pflegte: »In meinem Alter besucht man ja eigentlich höchstens noch den Friedhof, nicht wahr? Und selbst dorthin sollte man dann besser nur für die Hinfahrt bezahlen … Wenn ich aber morgen nicht auftauche, dann sucht mich bloß nicht an so einem Ort, denn dann bin ich irgendwo im Leben gestorben …« – Man musste die alte Dame einfach gerne haben, und ich würde sie mit Sicherheit vermissen …

Nein, die Kälte, die mir nun entgegenschwebte, war eher von emotionaler Art. Direkt neben dem Aufzug standen zwei Koffer. Meine Koffer. Auf einem klebte ein kleiner, gelber Zettel mit der Aufschrift: *Wag es ja nicht, hochzukommen! Habe neue Pfannen gekauft! Wirf den Schlüssel in den Briefkasten! Und dann verschwinde für immer!*

Wäre es nicht so traurig gewesen, hätte ich schmunzeln müssen. Anscheinend hatte Tina doch eine verborgene Ader für Humor. Ich hatte sie aber offensichtlich nicht zum Pulsieren bringen können …

Schweren Herzens drehte ich mich wieder um, atmete ein letztes Mal die wohlige, nach Rosenöl duftende Luft, die aus Frau Wellers Wohnung bis hier nach unten strömte, ein, und öffnete dann die Tür nach draußen.

Edgar! Du bist meine Rettung!, ging es mir durch den Kopf, als ich jetzt nur noch wenige Häuserblöcke von seiner Wohnung entfernt war. Ich hatte mein Auto etwas weiter weg geparkt, um meine Gedanken während eines kurzen Spaziergangs wieder sortieren zu können. Edgar sollte nun in doppeltem Sinne meine Rettung sein: Zum einen, weil ich dringend eine Unterbleibe für die nächsten Tage brauchte – Tillmann blieb in meinen Überlegungen deshalb außen vor, weil ich wohl nicht so gut in das Profil seiner Studenten-WG passte, und ehrlich gesagt auch nicht passen wollte, Rico dagegen kam allein deshalb nicht infrage, weil es selbst auf einer völlig durchnässten Wellpappe auf dem Güterbahnhof gemütlicher gewesen wäre, als mit Daniela in ein und demselben Haus zu wohnen ... und nach dem Streit mit Tina mehr denn je ... Zum andern war Edgar genau der Richtige, weil ich nun jemanden brauchte, mit dem ich über alles, selbst über den größten Schwachsinn, reden konnte. Und mit keinem ging so etwas besser, als mit Edgar. Oder wie er es immer geistreich formulierte: »Öffne dich dem Sinnlosen, mein Bruder, und du wirst den Sinn dahinter erkennen ...«

Ich hatte schon fast den Eingang des mehrstöckigen Hauses erreicht, als ich plötzlich eine Stimme aus einer dunklen Seitengasse vernahm: »Pst, he du!«

Langsam näherte sich mir die Gestalt und wirkte dabei mit ihren vorgestreckten Armen wie ein Zombie. Erst als sie das Signalwort fallen ließ, atmete ich erleichtert auf ... Na, auf so viel Philosophie auf einmal hatte ich dann aber doch nicht gehofft ...

»He, Langer, du bist es also wirklich«, flüsterte mir Pritschen-Paule zu.

»Das nenn ich mal einen pflichtbewussten Obdachlosen. Bist du etwa so rücksichtsvoll, dass du jetzt sogar schon flüsterst, um die Anwohner nicht aufzuwecken?«

»Ach was ... Ich flüstere, weil der Feind ganz in der Nähe ist. Ich habe hier mein Lager aufgeschlagen, um ihn besser beobachten zu können.«

Sollte ich nun froh darüber sein, dass Pritschen-Paules philosophische Seite heute Urlaub hatte, oder eher misstrauisch, weil offensichtlich wieder der Wahnsinn über das Genie triumphiert hatte?

»Weißt du, Langer, der Feind schläft niemals ... also dürfen wir das auch nicht.« Pritschen-Paule zog in diesem Moment ein Walkie-Talkie – zur Abwechslung mal ein richtiges – hervor: »Alpha-Beta-Gamma, hier Delta-Epsilon-Zeta, bitte zur Kenntnis nehmen, dass ich mich pünktlich um 14 Uhr pazi... pazifi... pazifistischer Zeitzone melde. Situation vor Ort is' unter Kontrolle, die Lage ruhig. Over.«

»Sollte dein Kollege nicht normalerweise gleich antworten, um deine Meldung zu bestätigen ...?«

»Nein, mein Freund, das is' ja gerade der Clou, hehe. Wenn er sich jetzt sofort melden würde, dann könnte der Feind uns beide anhand der Frequenzen unserer Funkgeräte aufspüren. So aber haben wir die Sicherheit, dass im schlimmsten Fall nur einer von uns geortet werden kann, verstehste?«

»Hm, lass es mich so ausdrücken: Es bleiben doch ein paar Fragezeichen stehen ... Sind eure Feinde etwa Fledermäuse, vielleicht sogar *Batman* höchstpersönlich?«

»Was? Meinst du, die könnten etwa Fledermäuse abgerichtet haben, um die Frequenzen noch unauffälliger zu orten? Ich muss sofort meine Partner warnen!«

Während ich mir an den Kopf fasste, gab Alpha-Beta-Gamma-Paule doch tatsächlich die Warnung durch. Dabei weiß doch jeder – zumindest jeder, der sich ab und zu eine biologische Fachzeitschrift kauft, und damit meine ich nicht die, mit den nackten Damen auf dem Cover –, dass Fledermäuse als Experten im Tierreich Frequenzen bis zu 200 Kilohertz wahrnehmen können, wohingegen die Frequenzen eines Walkie-Talkies in der Regel 2320-mal höher sind ... Aber jetzt klinge ich doch eher wie Rico ...

Erst als er sein *over* mit immer schwerer werdender Zunge herausgepresst hatte, ging es ihm wieder sichtlich besser: »Nee, der wahre

Feind ist 'n ganz anderer. Aber sei dir bewusst, dass du, wenn ich dir erst davon erzählt habe, von nun an auch zu den Obs… Obst… Obstler … ne, ach, wie heißt das nochma' …«

»Hm, vielleicht *Paralysierten* …«

»Ja, genau … ne, Moment mal, das war's nicht, aber egal, hört sich auch verschwörerisch an … Also, wenn du jetzt davon erfährst, wirst du von nun an ständig paraly… si… siert werden … Der Feind, der sich hinter der Fratze des Bösen versteckt, ist nämlich …« Paule schien nach diesem Moment geradezu gelechzt zu haben, und mich hätte es nicht verwundert, wenn er seine Story jedem auf die Augen band, der hier vorbeikam. Sein Blick hatte etwas leicht Irres, als seine Hände jetzt eine Kugel formten: »… das System. Das System lächelt uns freundlich ins Gesicht, während es hinter seinem Rücken bereits die Messer wetzt. Das System wünscht uns eine gute Nacht, während es uns mit gierigen Augen anblickt. Das System …«

Pritschen-Paule redete sich jetzt so in Rage, dass er nicht einmal bemerkte, wie ich in der Zwischenzeit zu Edgars Wohnblock hinübergelaufen war. Mittlerweile war aus dem anfänglichen Flüsterton ein propagandistisches Rufen geworden – aber vielleicht sollte die Vielzahl an Schallwellen auch bloß eine Verwirrungstaktik gegen die Fledermäuse sein …

Die Tür war nur angelehnt – man schien sich hier eben zu vertrauen –, sodass ich jetzt in einem kleinen, heruntergekommenen Treppenhaus stand. Unten aus dem Keller drang ein plutoniumgrüner Lichtstrahl herauf. Na super, der Lichtschalter dagegen funktionierte schon mal nicht, und so schlug ich mir auf dem Weg zu Edgars Dachgeschosswohnung sämtliche Zehen an.

Es war schon lange her, seitdem ich das letzte Mal in Edgars Wohnung gewesen war. Dieser Gedanke schoss mir durch den Kopf, als ich die Klingel betätigte. Nichts. Anscheinend herrschte in dem Haus ein kollektiver Stromausfall. Dann jedoch erinnerte ich mich an das Licht im Keller.

»Oh nein, Edgar wird doch nicht immer noch ...«, ergriff mich eine böse Vorahnung, als ich ohne meine Koffer die Treppen wieder nach unten stürzte. Meine Vorahnung bestätigte sich in dem Moment, als ich die Holztür zu Edgars kleinem Vorratskeller – wobei Vorrat hier wirklich wortwörtlich gemeint ist – aufstieß: Vor mir lag mein Bruder auf einer kleinen, beweglichen Plattform und blickte konzentriert nach oben. Man konnte fast den Eindruck bekommen, er wäre ein Mechaniker, der gerade den Unterbodenschutz eines Autos überprüfte ... mit dem Unterschied, dass er anstelle eines Unterbodens Dutzende von hüfthohen Hanfpflanzen begutachtete. Das plutoniumartige Leuchten kam von vier großen Baustrahlern, vor die Edgar lichtbrechende Kristalle gehängt hatte und die nun volle Pulle ihren Dienst verrichteten. Dazu ließ Edgar einen externen CD-Player laufen, aus dessen angeschlossenen Boxen besonders schwer verständliche Versionen von Reggaeliedern erschallten.

»Yo David, mein Bruder! Schön dich zu sehen, man!«

»Hey Edgar! Kannst du mir bitte mal erklären, was du hier treibst?«

»Ich führe eine botanische Forschung durch, mein Freund.« Edgar rollte mit der Plattform unter den Pflanzen hervor, stand auf und grinste breit, als wir uns jetzt brüderlich begrüßten.

»Weißt du, dass das Haus tot ist? Warum werde ich nur das Gefühl nicht los, dass das an deinen Baustrahlern liegt ...« Edgar zuckte mit den Achseln. »Außerdem stand die Eingangstür offen und bei dem Licht hier unten würde sogar Tilly ohne seine Brille darauf aufmerksam werden.«

»Yo Bruder, die Tür sollte vielleicht mal repariert werden ...«

»Mal ganz davon abgesehen, man riecht deine Pflanzen im ganzen Treppenhaus. Warum setzt du nicht gleich eine Anzeige in die Zeitung: *Züchte und vertreibe Cannabispflanzen. Keine festgelegten Öffnungszeiten.* Mann Bruder, wenn dich die Polizei dabei erwischt ...«

»Love and peace man, das wäre ja nicht das erste Mal ... Aber lass uns erst mal hochgehen«, fuhr Edgar die Baustrahler ein wenig herunter und nahm mich am Arm, bevor ich auch nur irgendetwas erwidern konnte.

In seiner Wohnung roch es noch viel intensiver nach *Ganja,* der indischen Bedeutung für Marihuana, dem ultimativen Heilkraut, das Krankheiten wie Kreativitätsmangel und Langeweile im Handumdrehen kurieren kann.

»Yo, mach's dir einfach gemütlich, mein Bruder ... Was hast du denn mit den Koffern vor?«, rief mir Edgar aus der Küche zu, während er irgendein Getränk zusammenmixte.

Ich nickte und sah mich um. Die Anzahl der theoretischen Sitzmöglichkeiten schien nahezu unbegrenzt. Im Wohnzimmer, das gleichzeitig auch als Schlaf- und Esszimmer diente, stand ein alter Sessel neben dem andern, und mittendrin eine zerfledderte Couch, auf der eine ganze Pfadfindertruppe hätte übernachten können. Die Anzahl der Sitzmöglichkeiten, die nicht mit irgendwelchen Kartons oder sonstigen Dingen zugeramscht waren, konnte man dagegen an einer Hand abzählen.

»Tina hat mich rausgeschmissen ...«, rief ich zurück.

»Oh man, love and peace, mein Bruder. Das tut mir echt leid«, kam Edgar mit zwei Gläsern zurück und setzte sich mir gegenüber hin. Mit dem Schmücken der Gläser hatte er sich ganz besondere Mühe gegeben: Ein etwa handtellergroßes Hanfblatt bedeckte das Glas allerdings mehr, als das man es Verzierung nennen konnte.

»Danke, Bruder. Aber früher oder später wäre unsere Beziehung wohl eh nicht mehr gut gegangen ...«

»Ja man, Frauen sind nun mal die einzigen irdischen Lebewesen, die im Paralleluniversum vernünftiger sind, als in diesem hier ...« Edgar verstummte und ich konnte sehen, wie er auf einmal unruhig wurde. Er schien lange mit sich zu kämpfen, bevor er schließlich fortfuhr:

»Und … jetzt willst du bei mir wohnen …?« Unsicherheit klang in seiner Stimme mit, seine Augen verengten sich verängstigt.

»Das hatte ich gehofft. Es wäre auch nur für ein paar Tage … und deine Pflanzen werde ich dir auch nicht wegrauchen«, versuchte ich einen Witz, doch Edgar reagierte darauf gar nicht. In diesem Moment erinnerte ich mich wieder an die ausweichenden Antworten meines Bruders bei unseren letzten Treffen. Ich spürte, dass ich ihn jetzt mit meiner Bitte in die Enge getrieben hatte. Doch wovor?

»Versteh mich bitte nicht falsch, David. Du weißt genau, dass du jederzeit auf mich zählen konntest. So wie auch du immer für mich da warst. Nur …«, schweifte Edgars Blick in die Ferne, »… kann ich dir von nun an nicht mehr helfen. So wie auch du künftig nichts mehr für mich tun kannst …«

Oh Mann, wenn mein Bruder gerade wieder auf einem Trip war, dann sollte er dieses Depressionszeug besser sofort wieder entsorgen.

»Was meinst du damit?«

»Ich … ich muss hier raus, man …«

Mein Blick fiel auf die unzähligen Kartons. Na, so viel hätte ich mir dann ja auch noch zusammenreimen können …

»Hat dir dein Vermieter gekündigt?«

»Schlimmer, mein Bruder, viel schlimmer … *Babylon* persönlich hat mir gekündigt …«

Wenn Edgar meinte, dass ich momentan die Nerven für seinen kryptischen Singsang hatte, dann täuschte er sich gewaltig. Angst stieg in mir auf, als sich jetzt zum zweiten Mal eine böse – und dieses Mal war es eine richtig böse – Vorahnung breitmachte.

»Kannst du das auch mal für Erdenbewohner erklären?«

»Man hat mich ausgewiesen …«

Entsetzt riss ich meine Augen auf. Dass Edgar die Tatsache auch noch mit aller Seelenruhe hinzunehmen schien, verstärkte mein Entsetzen nur noch.

»Aber man darf dich doch nicht einfach so abschieben ...!«

»*Ausweisen,* mein Bruder, *ausweisen.* Doch, ich erfülle leider alle Voraussetzungen dafür: Ich durfte mich hier bisher legal aufhalten, habe aber keinen deutschen Pass, bin ein paar Mal straffällig geworden, und dazu ...« Edgar stockte und sah verlegen zur Seite, als ob er sich in diesem Moment einen Riesenfehler eingestand. »... habe ich vor ein paar Wochen eine große Dummheit angestellt.«

Dass Edgar schon mehrere Anzeigen auf dem Buckel hatte, war mich nicht neu. Aber das waren allesamt »Kleinigkeiten« gewesen: verbotener Anbau von Cannabis, Drogenmissbrauch in der Öffentlichkeit und ähnliche Hirnlosigkeiten. Aber all das war lediglich in Eigenregie passiert. Niemals – das hatte Edgar stets beteuert, und ich glaubte ihm – hatte er das Zeug gewinnbringend verkauft. Folglich war also er der Einzige, der sich mit seinem Verhalten schadete.

»Was hast du gemacht?«, sah ich ihn besorgt an.

»Ich habe Marihuana ... na ja, ich habe es ... verkauft ...«

»Du Vollidiot!«, schoss es aus mir raus.

»Ich weiß doch selbst, dass das ein Fehler war. Es ist auch nicht so, dass ich den Stoff von meiner Seite aus angeboten hätte ... Er hat mich angesprochen ... nur nach dem Kauf hat er mich dann verpfiffen ...«

»Man, ich dachte immer, mein Bruder hat seine Prinzipien ...«

»Weißt du, es ist nicht so einfach, jeden Tag von Neuem in so einer heruntergekommenen Bruchbude aufzuwachen. Du kennst das vielleicht nicht, und dafür freue ich mich für dich, mein Bruder. Aber ich habe auch manchmal den Wunsch, mir etwas Besonderes leisten zu können ...«

Keiner von uns sagte etwas. Obwohl ich eine Riesenwut auf Edgar hatte, konnte ich ihn doch irgendwie verstehen. Erst allmählich sammelte ich mich wieder.

»Und jetzt?«

»Yo, ich hab nicht mehr viel Zeit. Ich muss hier so schnell wie möglich draußen sein. Danach werde ich sofort in das Auswärtige Amt nach Berlin gebracht. Und am Samstag geht dann mein Flug zurück in die Heimat.«

»Das darf doch nicht wahr sein«, schlug ich mit der Faust auf den Tisch, wobei das Hanfblatt in der dunklen Brühe verschwand. »Die können dich doch nicht wegen so etwas ausweisen! Und dann machen die das auch noch kurz vor Heiligabend?« Für einen Moment überlegte ich, ob ich nicht Pritschen-Paule von der Straße aufsammeln und kurzerhand eine mobile Einsatztruppe gründen sollte. »Scheiße, und dann hast du nichts Besseres zu tun, als den Pflanzen in deinem Keller beim Wachsen zuzusehen ...?«

»Love and peace, David. Alles wir gut! *Babylon* kann die Seele eines echten Rastas nicht brechen, man. Schließlich fliege ich in meine Heimat zurück.«

Ich schüttelte den Kopf. Abgesehen davon, dass ein echter Rasta Alkohol und sonstige Rauschmittel nicht anrührte, schien ich die Situation besser zu begreifen als Edgar: »In deine Heimat, sagst du? Und was wirst du dann dort machen? Hast du den Mut, deiner Mutter und deinen Geschwistern nach sieben Jahren in die Augen zu blicken und ihnen zu erklären, warum du sie so lange im Stich gelassen hast?«

An Edgars glänzenden Augen konnte ich erkennen, dass ich seinen wunden Punkt berührt hatte: »Man, ich ... ich weiß nicht ... ich ...« Die Stimme meines Bruders versagte, und seine Hände begannen zu zittern. »Was soll ich tun?«

»Wir müssen etwas dagegen unternehmen!«, stand ich mit aller Entschlossenheit auf.

»Ich weiß das sehr zu schätzen, David ... ehrlich. Aber die Ausweisung ist nun mal beschlossene Sache.«

»Abwarten, Edgar, abwarten!«, erwiderte ich, obwohl wir kaum noch Zeit zum Abwarten hatten, und ich ehrlich gesagt im Moment auch nicht die leiseste Ahnung hatte, was wir jetzt noch tun konnten.

»Verlass dich darauf, dass wir dich nicht im Stich lassen, mein Bruder«, umarmte ich ihn so aufmunternd wie möglich, bevor ich sofort meine Sachen packte und abschließend ein »Ich werde mich so bald wie möglich bei dir melden« versprach.

»Tu das, mein Bruder, tu das ...«, ließ ich nun schweren Herzens einen sichtlich beängstigten Edgar zurück.

15. Rico

Ja gut, wo soll ich denn anfangen? Ich meine, es ist nicht gerade so, dass ich auf den Mund gefallen wäre. Im Gegenteil, meine Freunde und Daniela, meine Frau, müssen mich meistens eher stoppen, bevor die Mundwalze so richtig in Fahrt kommt, hehe.

Aber okay, was soll ich machen? In diesen Momenten packt es mich einfach, und dann läuft der Kopf auf Hochtouren einen Marathonlauf. Im Nachhinein denk ich mir dann oft: »Mann, was hast du da eben schon wieder für einen Quark gelabert?« Und im Grunde ist es ja auch weniger wichtig, wie viel man sagt. Wichtig ist viel mehr, was man sagt ...

Nun, David ist ein Supertyp! Mit ihm kann ich einfach wirklich alles bereden. Es gibt kein Thema, von dem der eine dem anderen nicht erzählen würde, weil er Angst davor hätte, dass es zu peinlich sein könnte.

Wir haben uns vor etwa zwei Jahren kennengelernt. Ha, ich kann mich noch so gut daran erinnern, als wäre es erst vor einem Jahr passiert. Ich war gerade im Supermarkt – hatte also quasi Rundgang – und trottete Daniela, die zu der Zeit noch meine Freundin war, hinterher. Sie war damals gerade auf so einem Bio-Trip. Nicht, dass sie das jetzt nicht mehr wäre, aber zu der Zeit war es besonders schlimm. *Veganer* heißen, wenn ich mich recht erinnere, die Menschen, die nicht einmal Dinge essen, die Tiere produziert haben. Käse zum Beispiel. Na ja, und an diesem Tag machte sie eben mal den ganze Laden verrückt, weil sie unbedingt so einen fermentierten Tofu-Käse für ihren veganen Salat benötigte, den sie abends auf eine ihrer Veggie-Partys mitnehmen wollte. Meine Versuche, ihr zu erklären, dass es mit hoher Wahrscheinlichkeit keinen Tofu-Käse, und mit an Sicherheit grenzender Wahrscheinlichkeit erst recht keinen fermentierten in diesem Laden gab, ignorierte sie dabei erfolgreich. Also lief ich völlig genervt mit dem Einkaufswagen hinter ihr her und schob dabei möglichst unauffällig allerlei Wurst- und Schinkenpackungen aus den Regalen in den Wagen. Daniela hatte aber in dieser Beziehung einen richtigen Riecher und konfiszierte das Stück Lebensglück sofort, bevor sie mich mit bösen Blicken zurück zu den Regalen schickte. Selbst als sie ihren dämlichen Käse nach ein- stündiger Suche nicht gefunden hatte, entschied sie sich stattdessen für eine andere Sorte und meinte, dass schließlich der Zweck die Mittel heilige ... Wie ein kleines Kind stand ich vor der Theke und schielte gierig nach der Scheibe Wurst, die ich früher immer als Selbstverständ- lichkeit angesehen hatte. Aber selbst die wurde mir vorenthalten. Als mich die Enthaltsamkeit nach den Freuden des Lebens schier wahn- sinnig werden ließ, tauchte plötzlich David wie aus dem Nichts neben mir auf. Auf seinen Einkaufswagen gelehnt, sah er mich mitleidsvoll an und fragte dann, ob ich denn nicht mal mittwochabends ins *Bachelors* kommen wollte. »Da gibt's wenigstens auch verbotene Sachen ...«, flüsterte er mir grinsend zu, während er gegen die Scheibe der Wurst- theke klopfte.

Tja, so ist halt mein Jung'. Ihn kann einfach nichts grundlegend erschüttern. Bewundernswert zum Beispiel, wie er selbst seine geschei- terte Bewerbung für die Schauspielschule hinnahm ... schließlich war es bereits als kleiner Junge sein Wunsch gewesen, eines Tages Schau- spieler zu werden, wie er mir bei einem unserer Treffen immer noch ein bisschen zerknirscht, aber trotzdem mit erhobenem Haupt erzählt hat.

Was die Verarbeitung der ganzen Sache damals nicht gerade einfa- cher machte, war, dass er auch noch zum Vorstellungsgespräch eingela- den worden war. An diesem Tag war er nervöser als vor seinem ersten Kuss. Das war der Moment, der alles entscheiden würde ...

Im Nachhinein, erzählte er, hätte er alles viel entspannter, distanzier- ter angehen lassen sollen. Aber das ist ja bekanntlich leichter gesagt als getan.

In diesem einen Moment jedenfalls war dann alles weg. Improvisationstalent. Kreativität. Stimme. Ein klassischer Blackout. In diesem Moment sei er so aufgeregt gewesen, meinte er, dass er im Eifer des Gefechtes sogar die Rollen von Faust und Mephistopheles vertauschte, als er einen beliebigen kurzen Auszug aus Goethes Tragödie vorspielen sollte.

Voller dämonischer Inbrunst sagte er daraufhin Sätze wie »Du Spottgeburt von Dreck und Feuer!«, die eigentlich ein entrüsteter Faust hätte sprechen sollen. Und umgekehrt sprach er Mephistos »Sie fühlt, dass ich ganz sicher ein Genie, / Vielleicht wohl gar der Teufel bin.« in der typisch Faust'schen Umnachtung.*

So weit so gut, fand auch die Jury und klatschte ob der kreativen Idee spontan Beifall. Nur leider war Davids Umnachtung in diesem Moment noch größer als die von Faust, und so machte er den folgenschweren Fehler, auch noch Michael Kohlhaas aus Kleists gleichnamigem Stück mit den Worten »Da Mütterchen, das gehört dir!« auftreten zu lassen.** In den Augen der Jury war das aber ein absoluter Tabubruch, der nicht mehr gut gemacht werden konnte ...

Hm, wenn ich jetzt noch mal so darüber nachdenke, dann hatte mein Freund in diesem Moment doch alles: Improvisationstalent. Kreativität. Und demnach ja auch die Stimme. Leider liegen nur Triumph und Tragödie nirgends näher beieinander als in der Kunst ...

Nachdem Davids Traum zerbrochen war, entschied er sich für ein Maschinenbaustudium in Karlsruhe. Na ja, man muss kein Hellseher sein, um zu wissen, dass das lediglich als Notnagel diente, der allerdings auch sehr schnell durchgerostet war.

Jetzt hat er immerhin einen Beruf gefunden, in dem seine Fähigkeiten wenigstens etwas zur Geltung kommen, aber so richtig zufrieden ...

---

*   beide Zitate aus: Johann Wolfgang Goethe: *Faust. Der Tragödie erster Teil*, Reclam, S. 103,

** aus: Heinrich von Kleist: *Michael Kohlhaas*, Reclam, S. 108.

nein, so richtig zufrieden ist er damit wohl auch nicht ... Ja, wenn ich eines Tages ein Theater mein Eigen nennen kann, dann ist David definitiv mein Mann. So muss ich derzeit aber zusehen, wie er täglich lustloser wird ...

Ja, was kann ich denn noch über meinen Freund berichten? Also, ich meine, da gäbe es natürlich noch jede Menge, aber ich habe ja vorhin über meine Fremdverantwortung gesprochen, und ... na ja, vielleicht sollte ich sie mir dann doch wieder ein wenig mehr zu Herzen nehmen ...

Ach, ich kann auch etwas über mich erzählen? Na, diese Aussage nenn ich mal einen Freifahrtschein, hehe. Und Eigenverantwortung für das, was ich so von mir gebe, trage ich ebenfalls jede Menge. Muss ich ja schließlich auch, als Eigentümer von einem halben Dutzend Unternehmen und Anteilseigner von fast dreimal so vielen ...

Ich weiß, dass sich so etwas unglücklicherweise immer ziemlich arrogant anhört. Früher kam das zudem in Gesprächen auch genauso herüber, weil ich die ganze Zeit so viel um die Ohren hatte, dass ich gegenüber meinen Mitmenschen desinteressiert wirkte. Dazu spielt aber auch der Neid, durch den wir uns oft ein Vorurteil gegenüber jemand anderem bilden, eine Rolle ... leider.

Aber mittlerweile kann ich diese Menschen viel besser verstehen, und ich kann mir auch sehr gut vorstellen, dass es nicht leicht ist, als Erwachsener Befehle von einem Jungspund, wie ich damals, entgegenzunehmen. Wobei das nicht heißen soll, dass ich jetzt kein Jungspund mehr bin, schließlich bin ich gerade mal siebenundZWANZIG ...

Zum Thema Altersunterschied fällt mir übrigens eine lustige Anekdote ein. Ich war damals 20, mein erstes Unternehmen befand sich noch in seiner Gründungsphase, als ich einen älteren Herren, der sich um eine Stelle in der Produktion bewarb, zu einem Vorstellungsgespräch abholte ... was man als Jungunternehmer nicht alles selber in der Hand haben möchte ... na ja, vielleicht lag es aber auch an Amanda, meiner charmanten Empfangsdame aus Südfrankreich ... aber das ist alles schon lange, lange her, hehe ...

Äh ja, wo war ich stehen geblieben? Ach ja, richtig, bei dem Vorstellungsgespräch. Jedenfalls fragte mich der grauhaarige Herr mit der Fistelstimme doch allen Ernstes, seit wann denn Azubis die Bewerbungsgespräche führten. Spontan antwortete ich ihm, dass das an der momentan sehr angespannten finanziellen Lage des Unternehmens liege. Argwöhnisch beäugte er mich daraufhin und meinte dann lediglich, dass auch ich noch ganz sicher meinen Weg gehen würde, wohingegen er einfach nur noch die letzte Station in seiner Karriere anfahren wollte. Nun, ich gab ihm natürlich den Job, denn mal ehrlich, wer sich von einem 20-jährigen Azubi, der mit allen Vollmachten ausgestattet ist, nicht verunsichern lässt, der würde auch bis zum Schluss auf einem sinkenden Schiff weiterrudern.

Von nun an musste ich allerdings ein wenig darauf achten, wie ich mich verhielt, wenn ich ihm begegnete, da ich den Spaß sehr gerne noch weitertreiben wollte. Erst bei meiner Ansprache auf der nächsten Weihnachtsfeier war mein Outing nicht länger zu verhindern, doch er konnte letztendlich genauso herzhaft darüber lachen wie ich.

Aber okay, ich könnte jetzt noch 'ne Menge anderer Geschichten aus meinem Berufsalltag erzählen, vielleicht schreibe ich ja irgendwann einmal eine Biografie ... obwohl, wer will die denn schon lesen ...? Glücklicherweise ist *Alltag* nicht wortwörtlich gemeint, auch wenn ich mich mittlerweile immer öfters nach einem geordneten Tagesablauf sehne.

Den ersten Schritt dahin habe ich gemacht, indem ich Daniela geheiratet habe. Allerdings sorgt sie mit ihren, auch jetzt noch wöchentlich wechselnden Ticks sehr wohl für Abwechslung, und ich muss ehrlich zugeben, dass das auch ein bisschen an ihr liebe. Mit Daniela weht einfach immer ein frischer Wind ins Haus. Und sei es nur, weil sie mal wieder die Haustür hinter sich beleidigt zugeschlagen hat. Aber ganz im Ernst, nach einigen Wirrungen und Irrungen habe ich endlich meine Frau gefunden, die Mutter meiner Kinder ...

Ja, und jetzt werde ich wirklich Vater! Dieses Gefühl ist einfach unbeschreiblich, mit nichts anderem vergleichbar. Beruflicher Erfolg ist ja teilweise schön und gut, und er gibt einem ja auch Selbstbestätigung, Selbstbewusstsein. Im Gegenzug ist er allerdings auch zerbrechlich, vergänglich. Vater zu werden ist dagegen pure, herzliche Freude! Das Gefühl, mit der Frau, die ich liebe, ein kleines Kind in die Welt zu setzen, geht viel tiefer, viel mehr ans Herz, als die lediglich oberflächliche Euphorie einer selbst verwirklichten Karriere.

Ich muss ehrlich gesagt zugeben, dass ich mir insgeheim einen Jungen wünsche, mit dem ich draußen Fußball spielen kann, bevor ich mich dann später über seine nicht gegebenen Treffer während seiner Jugendspiele aufrege. Oder ich baue mit ihm ein kleines Holzfloß, das wir anschließend in einem Bach ausprobieren, bevor wir schließlich kentern. Wir sind beide pitschnass, aber wir lachen vergnügt und, da wir eh schon wie zwei begossene Pudel aussehen, spritzen wir uns noch zusätzlich Wasser um die Ohren ... Ja, wenn ich jetzt so daran denke, kann ich es eigentlich kaum erwarten ...

Und wenn es ein Mädchen wird? Tja, dann arbeite ich mich vorher lieber noch schnell in die Liebesgeschichte zwischen Barbie und Ken ein, lasse mir gute Ausreden einfallen, warum sie kein Pony samt Stall zu ihrem zwölften Geburtstag bekommt, und überlege mir schon einmal eine schlaue Verteidigungstaktik gegen die künftige weibliche Übermacht im Hause Terzel. Nein, im Ernst, wenn es ein Mädchen wird, dann freue ich mich doch genauso.

Das ist ja auch das Schöne am Leben. Kaum etwas ist von vorne bis hinten ganz genau planbar ... ich als Unternehmer kann davon ein Lied singen, hehe. Natürlich ist mir gleichzeitig aber auch bewusst, dass es viele Menschen gibt, denen die Probleme bis zum Hals stehen, und die sich über ein wenig mehr Routine in ihrem Leben freuen würden. Aber ich kann versichern, dass es auch bei mir eine Zeit gab, in der ich einfach nicht mehr weiterwusste. Mittlerweile fällt es mir nicht mehr ganz so schwer, darüber zu reden ... es wird quasi langsam zur Routine ...

In dieser Zeit brachten mich alltägliche, kleine Fehltritte oder Missgeschicke, die ich sonst immer mit Humor genommen hatte, aus dem Tritt, impften mir die Selbstzweifel förmlich ein. Zum Schluss trat ich, mehr und mehr in meiner eigenen Gedankenwelt isoliert, meinen Angestellten so unnahbar gegenüber, dass aufgrund der immer schlechter funktionierenden Kommunikation allmählich alles den Bach runterging.

Aber ich danke Gott von ganzem Herzen dafür, dass ich diese Erfahrung machen durfte, dass er mir das bereits so früh aufgebürdet hat, und vor allem, dass er mich da wieder rausgeholt hat. Denn hätte mich der ganze Mist erst Jahrzehnte später eingeholt, dann wäre mir meine Perspektivlosigkeit womöglich noch viel deutlicher geworden. Und wer weiß, vielleicht hätte ich dann anstatt zum Glauben zur Flasche gegriffen ...

Nach so viel Tiefsinnigkeit erzähle ich zum Abschluss noch eine kleine Anekdote, die ich gemeinsam mit David sowie unseren beiden Freunden Tillmann und Edgar erlebt habe, okay? Dafür haben wir gerade noch Zeit? Super!

Also, vor etwa einem halben Jahr war das. Wir waren gerade im Freibad, damit Tillmann endlich mal seine panische Angst vor Wasser ablegte. Und da das besser als erwartet klappte, nahmen wir drei ihn zur Krönung des Tages mit auf das 5-Meter-Sprungbrett.

Edgar war der Erste, der in seiner mit Hanfblättern gemusterten Badehose ganz lässig nach vorne lief, die Arme ausbreitete, sich zu uns umdrehte und dann mit einem verträumten Gesichtsausdruck abhob. Na ja, besser gesagt, er dachte wohl, dass er abheben würde, vielleicht hatte er insgeheim sogar gehofft, mit seinem Absprung die nächste Mondlandung einzuleiten ... Jedenfalls konnten wir nur noch für den

Bruchteil einer Sekunde sehen, wie sich sein Gesichtsausdruck plötzlich in ein desillusioniertes Staunen verwandelte, bevor er mit einem »Yo, shit man ...« in die Tiefe stürzte.

Als Nächstes trat David an die Brettkante, meinte noch zu Tillmann, dass das ganz einfach sei, dass man lediglich keine Angst vor dem Sprung haben dürfe, bevor er sich mit einem eleganten Salto mit anschließender 3 ½-facher Schraube nach unten verabschiedete. Das Problem dabei war nur, dass der zweite Teil aus Zeitgründen entfiel ... Mit einem lauten »Oh, no!« und einem bösen Klatschen kam er rücklings auf dem Wasser auf.

Das war für Tillmann natürlich nicht gerade ermutigend. Zitternd und sich krampfhaft am Geländer haltend, tastete er sich in seiner Pumuckl-Badehose langsam nach vorne. »Respekt!«, sagte ich, als ich in diesem Moment bemerkte, dass er das gar nicht bewusst machte. Ohne seine Brille hatte er komplett die Orientierung verloren und lief jetzt geradewegs dem Brettrand entgegen. Ich rief ihm noch ein »Körperspannung, Tilly, Körperspannung ... und die Beine zusammenhalten!« nach, erntete dafür aber nur ein verwirrtes »H... he?«. Sein anschließender Aufprall hörte sich noch furchterregender an als der von David. Als ich nach unten sah, wusste ich auch, warum: Auf dem Wasser verteilt schwammen jetzt zwei Stofffetzen mit dem kleinen, rothaarigen Kobold darauf.

Das Ende vom Lied war, dass ich wieder nach unten steigen musste, Tillmann ein Handtuch zum Bedecken seines Johannes holen durfte, mit David vorsichtshalber zu dem habilitierten Arzt ging, der aushilfsmäßig auch hin und wieder den Bademeister spielte, und anschließend Edgar tröstete, indem ich ihm schonend beizubringen versuchte, dass in dieser Welt nun mal nur den Vögeln das Privileg des dauerhaften Fluges zustand ...

So, jetzt weißt du hoffentlich ein wenig mehr über David ... und hoffentlich nur Gutes ... aber es sind ja bekanntlich die Macken, die einen Menschen menschlich machen ...

In diesem Sinne wünsche ich dir alles Gute und Gottes Segen ... Ach ja, und für die Verletzung etwaiger Copyrightrechte trage ich natürlich keinerlei Verantwortung, hehe ...

16. Tanz der Bits und Bytes

Noch während ich zu meinem Wagen zurücklief, wählte ich Ricos Nummer.

»Hallo?«, ertönte es verschlafen, während im Hintergrund Applaus zu hören war. Wahrscheinlich sah sich Daniela mal wieder eine ihrer Late-Night-Talkshows an, bei denen sie dann immer lautstark mitdiskutierte ... allerdings letztendlich nur mit sich selbst, da Rico zu diesem Zeitpunkt meistens schon tief und fest in seinem Sessel schlief.

»Alarmstufe Rot, Rico! Ich war gerade bei Edgar ...« – warum, wollte ich ihm im Moment lieber verschweigen – »... und dann erzählt er mir doch allen Ernstes eher beiläufig, dass er nächstes Wochenende nach Jamaika ausgewiesen werden soll ...«

Ich spürte, dass Rico auf einmal hellwach war: »Dass du bei Edgar warst, glaube ich sofort, wenn ich dich so reden höre. Sag mal, hast du etwa von seinen Wundermitteln genascht?«

Vehement verneinte ich und erklärte ihm alles ganz genau. Mit jeder Nachfrage klang Rico besorgter, bis er sich schließlich nicht mehr länger zurückhalten konnte: »Wir müssen das verhindern! Das kann unsere Obrigkeit doch nicht einfach so machen!«

Im Hintergrund hörte ich Daniela entschlossen sagen: »Genau, das sage ich doch schon die ganze Zeit, Rico! Schön, dass du dich endlich auch mal offen gegen den Bau des Tiefbahnhofs bekennst ...« Daraufhin flüsterte Rico ihr etwas zu, sodass sie enttäuscht verstummte.

»Und was schlägst du vor?«, fragte ich.

»Hm ... meine Daniela ist wirklich ein Schatz ...« Ich wollte diese Aussage gerade etwas relativieren, aber Rico kam mir zuvor: »... und wenn das wirklich so klappt, wie ich mir das vorstelle, dann wirst auch du meiner Meinung sein ...«

»Wieso, hast du etwa vor, sie mit Edgar zusammen nach Jamaika zu schicken ...?«

»Ach David, ihr beide solltet euch endlich mal aussprechen. Nein, als Daniela gerade den Tiefbahnhof erwähnt hat, kam mir eine geniale Idee: Wie wäre es, wenn wir die Montagsdemonstration übermorgen für unsere Zwecke missbrauchen?«

»Du meinst für Edgars Zwecke? Rico, du bist ein Genie! Aber ... ist das überhaupt noch medienwirksam, seitdem der Bau von *Stuttgart 21* beschlossene Sache ist?«

»Hm, ja, sicherlich ist das öffentliche Interesse mittlerweile stark zurückgegangen ... aber vertrau mir, ich werde schon dafür sorgen, dass ein paar Fernsehteams »zufällig« in der Nähe sein werden. Das beste Fernsehteam der Welt bringt allerdings nicht besonders viel, wenn die Kulisse fehlt. Und da die Anzahl der bekennenden Wutbürger täglich sinkt, müssen eben wir dafür sorgen, dass sich die Öffentlichkeit noch eine Weile an diesen Montag erinnern wird ...«

»Aye, aye, Sir! Ich weiß, was ich zu tun habe. Ich werd Tilly gleich informieren, und natürlich auch jeden anderen, der noch genug Kraft hat, um übermorgen in den Schlosspark zu kommen ...«

»Sehr schön, dann setze ich mal mein Vitamin B ein, um ebenfalls so schnell wie möglich eine demonstrationsstarke Truppe zusammen-zustellen.«

»Du kennst ... na ja, du hast nicht zufällig die Kontaktdaten von ein paar hohen Tieren in deinem Adressbuch?«

»Doch, hab ich ... Du meinst, der Zweck heiligt die Mittel? Hm, nein David, ich habe von eigennützigem Verhalten noch nie was gehal-ten, und ich will jetzt damit auch nicht anfangen. Ich weiß natürlich, dass es unserem Freund dienen würde, aber glaub mir, ich bin davon überzeugt, dass wir das auch so, nämlich durch reine Herzlichkeit, erreichen werden ... außerdem setzt sich das auch langfristiger in den Köpfen – und Herzen – der Menschen fest ... Und vergiss nicht, dass wir ja auch bald Weihnachten haben ...«

»Da ist was dran ... Mann, was würden wir nur ohne dich machen ...«

»Ich schätze, ein bisschen mehr Zeit zum Reden haben, hehe. Ach ja, Edgar sollte übermorgen am besten zu Hause bleiben. Es ist keine gute Idee, wenn der Grund für eine Demo hautnah dabei ist ...«

Stimmt, das hat wirklich etwas Entmystifizierendes, schoss es mir durch den Kopf, bevor ich antwortete: »Aber wir brauchen auf jeden Fall ein Foto von ihm. Du weißt schon, für die Plakate ... Na ja, und dabei sollte er halbwegs anständig aussehen.«

»Du meinst, als ob ihn kein Pflänzchen trüben könnte? Hm, du hast recht, so ein Foto, das zudem auch noch aktuell ist, zu finden, könnte echt schwer werden ... War Edgar eigentlich schon einmal zu 100 % in dieser Welt, seitdem er volljährig ist?«

»Keine Ahnung. Aber ich hab eine bessere Idee, als stundenlang in seinen Umzugskartons nach einem passenden Bild zu suchen.« Im Hinterkopf hatte ich Tillmann und seine Mitbewohner. Einer von diesen Technikfreaks war doch sicherlich imstande, unseren bekifften Bruder durch Bildbearbeitung in den Traum einer jeden Schwiegermutter zu verwandeln ... »Sobald ich weiß, ob meine Idee funktioniert, melde ich mich wieder bei dir, okay?«

Ich wollte gerade auflegen, als Rico noch schnell einschob: »Weißt du eigentlich, wann die Demos immer starten?«

Ich wusste es nicht. Wie denn auch? Aber ich ging stark davon aus, dass sie in der Regel zu einer sehr humanen Uhrzeit begannen. Also vereinbarten wir spontan noch 10 Uhr als Treffpunkt, bevor wir uns voneinander verabschiedeten.

»He Langer, was hast du denn vor?«

Erst jetzt bemerkte ich, dass es sich Pritschen-Paule in der Zwischenzeit neben meinen Füßen gemütlich gemacht hatte, und jetzt in einem dicken Schmöker blätterte, auf dem ich den Namen *Kant* entziffern konnte. Ich war mir ganz sicher, dass er vor meinem Telefonat noch nicht dort gelegen hatte. Aber sei's drum, denn in diesem Moment begannen zur Abwechslung mal meine Augen zu funkeln: »Bist du dabei, wenn wir dem System eins auswischen?«

Augenblicklich legte Paule das Buch zur Seite: »Was hast du da gesagt? Du willst ... du willst ...« Seine Augen weiteten sich, und aus seinem Mund quoll ein schauderhaftes Lachen, bevor er mit dem Finger auf mich zeigte: »DU?«

»Ja, ICH! Wenn du bereit dafür bist, dann komm am Montag in den Schlosspark ... Ach ja, und bring dann so viele von deinen Untergrundskämpfern wie nur möglich mit«, flüsterte ich ihm noch zu, bevor ich unmittelbar abdampfte.

Hinter meinem Rücken verstummte Pritschen-Paule auf einmal. Ich konnte noch hören, wie er sein Walkie-Talkie in die Hand nahm, um daraufhin irgendwelche Weltverschwörungsformeln hineinzubrabbeln.

Auf direktem Weg fuhr ich zu Tillmann. Die Studenten-WG befand sich in einem dreistöckigen Mehrfamilienhaus mit Hinterhof in der Nähe der Uni. Ich hatte schon ein schlechtes Gewissen, den armen Studenten nicht mal am Wochenende ihren dringend benötigten Schlaf zu lassen, atmete aber erleichtert auf, als der Türöffner für Studentenverhältnisse recht schnell betätigt wurde. Von Tillmann in die gemütliche, mit Parkettboden ausgestattete Wohnung geführt, wurde mir sogar die Ehre zuteil, dass sich alle drei Mitbewohner für einen Augenblick aus ihren Zimmern schälten, das reale Wesen im Flur mit argwöhnischen Blicken bedachten, um sich daraufhin sofort wieder in ihre virtuelle Welt zurückzuziehen.

Verständnisvoll wie immer bot mir Tillmann das einzige noch freie Zimmer in der WG an. An den Wänden hingen noch die Überreste des Vorbesitzers: ein grüner Kampfroboter sowie eine dreiviertelnackte Waldelfe, Poster aus irgendeinem Computermagazin. Obwohl die Ausstattung in dem Raum eher spartanisch wirkte, war ich meinem Freund von Herzen dankbar, hier fürs Erste bleiben zu dürfen.

Außerdem bot das Zimmer einen zusätzlichen Anreiz, den Hintern so schnell wie möglich wieder hochzubekommen, um mich nach einer neuen Wohnung umzusehen ...

Mit einer im Gespräch unter vier Augen sehr ungewöhnlichen Stotterorgie meinte Tillmann daraufhin, dass er sich leider gleich wieder in sein Zimmer zurückziehen müsse.

»Klar, das verstehe ich doch«, sagte ich mit einem Blick auf die Micky-Maus-Wanduhr oberhalb der Tür, auf der Minnie mittlerweile schon ein gutes Stück rechts von der 12 ihr Unwesen trieb. Das Tilly als Grund jedoch keinesfalls Müdigkeit, sondern den kurz bevorstehenden, alles entscheidenden Angriff seiner Hauptstreitmacht in irgend so einem Online-Strategiespiel angab, war dann schon etwas überraschender ... Aber ernsthaft überraschend? Nein, ernsthaft überraschend war das dann auch wieder nicht ...

Als ich am nächsten Morgen meine Augen aufschlug, wurde ich von dem grellbläulichen Leuchten einer Lichterkette draußen vor dem Fenster geblendet.

»Die war aber noch nicht da, als ich vorhin eingeschlafen bin ...«, sagte ich leise zu mir selbst und schirmte meine Augen dabei mit dem Bettkissen ab.

Und überhaupt, eine leuchtende Lichterkette am helllichten Tag ergab doch auch gar keinen Sinn ...

Ergab sie doch, wie sich beim Frühstück herausstellen sollte. Rudolf, ein Informatikstudent der Marke *Gib mir einen x-beliebigen Rechner, und ich hacke uns zur Weltherrschaft. Wenn es aber so weit ist, darfst du ruhig alleine weitermachen, weil ich mich dann nach einer neuen Herausforderung umsehen will ...* erklärte mir in aller Ausführlichkeit – oder war es nicht vielmehr ein angeregtes Streitgespräch mit Tilly? –, dass die Lichterkette von den Jungs so programmiert worden war, dass sie zu leuchten begann, sobald eine gewisse Luxanzahl, das Maß für die Beleuchtungsstärke, überschritten wurde. Ich wusste in diesem Moment nicht, ob ich mich jetzt freuen sollte, dass keine Straßenlaterne vor dem Fenster festmontiert war ...

Während die beiden faszinierenderweise drauf und dran waren, sich wegen ein paar Lux mehr oder weniger in die Haare zu bekommen, fiel mir ein, dass ich meinem Freund gestern gar nicht mehr von Edgar erzählt hatte. Mit bestimmendem Tonfall unterbrach ich die beiden Streithähne und berichtete in Kurzform, was mit unserem Bruder geschehen sollte und wie wir das verhindern wollten. Natürlich betonte ich dabei ganz besonders die Notwendigkeit, dass wir so viele Menschen wie möglich darüber informieren mussten.

Rudolf, der es aber lieber hatte, wenn man ihn *Rubbing Rudy* nannte, wie er mir versicherte, sprang auf diese Idee augenblicklich an und meinte, dass er sich ja in das System der zuständigen Behörde hacken, und alle gesammelten Daten verschwinden lassen könnte. Tilly entgegnete aber sofort, dass er das nicht mal in seinen Träumen schaffen würde, da diese Art von System eine ganz besonders ausgefeilte Art von Firewall sowie irgendwelche anderen Verteidigungsmechanismen gegen Hackerangriffe bieten würde. Erneut endete die Diskussion in einer Art *Kannst-du-nicht, kann-ich-wohl*-Sackgasse ...

Also zog ich mich lieber in mein Zimmer zurück und durchsuchte die Koffer nach einem nützlichen Foto von Edgar. Nach einer Weile fand ich auch eins, auf dem er wenigstens mal die Augen geöffnet hatte. Das Problem war nur, dass er gleichzeitig eine Bong in seinen Händen hielt.

Na ja, besser als nichts, dachte ich und schlich mich an den beiden Informatikgockeln vorbei. Mittlerweile stritten sich die Jungs darum, wessen Held aus irgendeinem Online-Rollenspiel die besseren Waffenupgrades oder Zaubersprüche besaß. Wahrscheinlich hatten die beiden eingesehen, dass sie sich auf objektiver Wissensebene nur schwer etwas vormachen konnten.

Ich entschied mich für das Zimmer gegenüber, in dem ich Stefan vermutete, einen zierlichen, kleinen Mann, dessen Wurzeln in Vietnam lagen. Heute Morgen hatte er nämlich erzählt, dass er in seiner Freizeit gerne fotografierte und die Bilder dann meistens am Computer überarbeitete. Na wenn das nicht passte! Mit einem typisch fernöstlichen, sympathischen Lächeln bat er mich zu sich rein. Ich zeigte ihm das Bild von Edgar und erklärte ihm, dass es bereits morgen mediengerecht auf Transparenten gezeigt werden sollte.

Stefan sah sich das Foto kurz an und meinte daraufhin lediglich, dass das absolut kein Problem sei. Sofort scannte er das Bild ein, schnitt hier ein bisschen was weg, änderte dort ein wenig den Kontrast, und sagte nur fünf Minuten später, dass man Edgar jetzt glatt für ein Muttersöhnchen halten könnte.

»Nur ...«, stockte er, »... was machen wir mit der Bong? Ich meine, ich kann sie rausschneiden, aber dann brauchen wir einen Ersatz.«

Fieberhaft überlegte ich, was denn bitteschön, abgesehen von einer Bong, noch zu meinem Bruder passte, als ich die, zugegebenermaßen etwas ungewöhnliche, Lösung plötzlich hinter mir vernahm: »Wie ... wie wär's mit ... mit einem Rosenstrauß?«

Allein bei dem Gedanken, wie Edgar dem Betrachter mit treuherzigem Blick einen Rosenstrauß entgegenhielt, kamen mir vor Lachen die Tränen. Als ich es dann aber schließlich auch noch sah, fiel ich vor Lachen fast vom Stuhl. Wer unseren Bruder auf dem Foto allerdings das erste Mal sah, dem konnten ebenfalls die Tränen kommen ... aber vor Rührung.

Den Rest des angebrochenen Sonntags verbrachten Tilly und ich dann mit dem Anrufen beziehungsweise Anmailen von Freunden, Bekannten und Verwandten. Transparente und Trillerpfeifen, Schlachtrufe und Stärkungen mussten organisiert werden. Hin und wieder hörte ich *Rubbing Rudy* vor seinem PC fluchend auf die Tastatur einschlagen.

Entweder biss er sich immer noch die Zähne an der Firewall aus, oder aber sein Spielheld wurde gerade von einem anderen platt gemacht. Da ich allerdings keine Panflötenmusik vernahm, tippte ich auf Ersteres. Schließlich überraschte er uns aber doch noch mit der eigentlich naheliegenden Idee, den morgigen Treffpunkt in den Internet-Communities bekanntzugeben, was er dann auch bereitwillig übernahm. Stefan war unterdessen mit voller Konzentration dabei, das Plakatdesign zu gestalten.

Gerade wollte ich mich aufmachen, um Edgar zu besuchen und ihm die Neuigkeiten persönlich zu überbringen – Rico war über das Treiben in der WG natürlich bestens informiert, und hielt uns im Gegenzug ebenfalls immer auf dem Laufenden –, als sich in diesem Moment auch die letzte, bisher noch geschlossene, Tür öffnete, und ein großer, dunkelhäutiger Mann gähnend auf den Flur trat. Er stellte sich als Moussa vor, absolvierte hier gerade sein Auslandsemester und studierte eigentlich in Paris. Sein Deutsch war allerdings so perfekt – abgesehen von den notorischen *Sch*-Lauten, die das weibliche Geschlecht ja regelrecht dahin schmelzen lassen –, dass man meinen konnte, er würde schon sein halbes Leben hier in Deutschland verbringen.

Als Moussa von unserer Aktion erfuhr, weiteten sich seine eh schon großen Augen vor Begeisterung: »C'est magnifique ... isch meine natürlisch, das ist großartisch!«

Sofort erkundigte er sich, ob er irgendwo mithelfen könne. Da ich gerade auf dem Sprung zu Edgar war, verwies ich ihn mit aufrichtiger Dankbarkeit an Tillmann.

Armer Tilly ... obwohl, vielleicht entdeckt er auf diese Weise ja ein schlummerndes Talent?, ging es mir durch den Kopf, als er jetzt parallel die metaphysische Befreiungsaktion Edgars, die in wenigen Stunden beginnende Studentenparty sowie eine neuerliche Diskussion mit Rudolf über die Problematik von halb durchdachten Algorithmen managen musste.

Etwa eineinhalb Stunden später öffnete mir Tilly wieder die Wohnungstür. Elektropop, der mich vage an die Musik von Tetris erinnerte, schwappte mir entgegen. Die Party war also schon in vollem Gange. Fehlte eigentlich nur noch, dass mich mein Freund, als Ork verkleidet und zur Begrüßung klingonische Worte schmetternd, hereinbat ...

Aber nein, Tilly sah ganz normal aus ... Nein, mehr als das, er hatte sich richtig rausgeputzt. Anstatt eines bunten Wollpullovers trug er jetzt ein weißes Hemd, wobei er »vergessen« hatte, den obersten Knopf zuzumachen.

»Oh, hey Tilly, ich glaub ich besorg noch lieber was für morgen ...«, wollte ich mich gerade wieder umdrehen, als er mit einer ungewohnten Spontanität reagierte: »Wa... warte David, es wäre ... wäre supercool, wenn ... wenn du heute Abend mitfeiern würdest ...«

Ich sah die bittenden Augen meines Freundes. Ich wusste nicht, warum, aber in diesem Moment musste ich an den Augenblick zurückdenken, als mich Tilly vor vielen Jahren völlig verzweifelt auf dem Pausenhof gefragt hatte, warum er denn nicht so stark sein könne, wie die Menschen, die andere mobben ... In Gedanken verglich ich seinen damaligen Ausdruck mit dem jetzigen. Ernsthafte Freude, ja man kann fast das Wort *Glück* in den Mund nehmen, umspülte mein Herz, als mir bewusst wurde, dass mein Freund endlich seinen Platz in der Welt gefunden hatte, endlich erkannt hatte, wo und wie er glücklich werden konnte.

»Also gut ... aber zieh mich bloß nicht in eins von euren Informatikergesprächen rein«, seufzte ich ihm augenzwinkernd zu.

»Ver... versprochen«, lachte er auf ... vollkommen ungezwungen.

Erstaunt stellte ich fest, dass in die Wohnung viel mehr Leute passten, als ich ursprünglich vermutet hatte. In dem abgedunkelten Flur, der von unzähligen LED-Leuchten in alle möglichen Farben gehüllt wurde, tanzten und redeten etwa zwei Dutzend Studenten miteinander, teils unbeholfen, aber trotzdem authentisch.

Stefan kam sofort mit zwei Bierflaschen in der Hand auf mich zu und stellte mich in seiner heiteren Art ein paar seiner Freunde vor. Ehrlich gesagt, war ich es in diesem Moment, der sich ein bisschen fehl am Platz vorkam, spürte dann aber sehr schnell, dass auch Informatiker ganz normale Menschen mit ganz normalen Gewohnheiten sein können. Mal ganz davon abgesehen, dass sie sich nicht nur über irgendwelche weltfremde Dinge oder fachspezifische Insider amüsieren, sondern auch in der Realität ausgewogene Persönlichkeiten sein können.

Als ich mich umsah, entdeckte ich Tillmann. Er stand neben Marie, dem Mädchen, das ihn vergangenen Mittwoch im *Bachelors* angesprochen hatte. Dabei wirkte er ein wenig nervös, indem er sich ständig durch die Haare fuhr, während er nach den passenden Worten zu suchen schien. Offenbar erzählte er ihr eine Geschichte. Vielleicht ja sogar aus seinem Leben, seinem echten. Aber an für sich war das auch nicht so wichtig. Wichtig war jetzt nur, dass sie lachte. Amüsiert und entspannt. Und ihre Augen ruhten gebannt auf Tilly, selbst als sie an ihrem Whiskey-Cola-Glas nippte.

Ich freute mich ehrlich für meinen Freund. Gleichzeitig aber wurde mir auch schmerzhaft bewusst, dass mir eigentlich genau das fehlte, um wirklich glücklich zu sein. Ein Mädchen, das mich genauso akzeptierte, wie ich war. Mit allen Ecken und Kanten – bei der großen Anzahl entsprach mein Profil wohl näherungsweise den unzähligen Eiskristallen einer Schneeflocke ...

In diesem Moment musste ich instinktiv an Jenny denken. An ihr heiteres Lachen, in dem aber auch immer eine gewisse Traurigkeit lag, an ihre kristallklare Stimme, in der romantische Verträumtheit mitschwang. Konnte sie nicht dieses Mädchen sein? Bestand zwischen uns beiden nicht so etwas wie ein unsichtbares Band?

Mein Verstand schaltete sich ein und zeigte mir auf, wie lächerlich diese Träumereien doch waren, schließlich kannten wir uns gerade einmal einen Abend lang ...

Stefan riss mich aus meinen Gedanken, als er jetzt eine Whiskey-Runde einläutete. Ich muss schon sagen, die vier Jungs hatte ein gutes Händchen bei der Auswahl der aufnehmbaren Flüssigkeiten bewiesen ...

So wurde es also ein feuchtfröhlicher Abend, an dem auch ich noch eine Menge becherte, sodass ich letztlich sogar über die Informatikerwitze von *Rubbing Rudy* und seinen Kumpels lachen konnte. Witze wie: *Telefonieren zwei Informatiker miteinander. Fragt der eine: »Und, wie ist das Wetter bei euch?« Sagt der andere: »Capslock.« »Häh?« »Na, shift ohne Ende ...«* Oder: *Was ist der letzte Wunsch eines Programmierers? Bitte ein Bit!* Sprüche also, bei denen sich mein Gehirn alkoholbedingt schon längst weigerte, Interpretationsarbeit zu verrichten.

Doch die ganze Zeit über spukte mir auch die Sache mit Edgar im Hinterkopf herum. Wie er sich jetzt womöglich in seiner Bude den Kopf über die Zukunft zerbrach – bei ihm war ich mir aber selbst in so einer Ausnahmesituation nicht sicher, ob der Schädel vor Sorgen oder nicht doch eher wegen halluzinogener Substanzen pochte ... Ricos Optimismus, dass schon alles gut gehen würde, nahm mir jedoch das schlechte Gewissen, bevor ich weit nach Mitternacht in mein Bett torkelte und anschließend in einen unruhigen Schlaf fiel ...

17. Traumhaft

... Weiß! Wohin meine Augen auch sahen, erblickte ich strahlendes Weiß. Die Sonne stand hoch über mir am tiefblauen Himmel, ihre Strahlen reflektierten auf den Eiskristallen des Schnees unter meinen Füßen ... Na ja, besser gesagt, unter meinen Skiern. In der Ferne vernahm ich schwach das Schällen von Kuhglocken. Ein weiteres Mal glitt mein Blick über das Tal vor mir, das aussah, als ob ein riesengroßes Sieb voller Puderzucker darüber gehalten worden wäre.

»Yo, shit, meine Brüder. Love and peace, aber ich schaff das einfach nicht, man ...«

»Ja, ge... genau, äh, ich ... ich auch nicht. Außer... außerdem hab ich Durst. Gib... gibt's hier, äh, nicht zufällig irgend... irgendwo eine kleine Spezi?«

Als ich mich umdrehte, sah ich Edgar und Tillmann ein gutes Stück über mir auf dem Hang stehen. Ihre Beine zitterten, entweder vor Angst, Kälte oder Anstrengung, und ihre Hände umfassten krampfhaft ihre Skistöcke. Ich konnte mich nicht entscheiden, wer von den beiden lustiger aussah: Edgar in seinem leuchtgelben Overall und mit einer knallbunten Wollmütze auf dem Kopf, in der all seine Dreadlocks nicht mal ansatzweise Platz hatten, und ihm deshalb aus allen möglichen Ecken und Winkeln quer über das Gesicht hingen, womit seine getönte Fliegerbrille ihren Nutzen vollständig verlor. Oder Tillmann, dessen runde Gläser seiner randverstärkten Hornbrille unter seiner Sturmmaske herausragten. In Kombination mit seiner überdimensionalen Bommelmütze und dem hellblauen Skianzug erinnerte er mich jetzt an einen kurzsichtigen Schlumpf auf Skiern.

»Okay Jungs, ich zeig euch das jetzt noch mal«, kam in diesem Moment Rico von rechts in mein Blickfeld hereingeschwebt – zumindest waren seine Skier in dem Tiefschnee nicht auszumachen. »Also, wichtig ist vor allem, dass ihr euer Gewicht ohne Hektik von einem

Bein auf das andere verlagert. Dabei müsst ihr besonders mit der Hüfte und euren Skistöcken arbeiten. Dann ist so eine Kurve ein Kinderspiel ... Ach ja, und je mehr Geschwindigkeit ihr dabei habt, desto einfacher wird es«, sagte er und fuhr daraufhin einen eleganten Bogen, bis er direkt neben mir zum Stehen kam.

»O... okay, also, äh, einfach das Gewicht verlagern, ja?«

»Yo Bruder, genau, wenn du überhaupt welches hast.«

Tilly gab seine Skier frei und wurde immer schneller. Doch anstatt sein Gewicht von einem Bein auf das andere zu verlagern, setzte er seinen Körperschwerpunkt immer tiefer, sprich nach hinten, und wirkte jetzt eher wie jemand auf Wasserskiern.

»Ha... ha... hallo ...?«, stammelte er ängstlich unter seiner Sturmmaske.

Ich war mir nur nicht sicher, ob der Adressat der Worte seine Beine oder seine Skier waren. Der Kopf wäre wohl besser gewesen ...

»Bremsen, Tilly! Mach den Pflug!«, rief ich ihm noch zu, obwohl mir klar wurde, wie idiotisch der Rat war, mit den Skiern im Tiefschnee ein V zu formen.

Da war es aber auch schon zu spät. Die Angst übernahm den eigentlichen Job der Beine – der richtige Adressat hatte sich also doch noch eingeschaltet –, sodass sich Tilly jetzt fallen ließ.

Zumindest fiel er weich, allerdings hatte er mittlerweile so viel Geschwindigkeit aufgesammelt, dass sich seine Skier sowie die Stöcke bei dem folgenden Sturz in alle Himmelsrichtungen verteilten.

»*Riispekt* Bruder!«, hallte es von oben anerkennend nach.

Rico und ich gruben unseren Schneeschlumpf anschließend wieder aus und sammelten seine Ausrüstung ein, um ihm daraufhin Mut zuzusprechen.

»Das ... das war eine blöde Idee ... mit dem Tief... Tiefschnee!«, rief Tillmann beleidigt.

»Na ja, streng genommen war das ja deine Idee. Immerhin sind wir erst wegen deiner ... sagen wir mal verbesserungswürdigen Bremstechnik hierhergekommen ... Sonst wären wir noch da oben auf der regulären Piste«, zeigte Rico mit dem Finger auf einen Teil des Berges, der unendlich weit weg zu sein schien. »Aber das wird schon noch, Tilly! Ich hab als kleines Kind auch auf diese Weise mit dem Skifahren angefangen.«

»Im Tief... Tiefschnee?«

»Tiefschnee war es zwar nicht, aber doch eine richtig steile Piste.«

»Und, äh, du ... du hast es runter geschafft?« In Tillmanns Augen keimte Hoffnung auf.

»Hm, ehrlich gesagt endete es darin, dass ich, Rotz und Wasser heulend, zwischen den Skiern meines fluchenden Vaters nach unten gelenkt wurde. Mir ist anschließend für Jahre die Lust aufs Skifahren vergangen ...«

Mit bösem Blick sah ich Rico an. Von dem Wort *Notlüge* hatte er wohl auch noch nie was gehört ...

»Yo Brüder, ich bin jetzt auch bereit, zu fliegen, yeha!«, schrie in diesem Moment Edgar freudig aus und fuhr los.

»Okay, und denk dran, immer schön das Gewicht von einem Bein zum ...«, setzte ich an, brach meinen Erklärversuch aber augenblicklich und völlig perplex wieder ab.

Kollektives Erstaunen ergriff uns drei, als wir jetzt sahen, wie Edgar die Arme ausbreitete, sich seine Gesichtszüge vollständig entspannten, und er daraufhin mit Schuss gen Tal raste ...

»Edgar! Scheiße, was machst du da?«, schrien wir im Chor, und Tilly fügte noch hinzu: »Äh, ich ... ich glaube, da ... da vorne steht ein ... ein Baum, oder?«

Im Gegensatz zu unserem jamaikanischen Schneehasen hatte unser Rechengenie keinen Knick in der Optik. Wie ein Nachtfalter von einer Lichtquelle angezogen wird, rauschte unser Bruder jetzt dem Baum entgegen. Wir hielten den Atem an, als Edgar in diesem Moment nur um Zentimeter an dem knorrigen Kumpel vorbeisauste. Dabei verhakte sich allerdings sein Skistock in der Baumrinde, sodass es ihn mit voller Wucht in den Schnee bretterte. Alles, was wir daraufhin noch vernahmen, war ein, von dem Schnee über ihm gedämpftes »Yo, cool man!«

Es wäre übertrieben, zu sagen, dass es die ganze Abfahrt so weiterging, aber als wir endlich die Talstation erreicht hatten, merkte man Tillmann doch stark an, dass das mit dem Skifahren am Computer dann doch wesentlich einfacher war. Für Rico und mich war diese Abfahrt im Tiefschnee dagegen zum Aufwärmen genau richtig gewesen. Nur Edgar drückte als Einziger eine nicht so leicht rational interpretierbare Haltung aus, als er auch jetzt noch von dem eben Erlebten schwärmte. Immerhin war er auf der Abfahrt nur haarscharf drei Bäumen, zwei gefrorenen Seen und einem Elch ausgewichen – oder, wie ich in der Zwischenzeit immer mehr den Verdacht hegte, ging das Ausweichen möglicherweise gar nicht von Edgars Seite aus ...

Als wir jetzt vor der Entscheidung standen, eine weitere Abfahrt anzugehen, oder uns doch lieber in eine urige Berghütte zu setzen, reichte allein Tillys Gesichtsausdruck aus, uns für Letzteres zu entscheiden. Alles was jetzt also noch zwischen Tillmann und seiner heiß ersehnten, kleinen Spezi stand, war eine Fahrt mit dem Sessellift hinauf zur Bergstation ...

Einstieg: »Na, das passt ja perfekt! In den 4er-Lift passen wir ja alle rein«, sagte ich, bildete mir aber auf diese bemerkenswerte Auffassungsgabe nicht allzu viel ein.

»Was, Bruder? Sind wir etwa nur zu viert ...?«, sah mich Edgar mit offenem Mund an, worauf wir seine Bemerkung mit kollektivem Kopfschütteln quittierten – obwohl, eigentlich hatte er gar nicht mal so unrecht, denn allein für seine ganzen Schutzengel hätten wir schon eine Gondel benötigt ...

Als unser Sessellift kam, hatten Rico und ich erfahrungsgemäß keine Schwierigkeiten, den richtigen Moment zur Aktivierung unserer Beinmuskulatur abzupassen, um uns hinzusetzen. Auch Edgar kannte sich natürlich bestens mit dem Abheben aus. Nur Tillmann reagierte in diesem Moment panisch, sodass er instinktiv wieder in die Hocke ging. Das Unvermeidbare geschah, und unser Freund wurde von der Liftkante mit voller Wucht am Steißbein getroffen. Erschrocken klappten seine Skier zur Seite und er landete mit seinem Gesicht voraus auf der Gummimatte unter uns. »Äh, aua ...«, war noch zu vernehmen, bevor er unter dem Lift verschwand.

»Bleib, wo du bist, wir fahren sofort wieder ab und sammeln dich dann hier auf!«, rief ich Tillmann noch zu, aber ehrlich gesagt hätte ich mir meinen Kommentar ein weiteres Mal sparen können, lag er doch nun wie eine gehbehinderte Schildkröte auf der Matte. Es blieb ihm also offensichtlich nichts anderes übrig, als unten an der Talstation auf uns zu warten ... dachte ich jedenfalls ...

Aber wer konnte denn schon ahnen, dass Tillys Hand in diesem Moment nach vorne schnellen und eine Querstrebe unterhalb des Sessellifts zu greifen bekommen würde. Mit einem lauten, durch die Noppen der Gummimatte verzerrten »Ohhhhh« wurde er hinter uns hergezogen ...

»Stoppen Sie sofort die Anlage!«, schrie Rico mit seiner mächtigen Stimme keinen Moment zu spät.

Ein paar Armlängen vor dem schneebedeckten Absatz kam der Lift schließlich zum Stehen.

»Yo, du bist wirklich total verrückt! *Riispekt,* mein Bruder«, war Edgars Bemerkung, nachdem das Liftpersonal Tilly wenige Augenblicke später ordnungsgemäß auf seinem Sitz platziert hatte.

Bis auf seine etwas schief sitzende Hornbrille sah unser Freund glücklicherweise noch vollkommen gesund aus.

(Gefühlte) 900 m bis zur Bergstation: »Yo Brüder, ich glaub, mir wird schlecht ...«

»Was? Warum das denn?«

»Boah, in meinem Kopf dreht sich plötzlich alles ... Was für ein mieser Trip, man!«

»Sag nur, du hast Höhenangst«, vermutete Rico.

»Love and peace, aber das ist gerade echt nicht witzig ...«

Wir mussten trotzdem lachen und fragten uns, wie ausgerechnet Edgar, der Meister des gedanklichen Fluges Angst vor der Höhe haben konnte.

»Schließ die Augen und versuch einfach, an etwas anderes zu denken«, schlug ich vor, und war zum ersten Mal an diesem Tag mit meinem Rat zufrieden ... Edgar übrigens auch ...

»Yo, das ist echt 'ne ausgezeichnete Idee, mein Bruder!« Augenblicklich entspannten sich seine Gesichtszüge wieder. »Man, ich hab das Gefühl, zu fliegen ...«

Kollektives Kopfschütteln.

Noch 600 m: Unter uns erstreckte sich jetzt eine verschneite Waldlandschaft, als wir hinter den Baumwipfeln vor uns plötzlich ein Stimmengewirr vernahmen: »Des Wandern is' des Müllers Lust, des Waaandeeern ...«

Dann schob sich tatsächlich die kunstbegeisterte schwäbische Seniorengruppe aus der Straßenbahn auf einem schmalen Waldweg in unser Blickfeld, angeführt von ihrer resoluten Oberkommandantin.

So weit, so gut ... solange keine schwäbischen Zungenbrecher zum Besten gegeben wurden. Doch so wie es aussah, kam die Truppe geradewegs vom Après-Wandern und schaukelte nun mehr, als dass man es Wandern nennen konnte, dem Tal entgegen.

Auf einmal ertönten zusätzliche Stimmen, dieses Mal von weiter unten ... grölende Stimmen. Als die Absender der Schlachtgesänge hinter den Baumwipfeln hervortraten, traute ich meinen Augen kaum. Ich kam mir vor, wie in einem ... nun ja, es war jedenfalls sonderbar, was sich nun abspielte, als die beiden Formationen jetzt abrupt stoppten: Auf der einen Seite stand ein undisziplinierter, wild durcheinander gewürfelter Haufen ... die Seniorengruppe ... eierlikörbedingt ... Auf der anderen ein einziges schwarzes Knäuel mit sich in der Sonne spiegelnden Metallspitzen an Haut und Kleidung, das in Reih und Glied dastand, allerdings durch kollektives Gruppenfummeln und -knutschen von dem bevorstehenden Aufeinandertreffen abgelenkt wurde. Es war allen Beteiligten offensichtlich klar, dass nur eine Partei auf diesem kleinen Pfad geschlossen marschieren konnte.

Plötzlich legte sich eine gespenstische Stille über das Waldstück. Die unruhige Ruhe vor dem Sturm ...

Und dann sprach der weibliche *First Officer* der Seniorengruppe die letzten Worte zu ihrer Kompanie: »Ui, ja, des könnt' jetzt 'n bissl eng werde' ...«

Die notorischen Liebhaber von Ärzten aller Art nahmen diese angedeutete Drohung kampfbereit auf, und stimmten mit ihren Piercings und Nasenringen ein furchterregendes, metallenes Geklimper an, während ein plötzlich aufziehender Wind die Worte »Junge, warum hast du nichts gelernt ...« von irgendwoher heranzutragen schien.

Dann erklangen die Schlachtsignale: »Na, dann wollet mir amol« auf der einen Seite, »Für Westerland« auf der anderen. Die Angriffsformationen wurden eingenommen: Unabhängig voneinander griff auf beiden Seiten ein jeder nach der Hand seines Nebenmannes – oder seiner Nebenfrau. Daraufhin stürmten die beiden Verbände im Entenmarsch aufeinander zu. Gespannt erwartete ich den Moment, in dem eine Seite ihre Formation auflösen würde, um den Gegner geschlossen anzugreifen, aber das geschah nicht. Im Gegenteil: Wie zwei Züge passierten sich nun die beiden Gruppen, während jede von ihnen wieder ihren Schlachtgesang anstimmte, und dafür Anerkennung in Form von Verbeugungen und freundlichen Gesichtern von der Gegenseite erhielt.

Erstaunt sah ich meine Freunde an, aber die schienen das nicht sonderlich merkwürdig zu finden, zumindest sagten sie nichts, also Rico und Tillmann. Bei Edgar spielten sich hinter den geschlossenen Augen wahrscheinlich ganz andere Verrücktheiten ab ...

Neugierig wollte ich noch einen Blick auf das Treiben unter uns erhaschen, aber der Sessellift schwebte bereits über den Waldweg hinweg. Als ich mich daraufhin umdrehte, hatte sich die ganze Szenerie bereits wie von Geisterhand aufgelöst. Die Einzigen, die sich in dem unberührt daliegenden Schnee jetzt bewegten, waren ein alter Dackel und eine schwarze Katze, die liebevoll miteinander umhertollten ...

Noch 400 m: »Arschgeige!« – »... Arschgeige!«

»Schluchtenscheißer!« – »... Schluchtenscheißer!«

»Beschissen dämliche Vollpfeife!« – »... gerissen ähnliche Wollmeise!«

»Ja, das ist schon richtig gut, mein Junge. Ich merke, dass du dich wirklich verbessern möchtest. Nur muss deine Stimme noch mehr aus dem Bauch kommen, damit das Echo auch komplizierte Ausdrücke wiedergibt ...«

Immerhin werden die Situationen realistischer, dachte ich mir, als ich jetzt Gunnar, den liebenswert sensiblen Familienvater, dem in der nächsten Zeit sicherlich Touristeninformationen der Stadt Bottrop ins Haus flattern würden, mit dem süßen, kleinen Lutz Hand in Hand dastehen sah.

Die beiden blickten in Richtung einer Felswand, die sich in einiger Entfernung emporhob und offensichtlich gerade als Trainingsgerät diente.

»Pass auf, Lutz, Papa macht dir das noch mal vor.« Ganz tief Luft holend, und mit der Atemtechnik eines Opernsängers arbeitend, schwebten nun die charmanten Worte leicht und locker der Felswand entgegen, bevor sie genauso intensiv widerhallten.

»Boah, scheißcool, Papa ...«, war Lucky Lutz sichtlich beeindruckt.

Doch allmählich kam mir auch dieses Szenario ein wenig übertrieben vor ... schließlich hatte die Felswand vorhin noch nicht dagestanden ... Mir kamen wieder Herr Behrens' Worte mit dem Apfel, der nicht weit vom Stamm fällt, in den Sinn: Konnte es vielleicht sein, dass Gunnar und Lutz ...?

Während die beiden da unten also noch eine Sinfonie der Kakofonie abbrannten, schlug Edgar plötzlich seine Augen auf. Doch anstatt so etwas wie *Love and peace, man, aber die Schreihälse bringen meine Vibrations voll aus dem Rhythmus* zu sagen, schwieg er. Auch Tilly und Rico waren so mucksmäuschenstill, dass man fast meinen konnte, die beiden hätten Schnee in den Ohren, sodass sie von all dem hier gar nichts mitbekamen ...

Noch 233,33 m (natürlich auch nur gefühlt, da wir im Traum keine genaue zeitliche sowie räumliche Vorstellungskraft haben ...): Mittlerweile entwickelte sich das Ganze hier mehr und mehr zum Albtraum, als in diesem Moment drei Frauen in ihren Wintermänteln durch den Schnee stapften. Die ersten beiden waren Tina und Daniela – Rico schien ja nicht mehr allzu oft von seiner Traumfrau zu träumen, denn selbst jetzt saß er so steif in seinem Sitz, als wäre er eine Wachsfigur. So weit ... so weit.

Dann aber fiel mein Blick auf die dritte Frau, die von den anderen beiden flankiert wurde. Ich erkannte sie augenblicklich. Ihre rötlichen Haarsträhnen, die unter ihrer Wintermütze hervorschauten, ihr bildhübsches Gesicht sowie ihr kristallklares Lachen.

Sie lachte? Jenny lachte? Warum? Und worüber? Erzählten ihr Tina und Daniela gerade Geschichten über mich? Lügengeschichten? Ich wollte schreien, aber mein Hals war wie zugeschnürt. Daraufhin wollte ich meine Skier lösen, um die beiden auf diese Weise vielleicht am Tratschen hindern zu können. Aber als ich auf meine Füße sah, waren die Skier auf einmal nicht mehr da. Stattdessen trug ich jetzt Badelatschen. Scheiße, wie sollte ich Tina und Daniela bitteschön mit Badelatschen zum Schweigen bringen?

Verzweifelt blickte ich zu meinen Freunden herüber. Ungerechterweise hatte sie noch ihre Skier an. Und nicht nur das: In den Händen hielt ein jeder von ihnen plötzlich einen großen Schneeball. Als ich sie darum bat, mir einen abzugeben, erhielt ich keine Reaktion. Wie Zinnsoldaten starrten die Jungs in die Ferne. Also griff ich nach Edgars Schneeball, doch als ich ihn berührte, fiel er in sich zusammen. Das Gleiche passierte bei dem anderen. Und an Tillys und Ricos Bälle – die aus Schnee versteht sich natürlich – kam ich nicht heran.

Ohnmächtig musste ich also mit ansehen, wie die drei Frauen auf eine dichte Baumpassage zuliefen, während sie sich weiterhin angeregt miteinander unterhielten. Dann verschwanden ihre Silhouetten hinter den weitverzweigten Baumkronen. Nervös wartete ich darauf, dass sie gleich wieder auftauchen würden ...

Und sie tauchte auch auf. Jenny. Allein. Ich konnte nicht begreifen, wo die anderen beiden Frauen geblieben waren, vernahm aber des Rätsels Lösung in dem geisterhaften Flüstern des Windes, der nun an mein Ohr drang, und im Hinblick auf die Bäume meinte, dass sich Gleiches gern zu Gleichem gesellte ...

Als ich Jenny jetzt dort unten einsam den Weg entlanglaufen sah, war mir dabei aber auch nicht wohl. Instinktiv wollte ich den Liftbügel öffnen und einer Feder gleich zu ihr nach unten schweben, bemerkte aber gerade noch rechtzeitig, dass ich mittlerweile nur noch Tillys berühmt-berüchtigte Pumuckl-Badehose samt ihrer geflickten Nähte anhatte, und verwarf deshalb schweren Herzens diesen Gedanken.

Noch 100 m: Der Sessellift passierte gerade das letzte Hangstück, in wenigen Augenblicken würde die Bergstation in Sichtweite kommen, als ich plötzlich zwei Gestalten mitten durch den Wald stolpern sah ...

»Ey man, was isch des, Alda?«

»Na, Schnee, Alda!«

»Ey, meinsch du, ich bin Kleinkind, oda was? Ich weiß scho', dass des Schnee is'. Des is' so wie Regen, nur halt in kalt, man! Ich mein aber des da ...«

»Des isch doch Pflanze, Alda!«

»Ja, man, des weiß ich auch ... Ich will wissen, was des für Gras is', man.«

Gras. Da war wieder das Signalwort, und tatsächlich bewegte sich ganz in der Nähe in diesem Moment etwas hinter einer Tanne. Es dauerte eine Weile, bis ich erkannte, wer der Mann mit der Kriegsbemalung im Gesicht, der Tarnuniform und dem Feldstecher um den Hals war. Aber andererseits, wen, außer Pritschen-Paule, hätte mein eingerostetes Kreativzentrum denn sonst mit dieser Rolle besetzen können ...? Jetzt wand er sich wie ein gebratener Regenwurm von einer Tanne zur nächsten durch den Schnee. Das tat er so lange, bis er schließlich vor einer Tanne kniete.

In diesem Moment rührten sich Tanne und Edgar – die Nordtanne aus dem Stadion – und gaben ihre Tarnung als Baum auf, indem sie sich die Nadeln vom Körper schüttelten.

»Hey, wo ist Fichte?«, fragte Tanne leise.

»Keine Ahnung ... Hoffentlich hat er nicht schon wieder am Harz geleckt und klebt jetzt irgendwo fest ...«, flüsterte Edgar zurück.

Die Befürchtung war unbegründet, wie sich in diesem Moment herausstellte, zumindest die Befürchtung, dass er irgendwo festhängen könnte. Das Gegenteil war nämlich der Fall, als plötzlich eine Baumstammattrappe umkippte und anschließend den Hang hinuntersauste.

»Oh shit, das ist Fichte!«, rief Tanne entsetzt.

»Nun, genau genommen ist das eine *Picea abies.* Sie gehört zu den Kiefergewächsen, lateinisch *Pinaceae* ...«, dozierte der zugriffsbereite Philosoph Paule.

»Nein, in dem Baumstamm ist Fichte, unser Kumpel! Ich wusste doch, dass es eine dämliche Idee von ihm war, sich möglichst rollengerecht auf die Observation vorbereiten zu wollen.«

Doch es war eh schon zu spät. Die Attrappe rollte weiterhin ungebremst gen Tal. So langsam musste man sich als neutraler Beobachter ernsthafte Sorgen machen, ob man die Bespitzelung nicht etwas zu direkt durchführte, als Fichte jetzt frontal auf die beiden Blumenbetrachter zusteuerte.

»Ey, ich hab's ... des isch 'ne Stiefmutter, Alda!«

»Laber net! Des isch eindeutig Baum, Alda!«

»Ey, wie dumm bist du man ... dem isch doch viel zu klein für ...«

Fichte war jedenfalls groß genug, um noch im selben Augenblick alle beide abzuräumen ... Glücklicherweise landeten die Jungs weich ... auf noch mehr Stiefmütterchen. Fichtes Reise dagegen endete am nächsten Baumstamm ... und dieses Mal keinem hohlen ...

Ausstieg: Als die Bergstation jetzt in unmittelbare Nähe kam, erwartete ich eigentlich eine ängstliche Reaktion Tillmanns, wie *Äh, wird der ... der Lift beim Aussteigen auch angehalten ...?,* bevor wir ihn daraufhin aufklären würden, dass das Stoppen der Anlage vorhin keineswegs üblich, sondern nur seiner idiotischen Heldentat geschuldet gewesen war.

Aber es kam keine Reaktion. Und es konnte auch keine kommen, denn die Jungs waren plötzlich weg! Einfach so verschwunden ... So langsam hatte ich, bei der Menge an Unstimmigkeiten, das Gefühl, in einem, bloß auf Action und Effekte getrimmten Hollywoodfilm mitzuspielen, erklärte mir das Fehlen meiner Freunde dann aber mit der Vermutung, dass sie wirklich bloß Wachsfiguren gewesen sein mussten, und deshalb in der Sonne geschmolzen waren ... Logik und Realismus waren eben noch nie meine große Stärke gewesen – und in Träumen noch viel weniger ...

Aus diesem Grund machte ich mir auch keine Gedanken, als plötzlich Jenny am Liftausgang auf mich wartete. Sie trug jetzt einen hellgrauen, hautengen Rollkragenpullover, hatte dazu ihre Sonnenbrille lässig in die Haare geschoben, und sah mich nun mit ihren verträumten Kornblumenaugen an. Ich sah sie mindestens genauso intensiv an und bemerkte ihren von der Sonne gebräunten Hautteint, der ihrem Gesicht einen aufregend neuen Ausdruck gab ... Obwohl, im nächsten Moment war ich mir gar nicht mehr so sicher, ob dieser neue Ausdruck sonnen- oder nicht vielmehr situationsbedingt war, denn auf einmal fiel ich von Wolke 7 auf Erde 0, als ich realisierte, dass mein Lift bereits eine halbe Runde auf der Ausstiegsplattform gedreht hatte, und nun wieder auf dem Weg hinunter ins Tal war. Problem Nummer 2 war, dass der Bügel noch geschlossen war. Und da bekanntlich alle guten Dinge drei sind, trug ich plötzlich wieder meine Skier ... glücklicherweise aber auch wieder meinen Skianzug.

Panisch öffnete ich den Bügel, verdrehte mir dabei fast das Knie, weil sich meine Skier darin verhakt hatten, schloss ihn deshalb wieder, um ihn gleich darauf erneut zu öffnen.

Dieses Mal ging alles gut, sodass ich nun auf einer Gummimatte stand, und allen Ernstes versuchte, mich mit Froschsprüngen auf die Seite zu retten, bevor mich der Lift erfasste ... Man kann die Aussichtslosigkeit dieses Vorhabens am ehesten mit der von einer Ameise vergleichen, die ein Flugzeug aufzuhalten versucht, indem sie dem Reifen einen Kung-Fu-Tritt verpasst ...

Aber ich hatte ja einen Lehrmeister für solche Situationen: Ich erinnerte mich an Tillys Salsa-Performance beim Einstieg. Wie eine Henne, die gerade ein Ei legt, ging ich in die Hocke, mit demselben Resultat wie bei meinem Vorbild – Tilly. Der Schmerz am Steiß durchzuckte meinen Körper, durch den Schlag wurde ich aber wie geplant nach vorne gestoßen. Mein Gesicht machte Bekanntschaft mit der Gummimatte. Offensichtlich waren die hier oben dicker, oder aber ich hatte – was heißt hatte – den größeren Dickkopf von uns beiden, denn im Gegensatz zu Tillmann erhielt ich quasi als Zugabe einen Schlag mitten auf die Zwölf. Blöderweise kam gleich dahinter der nächste Lift, sodass der Spaß wieder von vorne losging.

Ich rechnete mir insgeheim schon aus, wie viele von diesen Sesseldingern noch bis Liftende an mir vorbeifahren würden, als ich plötzlich Jennys Schrei vernahm. Panisch und doch wunderschön, und dazu noch so klar, wie das regelmäßige *Klonk,* das mein Kopf im Zusammenspiel mit den Metallrahmen zustande brachte.

»Halten Sie den Lift an! Halten Sie sofort den Lift an!«

Das Einzige, das ich kurz darauf noch vernehmen konnte, waren Jennys Worte, als sie mir zärtlich über den Kopf streichelte. Zwar verstand ich ihre Bedeutung nicht mehr, aber ich wusste, dass sie einzigartig schön sein mussten ... die Worte ... und natürlich auch Jenny.

Dann bekam ich noch mit, wie auf einmal eine Sirene losheulte. Rief man mit dem Ding etwa die Bergwacht? Wenn ja, war mir das vollkommen egal. Viel lieber wollte ich Jennys Stimme hören ...

Leider war es nicht einmal eine Sirene, als mich in diesem Moment der Wecker neben meinem Bett unbarmherzig mit Piepstönen malträtierte.

Als ich jetzt die Augen aufschlug, fühlte ich mich innerlich leer, so, als ob ich kaum geschlafen hätte. Und obwohl ich das Gefühl hatte, all meine Energie in den letzten Stunden verträumt zu haben, spürte ich dennoch eine tiefe Entschlossenheit in meinem Herzen. Schließlich war doch heute der Tag, der über Edgars Zukunft, unsere Freundschaft sowie über das in uns gesetzte Vertrauen unseres Bruders entscheiden würde.

18. Torsten

Ach, ich bin ja so aufgereeegt!* Oh, vielleicht werde ich jetzt berühmt ... Schnell! Mark, bring mir bitte meinen Lippenstift und den Eye-Lineeer! Dein Schnuckelmäuschen fühlt sich noch etwas unwohl in ihrer Haut ... ach, vielen Dank, mein Hasenpfötchen.

So jetzt noch ein bisschen von dem roten Feuer auf die Lippeeen – mein Mark meint nämlich jedes Mal, dass meine Küsse noch heißer sind, wenn ich ihn auftrageee, hihi ... Dann noch ein wenig von der dunklen Zauberformel auf die Augenlideeer – mein Hasenpfötchen findet, dass ich noch viel gefährlicher wirke, wenn ich ihn auftrage ...

Ach, mein Hasenpfötchen ist ja so süß, obwohl ja eigentlich er mich beschützt, mit seinen muskelbepackten Armen, dem steinharten Waschbrettbauch und seinem, durch die ganzen Muskelaufbaupräparate leider etwas geschrumpelten ...

Oh, aber wir wollten ja über jemand ganz anderen reden, nicht wahr? Ich bin aber auch ein kleiner Dusseeel ... Erst vorletzten Samstag habe ich mir beim Shoppen rote High Heels aus Wildleder gekauft. Und dann vergesse ich diese traumhaften Dinger doch tatsächlich in der Umkleidekabine eines Kaufhauseees ... Ach, ich könnte heulen, aber dann würde ich ja wieder meinen Look ruiniereeen, und ich muss doch gut aussehen, wenn ich von meiner Krokantschokolade sprecheee. Ich meine damit, in Stimmung kommen, hihi ... Oh, ach so, ja, mit dem Krokantschnuckelschokolädchen meine ich natürlich meinen Davidschatz ... Ich liebe Krokant nämlich über alleees!

Ob mein Freund nicht eifersüchtig werden könnte? Nein, mein Hasenpfötchen versteht das. Das heißt, er versteht es nicht, aber er

---

* Übersetzungsanmerkung Deutsch – Torsten: Kürzen der letzten beiden *e*-Vokale ergibt das entsprechende Wort.

weiß, das ich einzig und allein ihn liebeee. Ach, ist das nicht romantisch? Ich liebe Romantik über alleees!

Mein Davidschätzchen ist auch ein kleiner Romantiker, auch wenn er das so gut wie möglich zu verbergen versucht. Aber wenn ich mit einem Menschen länger zusammen bin – also rein platonisch natürlich –, dann kann ich seine Gedanken förmlich spüren ... Mark zum Beispiel ist so romantisch, wenn er jeden Morgen seine sechs Spiegeleier zusammen mit dem halben Kilo Fleisch in dem Mixer verrührt, denn er macht das immer mit dem Hintergedanken, dass er mich am Abend dahinschmelzen lässt, wenn ich ihm langsam sein Muscle Shirt auszieheee ... Stimmt's, mein Hasenpfötcheeen? Bitteee? Ach, dann arbeite halt weiter mit den dicken Schmökern, die du dir vorgestern gekauft hast. Aber pack nicht schon wieder so viele in den Rucksack, ja? Das tut deinem Rücken auf Dauer nicht gut ... hat ja auch erst letzte Woche der Urologe gemeint ... Hörst du, dein Rücken, Mark! Ach, ich liebe ja Bücherwürmer über alleees ...

Aber, um auf mein Krokantgebäck zurückzukommen, wir kennen uns nun schon seit vier Jahreeen. Ich kann mich noch so gut an unseren ersten Arbeitstag erinnern. Ach, ja, wie romantisch das doch war ... Es war nämlich gleichzeitig unser Einstieg ins Berufslebeeen. David, ich und so ein Schnösel namens Toni fingen zur gleichen Zeit unsere Ausbildung an.

Damals war ich mit mir noch nicht so im Reineeen, wusste nicht, wie ich mich in der Öffentlichkeit verhalten sollteee, und hatte Angst, dass man mich auslachen würde. Aber was sollte ich denn tun? Ich konnte mich doch nicht selber verleugneeen ...

Mein Davidschatz war zuckersüß, als er sich beim Mittagessen immer meine Probleme anhörte. Ach, ich weiß noch genau, wie ihm zu der Zeit die ersten Barthaare sprosseeen. Er wirkte ja so attraktiv und männlich, obwohl er natürlich trotzdem noch seine sympathischen Flausen im Kopf hatteee.

Einmal hat er zum Beispiel eine uralte CD aus den 70ern, die er in seiner Abteilung gefunden hatte, in die Mikrowelle der Kantine gelegt. Ausgerechnet in diesem Moment kam Herr Behrens, unser Chef, den ich übrigens heimlich Bärentätzchen nenne, hihi, herein, um sich ausnahmsweise mal etwas, von zu Hause Mitgebrachtes aufzuwärmen. Dabei übersah er die CD, die David geschickt unter der Glasschüssel versteckt hatte. Als die ersten Lichtblitze durch die Mikrowelle zuckten, fing Herr Behrens lauthals an zu fluchen und verdächtigte daraufhin seinen kleinen Sohn, mal wieder irgendwelche Murmeln unter die Nudeln gemischt zu haben. Als er dann aber sah, dass es sich bei den Überresten um seine Lieblings-CD mit den besten Motivationssprüchen der 70er handelte, platzte sein Schädel fast vor Wut.

Puh, ich hätte wahrscheinlich einen Herzinfarkt erlitten, aber David meinte daraufhin, an Herrn Behrens gewandt, lediglich, dass Fertigprodukte auch immer gefährlicher für die Gesundheit würdeeen. Unser Chef murmelte dann noch, dass er sich nicht daran erinnern könnte, die CD mit nach Hause genommen zu haben. Sicherheitshalber würde er aber trotzdem mal ein ernstes Wort mit seinem Sohn reden, damit aus ihm auch bloß später mal etwas werden würdeee ...

Ach, mein Davidschatz war damals eigentlich die perfekte Mischung aus zarter Vollmilchschokolade und aufregenden Krokantsplitteeern, hihi. Aber so richtig wohl hat er sich in meiner Nähe nie gefühlt. Erst als ich ihm von meinem Mark erzählte, spürte ich, wie er innerlich aufatmeteee. Warum denken die Menschen bloß immer, dass Mitmenschen wie ich, nur weil wir auf der anderen Seite des Ufers rudern, jedes Wesen mit drei Beinen angrapschen würdeeen ...?

Och, nur leider hat sich in den letzten Jahren langsam aber sicher ein bitterer Beigeschmack in mein Krokantschokolädchen eingeschlicheeen. Mittlerweile kommt mir mein Davidschätzchen eher wie eine äußerlich perfekte Schokoladentafel vor, deren Inneres aber immer mehr von verbrannten Mandeln bevölkert wird, und so den wunderbaren Geschmack zunichtemacht ...

Damit will ich nicht sagen, dass mein Davidsschatz verbittert wäreee, nein, das meine ich nicht. Nur leider hat sich ein gewisser Zynismus in sein Denken eingeschlichen, der ihm einiges von seiner unbekümmerten und charmanten Art genommen hat. Und ich befürchte, dass das mitunter auch am Job liegt. Ach, ich weiß einfach, dass mein Krokantgebäck nicht glücklich mit dem ist, was er tut ...

Ich würde ihm ja so gerne helfen, aber er blockt jedes Mal sofort ab und meint, dass alles in Ordnung sei. Mein Mark zeigt seine Gefühle immer offen, das mag ich so an meinem Hasenpfötcheeen ... Ach, ich liebe Gefühle einfach über alleees! Gestern erst haben wir uns einen Film über einen römischen Hauptmann und seinen keltischen Sklaven angesehen, die sich auf der Suche nach einem Legionsadler verbrüdeeern ... Ach, wie hat da mein Hasenpfötchen geweint, also hab ich ihn sofort in den Arm genommen, und dann jeden einzelnen seiner Muskeln getrösteeet ...

Meinen Davidschatz kann ich aber nicht trösten, weil er vor mir keine Trauer zeigt. Vielleicht müsste ich ihn mal an den Bürostuhl fesseln, damit er gezwungen ist, mir in die Augen zu sehen, und nicht wieder eine seiner ausweichenden Standardantworten geben kann, oder das Gespräch mit Gegenfragen geschickt von sich wegleeenkt ...

Oh, wenn wir schon vom Fesseln sprechen: Hasenpfötcheeen? Gehen wir nachher auf die Polizeimesse, um ein paar neue Fesselmodelle auszuprobieren? Ach, ich liebe Fesseln nämlich über alleees!

Hasenpfötchen? Warum antwortest du denn nicht? Hast du etwa wieder während deiner Übungen mit dem Strohhalm aus dem Mixer getrunkeeen ...?

Es tut mir leid, aber ich muss dringend nach ihm schaueeen. Wenn er nämlich trainiert und gleichzeitig trinkt, dann bekommt er schreckliche Verdauungsschwierigkeiteeen ... Ach, mein armer, armer Haseee ...

aber du wolltest ja nicht auf dein Schnuckelmäuschen hören, als es dich gewarnt hat, dass das irgendwann einmal noch in die Hose gehen wird ...

19. Gänsehaut

Als ich mich an den bereits gedeckten Frühstückstisch setzte, wurde ein weiteres meiner Klischees zunichtegemacht, nämlich dass Studenten morgens einfach nicht aus den Federn kamen ... Jetzt saßen vier Jungs um mich herum, die, im Gegensatz zu mir, keinerlei Auswirkungen des gestrigen Abends zu spüren schienen. Offensichtlich hatten sie ihre Festplatte über Nacht von allen möglichen Viren gesäubert, denn nach nur einer Handvoll Stunden Schlaf konnten sich die vier bereits wieder Debatten über die optimale Einstellung des BIOS liefern, um so den Cache-Speicher möglichst effektiv zu vergrößern. Um was es dabei im Einzelnen ging, wollte ich gar nicht erst erfahren, aß deshalb schweigend mein Marmeladenbrötchen und bot mich dann sogar freiwillig zum Küchendienst an, um wieder klare Gedanken fassen zu können. Schließlich trafen wir uns bereits in weniger als einer Stunde am Schlosspark ...

Unkonzentriert spülte ich das Geschirr mehr schlecht als recht, als plötzlich Moussa neben mir auftauchte. Mit seinem breiten Grinsen, dem Ohrring und den millimeterkurzen Haaren sah er aus dem Augenwinkel heraus aus wie das dunkle Double von Meister Proper.

»Isch abe meinen Freunden in Paris geschrieben und ihnen erzählt, was wir eute voraben. Sie meinten daraufin, dass sie uns unterstützen werden, indem sie die Meldung an der Uni und im Netz verbreiten. Ein wenig internationaler Rückalt kann ja nicht schaden ... besonders zwischen den beiden neuen Wirtschaftsbrüdern.«

Mit einem Strahlen im Gesicht und einem Stein weniger auf dem Herzen dankte ich Moussa für sein Engagement und versprach ihm, dass wir uns dafür mit Sicherheit revanchieren würden ... sobald alles vorbei war. Er wollte gerade höflich ablehnen, indem er meinte, dass das doch eine Selbstverständlichkeit sei, als in diesem Moment Stefan in die Küche hereingeschneit kam und Bescheid gab, dass die Plakate nun fertig designt waren. Außerdem informierte er mich, dass die Transparente nun noch ein wenig festlicher aussahen. Auf meine Nachfrage hin erklärte er, dass Edgars Foto jetzt auf manchen Plakaten von Harfe spielenden Engeln, auf anderen von Weihnachtskugeln und auf den restlichen von Sternschnuppen eingerahmt wurde. Skeptisch merkte ich an, dass das im Auge der Verantwortlichen vielleicht doch ein wenig arg kitschig wirken könnte, Stefan war jedoch felsenfest davon überzeugt, dass die Wirksamkeit dadurch sogar noch verstärkt würde. Schließlich wollten wir im Grunde ja weniger die Beamten direkt von ihrer Entscheidung abhalten – eher hätte wohl auch ein einzelner Mensch das Himalajagebirge verschieben können ... Vielmehr versuchten wir, die Bevölkerung zu animieren, sich auf unsere Seite zu schlagen, um damit den Druck auf die Entscheidungsträger zu erhöhen ... Tja, und dafür sollten also Engel, Weihnachtskugeln und Sternschnuppen sorgen ...

So wurden also noch die letzten »kleineren« Vorbereitungen getroffen – *Rubbing Rudy* richtete zum Beispiel einen *Rettungsticker* ein, mit dem er die Community ständig über die Geschehnisse auf dem Laufenden halten wollte, gleichzeitig aber auch Kommentare von anderen Nutzern zu dem Thema einbinden würde. Er jedenfalls meinte, dass das Einrichten keine Viertelstunde gedauert habe. Und es hatte auch nur deshalb so lange gedauert, weil er sich parallel dazu noch in das Netzwerk eines Großkonzerns eingeklinkt hatte ... Das nahm ihm Tillmann wiederum nicht ab, sodass mein Freund daraufhin in ein unverständliches Kauderwelsch abschweifte, bei dem er Fachbegriffe verwendete, die sich von seinen Stotteranfällen akustisch nicht großartig unterschieden. Als ich ihm aber den Ernst der Lage klarmachte, verstummte er sofort, entschuldigte sich und brachte seine enorme Intelligenz von nun an nur noch konstruktiv ein.

Etwa eine halbe Stunde vor 10 Uhr verließen wir dann, voll bepackt mit unserer Ausrüstung, die Wohnung, und stolperten dem Ort der Entscheidung entgegen.

Halbherzige Trillerpfeifengeräusche und vereinzelte Rufe symbolisierten uns, dass die Montagsdemo bereits begonnen haben musste. Wenn die Stimmung aber weiterhin so reserviert bleiben sollte, dann hatten wir noch ein ganzes Stück Arbeit vor uns, um den Schlosspark zum Brodeln zu bringen – natürlich nur symbolisch ... obwohl, im Nachhinein bin ich mir da gar nicht mehr so sicher ...

Auf dem Weg zum Treffpunkt mit Rico sammelten wir eine Gruppe Studenten ein. Ein paar von ihnen erkannte ich von gestern wieder. Einige trugen ähnlich breitmaschige, selbst gehäkelte Wollpullover wie Tilly. Und auch die randverstärkten Hornbrillen sahen Tillmanns Exemplar teilweise so ähnlich, das man fast das Gefühl bekommen konnte, an der Uni wäre eine Sammelbestellung für Hornbrillen aufgegeben worden, oder aber ein Brillenhersteller hatte einen Exklusivvertrag mit der Uni abgeschlossen ... Die Mädels und Jungs reagierten allerdings noch ein wenig verschüchtert, sodass es ein Glücksgriff war, einerseits Moussa mit seiner beeindruckenden Soulstimme, und andererseits Stefan mit seiner kumpelhaft entspannten Art dabei zu haben. Dank ihnen kamen die auf der Party einstudierten Sprüche immer flotter von den Lippen, obwohl ich zugeben muss, dass sie sich gestern im Halbdelirium besser angehört hatten ...

Ich hatte das Gefühl, dass ich die Melodien, die Tillmann und Co jetzt von sich gaben, schon von irgendwoher kannte, wie zum Beispiel »Edgar passt noch, Edgar passt noch rein, hey ...« oder »Alle unsre Edgars, sollen bleiben in Deutschland, sollen bleiben in Deutschland, Köpfchen voll mit Dreadlocks, Rosen in der Hand ...«

»Na super, der zweite Vorschlag war bestimmt Tillys Idee gewesen ...«, musste ich zähneknirschend an seine *Alle meine Entchen*-Performance im *Bachelors* zurückdenken.

Ich will nicht undankbar wirken, aber irgendwie fehlte den Sprüchen und Gesängen noch das Flair, die Dramatik. Ja, ein Torsten oder Toni mit ihren, teils hinreißenden, teils provokanten, aber immer hellhörig machenden Slogans, wären jetzt genau die Richtigen gewesen. Aber die beiden mussten ja heute arbeiten ...

Scheiße! Ich ja auch! In der Hektik hatte ich das völlig verdrängt! Hatte ich mit meinem Job bereits innerlich so sehr abgeschlossen, dass mir ein Montag gar nicht mehr wie ein Arbeitstag vorkam? Wenn das wirklich der Fall war, dann sollte ich vielleicht doch noch mal ein Studium aufnehmen ...

In Gedanken erschien mir bereits Sarah und überreichte mir die Entlassungspapiere ... lächelnd ... Augenblicklich verwarf ich jedoch diese Vorstellung, auch weil es eh schon zu spät war, um sich darüber noch den Kopf zu zerbrechen. Jetzt zählte nur Edgar.

Jedenfalls hatte ich meinen beiden Arbeitskollegen gestern noch auf die Mailbox gesprochen und ihnen den Sachverhalt erläutert. Offensichtlich nutzte Torsten den Anrufbeantworter, um seiner Kreativität bei den Ansagen freien Lauf zu lassen ... und ehrlich gesagt hoffte ich das auch schwer, denn wenn er seinen Ansagentext nicht regelmäßig änderte, dann ging er demnach jeden Tag auf irgendeine Polizeimesse, um dort *heiße Fesselspielcheeen* auszuprobieren ...

Und bei Toni? Tja, auf seinem Anrufbeantworter meldete er sich immer noch mit dem, mittlerweile ausgelutschten *Ciao Bella, bitte hinterlasse deinen Wunschtermin mit mir nach dem Signalton. Ich werde mich bei dir melden, sobald ich weiß, ob ich zu der Zeit nicht schon ... besetzt bin. Grazie. Amore per sempre. Dein Toni.*

Aber zurück zum Wesentlichen. Selbst Tillmann schrie die Parolen jetzt ungewohnt lautstark mit, und das wohl weniger wegen seiner Eigenkreationen, als vielmehr weil Marie neben ihm herlief und mit vollem Einsatz eine *Maraka* – eine afrikanische Rassel – schwang, während sich die beiden immer mal wieder ganz zufällig an den Händen berührten.

Wenige Minuten vor Zehne erreichten wir den Schlossplatz, der den südwestlichen Teil des Schlossparks bildet. Rico wartete bereits auf dem Innenhof des Württembergischen Landesmuseums auf uns. Um ihn hatte sich eine schlagkräftige Truppe unterschiedlichster Altersschichten geschart. Entweder besaß er so viel von dem Vitamin B, dass schon die Gefahr einer Überdosis bestand, oder aber der Stammbaum der Familie Terzel wies eine enorme Breite auf.

»Hey David, mein Jung', hey Tilly! Seid ihr bereit, den Park ein wenig aufzumischen?«, meinte Rico in seinem, ihm eigenen, Optimismus, der kaum Grenzen kannte.

»Hey Rico! Na ja, ehrlich gesagt hatte ich mir schon etwas bessere Stimmung unter den S21-Demonstranten erhofft ...«

»Ach so, ja, das ist jetzt vielleicht ein kleiner Nachteil ... Die Demos beginnen mittlerweile immer erst am späten Nachmittag. Hab das auch erst erfahren, nachdem ich ein wenig rumtelefoniert hatte. Eigentlich ist das schon 'ne längere Zeit der Fall ... Du scheinst aber auch keine besonderen Probleme mit den bezahlten Maulwürfen zu haben, so uninformiert, wie du über die Demos bist, hehe ...«

Ich zuckte mit den Achseln: »Und, was haben dann die paar Pfiffe und Rufe zu bedeuten?«

»Die? Hm, da wird wahrscheinlich gerade irgendein Themenfrühstück von den S21-Gegnern abgehalten. Kommt, lasst uns hingehen!«

Auf sein Kommando vereinigte sich Ricos Verstärkung mit unseren Leuten, sodass wir den Oberen Schlossgarten jetzt mit gut 100 Mann und Frau durchquerten. An der Spitze stand nun die Troika Rico, Tillmann und meine Wenigkeit ... wobei, nein, ein älterer Mann mit Gehstock schloss nun zügig zu uns auf: »Rico, mein Junge, ich hoffe du verstehst, dass ich heute nicht so lange bleiben kann. Du weißt ja, meine Blase ist auch nicht mehr das, was sie mal war, nicht ... und seitdem mich beim letzten Mal, als ich in den Park gepinkelt hab, ein Dobermann quer durch sein Revier gejagt hat, bin ich viel vorsichtiger geworden. Außerdem hat deine Oma heute Nachmittag wieder ihre komische Ayurveda Massage ... Entspannung! Entspannung! Ha, dass ich nicht lache! Deine Oma ist nach der Massage jedes Mal so entspannt, dass sie abends bereits um fünfe einschläft. Und das bedeutet für mich dann einen Tag Sendepause, verstehst du, mein Junge ...«, krächzte der alte Mann seinem Enkel zu, und zwinkerte bei dem Wort *Sendepause* so schelmisch, das erst gar keine Missverständnisse aufkommen konnten.

Alter Schwede, das war ja noch ein vitales Exemplar Mann ...

»Das ist absolut kein Problem, Opa! In wenigen Stunden sind wir wahrscheinlich auch schon wieder fertig, und dann haben wir hoffentlich das geschafft, was wir erreichen wollten«, nahm Rico den alten Herrn liebevoll in den Arm.

»Na, hör mal, mein Junge, mit den Ekzemen am Hintern ist wirklich nicht zu spaßen ... und mehr als eine Runde schaff ich wohl nicht mehr ... Du musst wissen, das Viagra hat den Nachteil, dass das Blut nicht mehr in allen Regionen optimal zirkuliert ... und zu deiner Frage: Natürlich bin ich danach geschafft! Was glaubst du denn? Dass dein Opa mit seinen 86 Lenzen etwa noch wie ein Karnickel rammeln kann?«

Belustigt sah Rico Tillmann und mich an, als wollte er sagen *Ja, DAS ist mein Opa:* »Hast du denn dein Hörgerät an, Opa?«

»Häh? Ich brauch doch kein Hörgerät, mein Junge! Heute brauch ich nur meine Stimme! Ha, und davon hab ich noch jede Menge übrig!«

Rico fuhr dem Seniorencasanova anschließend zärtlich über sein lichtes Haupt, bevor sich dieser wieder zurückfallen ließ.

»Kommt Daniela auch?«

»Du befürchtest, Tina könnte auch auftauchen? Nein, sie ist derzeit leider beruflich total ausgelastet. Sie hat jetzt einen neuen ... Schüler bekommen ... scheint ein zäher Fall zu sein. Ich hoffe nur, Daniela überanstrengt sich nicht. Sie meint aber, dass es doch gelacht wäre, wenn sie diese Herausforderung nicht meistern würde ...«

»Wie heißt denn der ... Schüler?«

»Wieso?«

»Hm, reine Neugier ...?«

»Ich glaube Luke, oder so ähnlich. Ich weiß noch, dass ich den Namen mit *Lucky* in Verbindung gebracht hab. Aber das ist jetzt auch unwichtig, oder?«

»Allerdings ...«, gab ich Rico recht, musste aber trotzdem in mich hineinlächeln.

»Seht ... seht mal da... da vorne. Da stehen, äh, die ... die Zelte. Und außer... außerdem ein paar Ka... Ka... Kameras ...«, deutete Tillmann auf den Südflügel des Hauptbahnhofs, der direkt an den Mittleren Schlossgarten angrenzt.

Im Hinblick auf die Sendezeit wäre es vielleicht etwas ungünstig, wenn du dich als Interviewpartner anbieten würdest, dachte ich mir infolge Tillys plötzlich aufflammender Nervosität.

Dann standen wir direkt vor den großen, weißen Partyzelten. Unser Verdacht bestätigte sich. Wirklich viele Menschen saßen nicht auf den Holzbänken. Ich wusste für einen Moment nicht, ob ich enttäuscht sein sollte, dass der Altersdurchschnitt der etwa 80 Zeltbesetzer ungefähr ihrer Anzahl entsprach, oder mich freuen sollte, dass das dennoch eine lautstarke Verstärkung werden konnte, als ich jetzt einige bekannte Gesichter wiederentdeckte. Allen voran die vier Eierlikörladys aus dem schwäbischen Zungenbrechergetto sowie der Kriegsveteran Herbert, der offensichtlich nicht nur im Kreis von kleinen Kindern, sondern auch, umringt von Altersgenossen, schnell zur Höchstform auflief, und nun mit hochrotem Kopf Parallelen zwischen der heutigen und damaligen Zeit zog.

Augenblicklich drehten sich alle Köpfe in unsere Richtung, als wir den nächsten Schlachtruf anstimmten. Teils verwirrt, teils skeptisch sahen die Zelter erst uns, danach die Plakate und schließlich wieder ihren Karottenkuchen an. Da erhob sich plötzlich Frieda die Große, die die Situation blitzschnell erfasst zu haben schien, und sprach durch ihr Megafon ein Machtwort: »Kommet! Machet mer einfoch mit! Des macht bestimmt Spaß ...«

Wenn der VFB Stuttgart in Zukunft einen Stadionsprecher suchen sollte, dann kam er an dieser Frau einfach nicht mehr vorbei ... Wie in einem Sog standen alle gleichzeitig auf, folgten ihr und versammelten sich daraufhin mit uns auf dem Platz vor dem Bahnhofsgebäude, um direkt vor den laufenden Kameras ein entschlossenes Gebrüll anzustimmen.

»Meinst du, das wird reichen?«, wandte ich mich mit unsicherem Blick an Rico.

»Nein, noch lange nicht ...«, lachte er.

»Warum bist du dann so optimistisch eingestellt?«

»Na, weil ich gerade einen Blick hinter uns geworfen habe ...«

Es war ein überwältigendes Gefühl, als ich mich in diesem Moment umdrehte. Wie ein Wasserfall strömten Menschen auf uns zu. Von links aus dem Schlosspark genauso wie von rechts, wo der Weihnachtsmarkt bereits in vollem Gange war. Viele von ihnen hielten selbst gebastelte Plakate oder einfach nur das Foto von Edgar, als Rosenkavalier, in der Hand. In jedem einzelnen Gesicht war die Entschlossenheit abzulesen, sich mit jemandem zu identifizieren, den man wahrscheinlich noch nie gesehen hatte, geschweige denn überhaupt kannte. Und man spürte auch förmlich die Zufriedenheit dieser Menschen, die allein durch ihr Kommen zu kleinen Helden wurden ... und für Edgar ganz große ...

»Jetzt ... jetzt glaube ich, könnte es was werden«, meinte Rico glückselig.

»Wow, sind wir diejenigen, die all das vollbracht haben?«, fragte ich ungläubig.

»Wenn du mit WIR Tilly, dich und mich meinst, dann nein. An

dem, was hier gerade geschieht, hat jeder Einzelne, der gekommen ist, seinen Anteil ... Was bleibt, ist allerdings anzumerken, dass wir wahnsinnig geniale Freunde haben ...«

»Und ... und, äh, sind ...«, schaltete sich Tillmann mit einem Lächeln im Gesicht ein.

»... und sind!«, ergänzten Rico und ich einstimmig, bevor wir drei uns in die Arme fielen.

»So, damit aber genug gekuschelt! Jetzt wird es höchste Zeit, dass wir selber aktiv werden«, meinte Rico in seiner typischen Macher-Art.

Mein Blick glitt noch einmal über die Menschenmenge, die sich mittlerweile bis in den Schlosspark hinein staute, als mir eine ganz bestimmte Person ins Auge stach – und das wortwörtlich mit seinem ... Pardon, ihrem blutroten Lippenstift, dem 5 cm dicken Make-up, den doppelt so hohen Absätzen, sowie den, noch viel höher gegelten, Haaren.

»Torsten! Ich dachte, du ...«

»Stopp, mein Davidschatz! Auch wenn das vielleicht nicht der richtige Zeitpunkt ist, möchte ich dir zuerst mitteilen, dass ich von nun an *Tina* heißeee ... der Name steht sogar schon in meinem neuen Pass! Du bist nach meinem Mark der Zweite, der davon erfährt ... ach, ich bin ja so durch den Wind!«

Ich hatte zwar mit vielem gerechnet, aber DAS ...!? Na ja, wenigstens hatte Torst... Tina damit nun mehr mit meiner Exfreundin gemeinsam, als nur den gleichen Modegeschmack ...

»Oookay, Tors... Tina ... arbeitest du aus diesem Grund heute nicht?«

»Ach, wo denkst du denn hin, mein Davidschätzchen. Ich könnte heute Bäume ausreißen, so glücklich fühle ich mich, dass ich nun auch ganz offiziell zu meinem Naturell stehen darf ...« – Ich wollte Tor... Tina darauf aufmerksam machen, dass das mit den Bäumen gerade hier im Schlosspark keine besonders gute Idee war, aber er ... sie war gedanklich und sprachlich bereits einen Schritt weiter ... – »Nein, ich bin hier, weil ich euch unterstützen will. Ach, ich finde das ganze ja so aufregeeend ... Mark ist übrigens auch da. Mein Hasenpfötchen hat seine ganzen Jungs aus dem Fitnessstudio zusammengetrommelt, während ich gestern noch alle Freunde aus unserem Klub, dem *Pinky Pants,* angerufen habe.«

Gerade wollte ich To... Tina im Überschwang der Gefühle zum ersten Mal von meiner Seite aus umarmen, als das Parolenwunder vom Neckar auch schon weiterplauderte ...

»Aber das Beste kommt noch ... Weißt du, wer ebenfalls da ist?«

»Hm, jede Menge anderer Menschen ...?«

»Nein, mein Dummercheeen ... Toni!«

»Wieso? Hat er im Schlosspark ein Date?«

»Nein, er ist wie ich hier, um euch zu unterstützeeen. Ich wusste doch, dass mein Cannellonispatz ein gutes Herz hat ...«

»Heißt das, ihr beide habt euch versöhnt?«

»Ja, ach wie süß sich Toni heute Morgen im Büro bei mir entschuldigt hat ... richtig aufrichtig war eeer.«

Mist! Ein – weiterer? – Grund, warum ich heute ins Geschäft hätte gehen sollen, ärgerte ich mich, ließ mich aber nicht länger vom momentan Nebensächlichen ablenken. »Sag mal, T... Tina ...« – Mann, war das vielleicht ungewohnt – »... könntest du dir vorstellen, mit dem Megafon ein paar kreative Schlachtrufe vorzugeben ...?«

»Ach, wie aufregeeend! Meinst du wirklich? Na ja, für dich würde ich alles tun, das weißt du doch, mein Davidschatz ... außer Knutschen ... das bleibt allein meinem Hasenpfötchen vorbehalten, hihi ... Außerdem sprühe ich gerade nur so vor Witz und Lockerheit ... Aber eine Frage musst du mir vorher noch beantworten, ja?«

»Ooookay ...«, wartete ich gespannt auf das, was jetzt folgen würde. Erfahrungsgemäß rechnete ich bei To... Tina mit vielem, aber nicht mit diesem ...

»Kann ich mich so vor der Menge blicken lasseeen? Sei bitte ehrlich, Davidschatz ...«

Aus schlechten Erfahrungen mit Tina schlau geworden, fand ich dieses Mal genau die passenden Worte: »Ja, Tina, du siehst wirklich extrem scharf aus, also, äh, aus rein objektiver Sicht, versteht sich ...«

Mit einem Schmatz auf die Wange bedankte sich T... Tina bei mir, bevor sie temperamentvoll davonbrauste, während sie noch ein »Na, dann lass uns die Party mal so richtig rockeeen!« zurückrief.

Und es wurde wirklich ein denkwürdiger Tag. Alle Eindrücke einzeln aufzuzählen, würde meinen Synapsen im Gehirn nur einen weiteren Kollaps bescheren, also beschränke ich mich lieber nur auf die bemerkenswertesten Ereignisse.

Die neue Tina gab zum Beispiel für die nächsten Stunden vor der tobenden Menge alles und heizte die Stimmung zusammen mit der schwäbischen, weiblichen Ausgabe von Napoleon, noch zusätzlich an. Tina war dabei voll in ihrem Element. Ich gab ihr noch höchstens einen Monat in ihrem derzeitigen Beruf, bevor sie auf irgendeiner großen Bühne auftreten würde. Dabei schmetterte sie im Minutentakt Parolen in die Menge, die einfach ins Ohr gehen mussten, wie beispielsweise *E-D-G-A-R, ihr wisst schon wer. R-A-G-D-E, wir kämpfen wie eh und je.* Aus Gründen der Glaubwürdigkeit verzichtete Tina dabei sogar auf ihre lang gezogenen Es ...

Währenddessen sorgte die Oberkommandantin der Spätzletruppe dafür, dass sich auch die ältere Generation mit dem Grund der Demo identifizieren konnte. Bei Ricos Opa wirkte es offensichtlich, sodass er hin und weg von dieser wirklich faszinierenden Dame war: »Ja, mein Junge, diese hübsche Maus würde ich nicht von der Bettkante stoßen«, stieß er mir mit seinem Gehstock leicht in die Bauchseite, woraufhin ihn Ricos Oma mit einem lang gezogenen Seufzer daran erinnerte, dass immer noch zu Hause gegessen wurde ...

Auch Toni sollte noch auf sich aufmerksam machen ... allerdings anders, als ihm wohl lieb war. Mit zerzausten Haaren tauchte er jetzt in meinem Blickfeld auf, nachdem er sich einen Weg quer durch die Menschenmenge gebahnt hatte.

Hoffnung keimte in seinen Augen auf, als er mich erblickte: »Dich schickt der Himmel, David! Du musst mir helfen!«, flehte er mich an.

»Was ist denn los?«

»Schwester Hanebüchen ... Ich meine Sina, ach ne, sie heißt ...«

»Franka«, half ich seinem Gedächtnis auf die Sprünge – kein Wunder bei der ruinierten Frisur ...

»Ja, genau, Franka, die dicke Oberschwester, sowie der ganze restliche Krankenschwesternverein sind hinter mir her. Ich bitte dich, lenk sie auf 'ne falsche Fährte ...«

»Warum sind sie denn hinter dir her?«

»Na ja, ich habe vor ein paar Tagen ein Mädchen kennengelernt. Blonde Haare. Grüne Augen. Traumhaft schön. Dummerweise arbeitet sie nur auf der gleichen Station wie Franka. Und das kam halt gerade eben raus.«

»Okay, mach die Fliege, ich werd sie aufhalten«, seufzte ich, obwohl es Toni eigentlich einmal ganz gut getan hätte, die Konsequenzen für seine unverantwortlichen Frauengeschichten am eigenen Leib zu spüren. Nur konnte ein Flüchtender gleichzeitig schlecht demonstrieren ...

»Danke! Du hast einen gut bei mir ...« – Einen oder eher eine ...?

»Es reicht, wenn du dich lautstark für Edgar einsetzt«, klopfte ich ihm abschließend noch auf die Schultern.

Der Krankenhauskorps sollte Toni zumindest nicht an diesem Tag gleich wieder mit zur Arbeit nehmen ...

Eine weitere Erkenntnis des Tages war, dass das knutschende schwarze Knäuel aus der Straßenbahn nicht nur eine Vorliebe für Ärzte, sondern offensichtlich auch für Demos hatte, als ich die Jungs und Mädels jetzt in der Menge ausmachen konnte. Und dass zudem jeder von ihnen wie ein Rocker brüllen konnte, wenn er nicht gerade Körperflüssigkeiten austauschte, war außerdem ein Riesenvorteil für uns ...

Auch Pritschen-Paule sollte noch seinen Auftritt haben, indem er urplötzlich von einem Baum herunter in die Menge schrie – das Walkie-Talkie war einem Megafon gewichen, und seine wackligen Beine wurden dabei von Aspirin-Arne und Furunkel-Freddy fixiert. Anschließend hielt er noch eine rhetorisch überzeugende, propagandistische Rede über die gesellschaftlichen Erfolge von Aufständen gegen die Herrschaftsmächte, die außerdem den Vorteil hatte, dass so etwas in den Medien immer gut ankommt ...

Damit die Stimmung danach aber nicht vollkommen ins Absurde abdriftete, gab Rico zum Schluss, und zu meiner vollkommenen Überraschung, ein Ständchen mit seiner Gitarre. Begleitet wurde er dabei von ein paar Freunden. Dass Rico ein Händchen für Musik hatte und zudem eine powervolle Stimme besaß, wusste ich. Dass er aber ein derartiges Feuerwerk mit dem Mikro abbrennen würde, zauberte wohl nicht nur mir eine Gänsehaut herbei.

Bleibt mir nur noch zu sagen: Bühne frei für Rico ...

Fremde Umgebung, fremdes Land,
schwere Kindheit, schwerer Stand,
du hast gekämpft, du hast gehofft,
doch du bekamst dafür nur Zoff,
dein Vater war bei dir,
tröstete dich im jetzt und hier,
auch deine Freunde war'n an deiner Seit',
konnten aber nicht verhindern all dein Leid,
wurdest beschimpft, wurdest geliebt,
und sahst verbittert zum Himmel auf,
wurdest ermutigt, wurdest besiegt,

und folgtest Gottes Wolkenlauf,
nun stehen wir also hier,
und bitten für dich ein weit'res Mal,
dass die Sonne über dir,
möge scheinen auch ins tiefste Tal.
(oh oh oh) Bruder, wir sind bei dir,
und bis in alle Zeit,
(oh oh oh) Bruder, wir sind bei dir,
wir teilen dein ganzes Leid,
(oh oh oh) Bruder, wir sind jetzt hier,
und kämpfen nur für dich,
oh Bruder, dein Leben in Gottes Licht!

20. Fortschritt durch Rücktritt

Um diese Uhrzeit war der Parkplatz etwa so leer, wie der Kühlschrank in der Studenten-WG. Auch Torsten ... Pardon, Tina – irgendwie würde ich lernen, mich mit dieser Tatsache abzufinden – sowie Toni waren noch nicht da, zumindest sah ich ihre Autos nicht. Das wunderte mich allerdings kaum. Sicherlich brauchten die beiden dringend ihren Schlaf, nachdem wir gestern schlussendlich bis in den späten Abend hinein gegen Edgars Ausweisung protestiert hatten.

Und das, obwohl wir eigentlich nur ein paar Stunden bleiben wollten ..., zog mich die gestrige Stimmung selbst in diesem Moment noch in ihren Bann, als ich jetzt über den Parkplatz zum Eingang meines Arbeitgebernehmers schlenderte.

Vor meinem geistigen Auge lief noch einmal der vergangene Tag im Schnelldurchlauf ab: die neue Tina, die vom ganzen Geschrei so heiser war, dass sie sich zum Schluss wie ein Luftballon anhörte, aus dem gerade die Luft abgelassen wurde. Rico, dessen Edgar-Ode nicht das einzige Lied bleiben sollte, sodass er danach zusammen mit Moussa und ein paar anderen begabten Musikern spontan sein Improvisationstalent zum Besten gab. Pritschen-Paule, der das ganze Buch von Kant auswendig gelernt zu haben schien, und deshalb noch weitere philosophische Pamphlete in den sternenverzierten Nachthimmel entließ, während sich Aspirin-Arne gelangweilt eine Tablette nach der anderen zwischen die Kiefer haute, Furunkel-Freddy dagegen mit neugierigen Augen die Umgebung nach möglichem Plastikgold absuchte. Ricos Opa, der – dieses Mal nicht von einem Dobermann verfolgt – den Schlosspark erkundete und trotzdem bis zum Ende durchhielt ... offensichtlich machte sich die erkaufte Standhaftigkeit auch anderweitig bemerkbar ... Oder aber Tilly, den ich noch nie so aufblühen gesehen hatte, und der sich im Überschwang der Glücksgefühle sogar dazu hinreißen ließ, Marie einen Kuss auf die Schläfe zu geben ... und der Bachelor der Bits und Bytes erhielt dafür im Gegenzug keine Ohrfeige ...

Schließlich hatte sich eine solche Eigendynamik entwickelt, dass die Teilnehmer auch dann noch entschlossen für Edgar kämpften, als die Kameras bereits Bildmaterial für mehrere Stunden beisammenhatten und sich aus dem Staub machten, damit die Bilder noch rechtzeitig abends im Lokalfernsehen gezeigt werden konnten.

Da Edgar in seiner Wohnung immer sein ganz persönliches Kopfkino laufen ließ und deshalb gar nicht erst einen Fernseher benötigte, sahen wir uns die Berichterstattung am späten Abend zu viert in Ricos Haus an. Wir mussten unseren Bruder kneifen, damit er uns abnahm, dass er all das nicht träumte – sahen seine üblichen Träume eigentlich so real aus ...?

Doch egal, wie zufrieden wir mit dem Tag auch waren, war uns gleichzeitig trotzdem bewusst, dass wir damit nur den einen, notwendigen Schritt auf die Behörden zu gemacht hatten. Wenn nun allerdings deren Schritt in unsere Richtung wiederum ausbleiben würde, dann waren all unsere Anstrengungen umsonst gewesen ... vielleicht bis auf die – wohltuende – Erkenntnis, dass es immer noch sehr viele Menschen gab, denen das Schicksal eines Einzelnen nicht egal war – Eine Selbstverständlichkeit war das jedenfalls nicht ... Jetzt half also nur noch Hoffen, Bangen oder ... Beten. Mehr konnten wir momentan nicht tun.

Andere dagegen schon: *Rubbing Rudy* hielt Tillmann – mittlerweile kamen die beiden völlig ohne das Ausfechten von Revierkämpfen aus – bezüglich der Entwicklungen in seinem Ticker auf dem Laufenden. Wie das Computergenie stolz verkündete, erreichten *Rubbing Rudys Rettungsticker* inzwischen Kommentare und sogar Spendenzuweisungen aus aller Welt, wobei er Letztere natürlich sofort an wohltätige Hilfsorganisationen weiterleitete ... aus *Rubbing Rudy* wurde immer mehr *Robin Rudy* ...

Als ich das letzte Mal in den Ticker gesehen hatte – warum die Infos dort so aktuell waren, und wie Rudolf überhaupt an sie herankam, wusste wohl nur er selber –, gab es jedenfalls noch keine Entwarnung für unseren Bruder. Mich hätte es aber auch nicht gewundert, wenn wir noch ein paar weitere Tage warten mussten ... Allerdings hatten wir den, vielleicht großen, Vorteil, dass die Verantwortlichen aufgrund der kurz bevorstehenden Urlaubstage unter ziemlichem Entscheidungsdruck standen ...

All das ging mir noch durch den Kopf, als ich jetzt die Eingangshalle betrat. Da ich instinktiv Sarahs Tadel befürchtete, zwang ich mich zu einem schwachen Lächeln.

In den vergangenen Jahren hatte ich meinen Kopf aber wahrscheinlich durch das unbewusste Antrainieren von Gewohnheiten so stark einrosten lassen, dass mein Schauspieltalent davon mittlerweile vollkommen bedeckt war – wenn es denn jemals wirklich da gewesen war. Sarah jedenfalls wirkte nicht sehr überzeugt ...

»Guten Morgen! Oh, entschuldige bitte, David. Ich wusste nicht, dass du es bist«, sah sie mich verlegen an.

»Na, du hast mich aber auch schon mal charmanter angesprochen, Sarah ... Wo ist denn dein Lächeln hin?«

»Das? Das ist mit dir verschwunden ...«

»Bitte?«

»Oh, tut mir leid ... Ich bin völlig durch den Wind. Ich ... ich soll dir das hier überreichen ...«, sah sie mich, zum Knuddeln traurig, an. »Es kommt direkt vom Chef«, merkte sie noch an.

In diesem Moment wurde mir klar, was das bedeutete: Mein unentschuldigtes Fehlen gestern war der Auslöser gewesen, der die Bombe in Person von Herrn Behrens endgültig zum Platzen gebracht hatte. Die Zündschnur allerdings war schon vor Längerem angezündet worden, und ehrlich gesagt konnte ich ihm dafür nicht einmal die Schuld in die Schuhe schieben.

Ich nickte leicht, ohne den Umschlag zu öffnen. »Fristlos?«, fragte ich.

Sarah antwortete, ohne es auszusprechen: »Hör mal, David, wenn der Chef am Freitag von seinem Seminar wieder zurückkommt, werde ich noch mal mit ihm sprechen, okay? Du weißt doch, dass er mir kaum eine Bitte abschlagen kann«, nahm sie ihre Brille ab und lächelte mich mit ihrem liebenswürdigen Maulwurfsblick an.

»Das ist echt lieb von dir, Sarah, aber ich denke, es ist okay so, wie es ist.«

»Aber du ...«

»Es ist wirklich okay«, legte ich meine Hand auf ihre und schenkte ihr dabei ein dankbares Lächeln.

»Ach, es tut mir ja so leid ...« Sarah stand auf und schenkte mir im Gegenzug eine innige Umarmung. Dabei fing sie an zu schluchzen, sodass auch ich feuchte Augen bekam. Bereits jetzt wünschte ich mir wieder ihr typisches Lächeln zurück. So schnell wie möglich verabschiedete ich mich von ihr, um nicht auch noch Gefahr zu laufen, als menschlicher Wasserfall zu enden. Ich bedankte mich für die letzten vier Jahre, in denen sie viele meiner Arbeitstage allein durch ihren freundlichen Gesichtsausdruck gerettet hatte.

Mit zwiespältigen Gefühlen trat ich nach draußen. Einerseits war da dieses Gefühl der Erleichterung, der Freiheit, als wären mir gerade eben unsichtbare Fesseln abgenommen worden. Auf der anderen Seite war da aber gleichzeitig dieses leise Gefühl des Scheiterns. Der Gedanke, versagt zu haben, wollte sich immer mehr aufdrängen.

Und dann war da noch ein weiteres, eher allgemeines, Gefühl: Das Gefühl der Unsicherheit. Ich erinnerte mich daran, wie Jenny Zweifel an ihrer Zukunft geäußert hatte. Aber wenigstens studierte sie momentan, hatte also noch etwas Zeit, bevor sie ins Berufsleben einstieg. Ich dagegen würde sofort in die Fänge des Arbeitsamtes geraten, wenn sich nicht plötzlich auf wundersame Weise eine Alternative auftat. Doch das, was

Jenny und mich jetzt ebenfalls miteinander verband, nämlich die Sorge um eine ungewisse Zukunft, war nicht länger etwas Unsichtbares.

In Gedanken sah ich mich schon auf einer, von Paule ausgeliehenen, Pritsche unter irgendeiner Brücke am Neckar liegen, während dieser mich im romantischen Schein eines brennenden Mülleimers über den Lebenslauf von »Nitsche« vollquatschte. Da tauchte plötzlich Furunkel-Freddy aus der Dunkelheit neben mir auf, sprach mich als *Dukaten-David* an, und erklärte mir daraufhin, sein Gesicht dabei ganz nah an meines haltend, das Aufnahmeritual in dem *Verband der Flaschensammler*, nämlich zwei ganze Tage lang das zentrale Flaschenlager am Hauptbahnhof zu bewachen, ohne mir auch nur eins von diesen Plastikdingern abnehmen zu lassen ...

Als Nächstes kam mir plötzlich der Gedanke, was Rico in meiner Situation wohl tun würde. Ich konnte mir nicht erklären, warum ich jetzt ausgerechnet auf ihn kam, war er doch nicht gerade als chronischer Arbeitsloser bekannt. Aber der Gedanke war ja auch eher von theoretischer Natur. Außerdem ging es dabei weniger um die Situation an sich, sondern viel mehr darum, wie er allgemein mit solchen negativen Gefühlen, solchen herunterziehenden Sorgen fertig wurde.

Erinnerungen an das Gespräch auf der Bank, hoch über dem Flughafen, wurden wieder lebendig. Konnte ein, scheinbar naiver, Glaube tatsächlich sogar Menschen aus einer Sackgasse lenken? Skeptisch bezweifelte ich das etwas – noch mehr Zweifel ... Aber hey, ein Versuch war es doch wert, zumal sich um diese Uhrzeit eh keine Menschenseele auf dem Parkplatz aufhielt.

Von früher wusste ich, dass man beim Beten normalerweise immer die Hände faltete und dazu die Augen schloss. Und doch war in diesem Moment die Scham davor zu groß ...

Außerdem, kam mir der Gedanke, ist es doch auch viel wichtiger, auf ehrliche Weise Kontakt zu Gott aufzunehmen, als sich lediglich auf die Wirksamkeit von Symbolen zu verlassen, oder?

So versuchte ich, meine Gedanken auf den Schöpfer zu konzentrieren. Obwohl ich noch ein paar Standardgebete aus meiner Kindheit kannte, redete ich jetzt einfach über das, was mir auf dem Herzen lag. Anfangs fühlte ich mich dabei noch etwas unwohl – auch wenn es in Zeiten von Headsets nicht mehr automatisch ungewöhnlich ist, wenn man jemanden mit einem Unsichtbaren reden hört –, doch nach und nach legte ich auch diese Scham ab, sodass ich letztendlich alles um mich herum vergaß.

Eine tiefe Erleichterung überkam mich, als ich mit dem Beten fertig war. Erstaunlicherweise waren alle negativen Empfindungen verschwunden. Allmählich wurde mir bewusst, woraus genau Rico seinen schier unendlichen Optimismus schöpfen musste. Der Unterschied zwischen ihm und mir bestand allerdings darin, dass Rico einen ganzen Ozean als Schöpfquelle zu besitzen schien, während mir, lediglich mit einem Strohhalm ausgestattet, nur eine winzige Regenpfütze zur Verfügung stand. Doch in diesem Moment erschien mir die Antwort, wie meine Pfütze zu einem Ozean anschwellen konnte, nahezu greifbar: Einen kleinen Tümpel konnte allein der Glaube zu einem Weltmeer des Optimismus anwachsen lassen ...

Lächelnd musste ich mir vorstellen, wie ich Edgar von meiner Erkenntnis erzählte, woraufhin mein Bruder antworten würde, dass er solche Eingebungen jeden Tag habe ... in seiner Traumwelt ... Und an für sich hatte er damit vielleicht auch gar nicht so unrecht, allerdings übersah er dabei zwei große Unterschiede: zum einen, dass die Glücksgefühle beim Glauben, im Gegensatz zu seinem Paralleluniversum, auch in dieser Welt Bestand haben konnten. Und zum anderen, dass der Glaube den Riesenvorteil hatte, dass er ohne Risiken und Nebenwirkungen eingenommen werden konnte ... vorausgesetzt man ließ sich selbst im Glauben von einer gesunden Vernunft leiten.

Mit neuem Mut ausgestattet, blickte ich ein letztes Mal über meine Schultern zurück auf meinen ehemaligen Arbeitsplatz, bevor ich dann, den Blick entschlossen nach vorne gerichtet, davonfuhr.

21. Angebot und Nachfrage

Als ich die Eingangstür meiner derzeitigen Unterkunft aufschloss, überkam mich ein seltsames Gefühl. Das lag weniger daran, dass ich zuvor geschlagene drei Stunden auf dem Arbeitsamt verbracht hatte, die allerdings so ereignisarm waren, dass sich selbst der Spielberichtsbogen einer Schachpartie für einen Laien dramatischer gelesen hätte – auch wenn zwischen beiden Berichten in diesem Fall durchaus verblüffende Parallelen aufgetreten wären, wie zum Beispiel die ständigen Wanderungen von einem Zimmer zum anderen, sodass mir die zuständige Sachbearbeiterin zum Schluss nur noch Anweisungen in Chiffrierform gab: »Herr Grichting, melden Sie sich bitte in Zimmer 1.24/1, Abteilung II/2.« ... Schachmatt ...

Nein, das ungewohnte Gefühl, das sich jetzt in mir ausbreitete, kam viel mehr von dem Bewusstwerden, dass dies der erste Mittwoch seit Langem war, an dem ich mich nicht zwischen Treppe und Aufzug entscheiden musste. Tragisch war das allein schon deshalb nicht, weil ich bereits vor der Wohnungstür stand, bevor sich mein Kampfeswille, zum Wohle meiner Ehre durchzuhalten, überhaupt einschalten konnte.

Trotzdem nahm ich mir vor, die Suche nach einer eigenen Wohnung in der nächsten Zeit zu intensivieren. Zum einen, weil ich den vier Jungs nicht länger auf dem Laptop liegen wollte, und zum anderen aber auch deshalb, weil ich befürchtete, dass sich nach Weihnachten sicherlich eine neue Projektidee in den Köpfen der Programmierfreaks einnisten würde. Und dann leuchtete womöglich künftig nicht mehr bloß eine einzelne Lichterkette vor dem Fenster, sondern gleich ein ganzes Atomkraftwerk ...

Ich hatte die Wohnungstür gerade aufgeschlossen, als plötzlich Tillmann mit ausgebreiteten Armen auf mich zugerast kam. Schnell vergewisserte ich mich noch, ob nicht zufällig Marie hinter mir stand, als er mir auch schon in die Arme fiel.

»Da... Da... David, du ... du wirst es ... es nicht glauben, aber Ru... Ru... Rudolf hat ... er hat ...«

»Beruhig dich erst mal, Tilly!«, befürchtete ich, dass mein Freund gleich wieder in sein Kauderwelsch aus Fachbegriffen abdriften könnte, da er mit der Allgemeinsprache gerade offensichtlich ziemlich überfordert war.

»Ich ... ich kann nicht! Edgar ... die Behörde ... verstehst du ...?«

Ich verstand es nicht und sagte es ihm auch so. Ein wenig erinnerte mich die Situation an den dunkelhäutigen Piraten aus *Asterix und Obelix,* der an Bord immer nach Handelsschiffen Ausschau hielt, und dem es dann regelmäßig die Sprache verschlug, wenn die tapferen Gallier in seinem Blickfeld auftauchten, sich aber noch zu seinem obligatorischen *Die Ga... Ga... Gallier kommen* aufraffen konnte ...

Rubbing Rudy eilte Tillmann jetzt aber sofort zu Hilfe und gab bereitwillig Auskunft: »Die Behörden haben die Ausweisung eures Freundes fallen gelassen ... Glückwunsch!«

Im ersten Moment wusste ich nicht, was ich sagen sollte. Vorsicht überwog meine Freude.

»Aber ... woher wisst ihr das?«

»*Ru... Ru... Rubbing Rudys Re... Re...*«

»Mithilfe meines Rettungstickers.«

»Der Rettungsticker? Wie das?«

»Nun, das ist eine lange Geschichte«, meinte Rudolf lapidar, brannte aber sichtbar innerlich darauf, sie in allen Einzelheiten erzählen zu dürfen.

Tillmann, der sich so langsam fing, spielte aber mal wieder die Feuerwehr, indem er seinem Mitbewohner zuvorkam: »Ver... vereinfacht gesagt hat, äh, jemand einen Kommentar in den Re... Re... Ticker geschrieben, der jemanden kennt, der wiederum jemanden kennt, der ...«

»Tilly!«, rief ich ungeduldig.

»Ja, äh, Entschuldigung … Dieser jemand hat, äh, geschrieben, dass die … die Anordnung für Edgars Ausweisung zurückgezogen wurde.«

»Und das glaubt ihr einfach so? Jungs, gerade auf diese Weise entstehen doch heutzutage die ganzen Gerüchte …«, blickte ich die beiden streng an, wurde in diesem Moment doch meine aufkeimende Hoffnung jäh erstickt.

»Ist es auch dann noch ein Gerücht, wenn dieser jemand alle Daten von dem Ausweis eures Freundes und sogar seine Rentenversicherungsnummer korrekt angibt?«, schaltete sich Rudolf mit einem zufriedenen Grinsen ein.

»Woher kennst du Edgars … Oh, ich versteh schon, du kennst sie halt …«, ließ ich des Rätsels Lösung ungesagt, aber desto anerkennender widerhallen.

Das wiederum dankte mir der *Robin Hood* des Hackens mit einem schelmischen Augenzwinkern.

»Danke!«, durfte sich nun die geballte Erleichterung einen Weg an die Oberfläche bahnen.

»Kein algorithmisches Problem«, wehrte Rudolf ab.

Und dennoch blieb eine gewisse Restanspannung, solange das Ganze nicht auch von offizieller Seite bestätigt worden war.

»Hast du Edgar schon darüber informiert?«, wandte ich mich an Tillmann.

»Nein, äh, ich dachte er … er sollte vielleicht überrascht wirken, wenn … wenn ihn die, äh, Behörden benachrichtigen …«

»Glaub mir, Edgar ist immer überrascht, selbst wenn Rico uns zum hundertsten Mal die Geschichte von ihm und dem indischen Fakir auftischt, mit dem er um ein paar Rupien gewettet hat, dass er eine Stunde auf so einem Nagelbrett aushalten würde …«

»Ja, äh, stimmt …«

»Und? Hat er gewonnen?«, schaltete sich Rudolf neugierig ein.

»Nun, Rico gewinnt eigentlich immer. In dem Fall hatte der alte

Fuchs die Nagelspitzen davor sorgfältig mit Wachs eingeschmiert. Als danach wieder der Fakir auf dem Ding saß, und das Wachs aufgrund der Körperwärme seiner nackten Haut wieder zusammenschmolz, war Rico bereits längst über alle Berge ...«

Während *Rubbing Rudy* von dem Einfallsreichtum unseres Freundes noch beeindruckt war, berieten Tillmann und ich uns, ob wir Edgar die frohe Botschaft sofort überbringen sollten. Da wir heute aber eh unseren wöchentlichen Stammtisch hatten, einigten wir uns darauf, zumindest Rico gleich Bescheid zu geben, und Edgar spätestens heute Abend in den Ausfall seines, zur Abwechslung mal, realen Fluges einzuweihen ... wenn er es bis dahin nicht schon wusste.

$$\Longrightarrow\Longleftarrow$$

»Es ist ja keinesfalls so, dass ich nicht versucht hätte, ein paar Informationen einzuholen. Aber eher erfährst du den wahren Schuldenstand unseres Landes, als dass du aus diesen Beamten etwas rausbekommst«, erläuterte uns Rico gerade wild gestikulierend seine Probleme mit den Behörden, als plötzlich die Tür unserer Stammkneipe geöffnet wurde.

Augenblicklich hielten wir den Atem an, als in diesem Moment ein Bündel Dreadlocks durch den Türrahmen ragte. Es war Edgar! Sofort suchten wir seinen Blick, versuchten seinen Gesichtsausdruck zu interpretieren ... Hoffnungslos! Genauso gut hätte man anhand des Gesichtsausdrucks eines Goldfisches spekulieren können, ob er gerade Schmerzen verspürte ... Edgars Augen sahen so verträumt wie immer aus, von Mimik fehlte jede Spur. Wie von unsichtbarer Hand gelenkt, steuerte er auf unseren Tisch zu, ohne dass er uns dabei direkt ansah.

Mit einem Mal war ich mir gar nicht mehr so sicher, dass uns unser Bruder auch in Zukunft noch viele verrückte Dinge erzählen würde, uns jemals wieder mit seiner ansteckend wirkenden Gelassenheit sowie seinem saukomischen, aber superlustigen Redestil beglücken würde.

Ich bildete mir sogar ein, eine Spur von Traurigkeit, von Melancholie in seinen Augen zu entdecken.

Und dann kam der Moment, in dem er seinen Blick endlich auf uns richtete. Der Moment, in dem Edgar wieder in dieser Welt gelandet war. In der Welt seiner Freunde.

Anstelle der Verträumtheit trat jetzt ein Glänzen in seine Augen. Wie in Zeitlupe öffnete sich sein Mund und verwandelte sich nach und nach in ein Grinsen, das von einem Ohr bis zum anderen reichte ...

»Yo, love and peace, meine Brüder, ich kann euch gar nicht sagen, wie dankbar ich euch bin ...«

Grenzenlose Erleichterung.

»Weil ... weil du in Deutsch... Deutschland bleiben darfst?«

Augenblicklich verstummte unser Bruder kurz, während sich sein Mund zu einem *riispekt* formte: »Yo, mein Bruder, du wirst mir etwas unheimlich, man. Love and peace, aber hast du etwa Kontakte zu *Babylon* ...?«

Gleichzeitig mussten wir drei loslachen, bevor wir ihn brüderlich umarmten und ihm dabei erklärten, wie wir von seiner Begnadigung Wind bekommen hatten.

»Das ist einfach ein Wunder! Und jetzt darfst du also tatsächlich hier bleiben?«, wollte sich Rico vergewissern.

»Yo, allerdings muss ich dafür ab jetzt meinen guten Willen zeigen, man ...«

»Wie zum Beispiel eine Arbeit zu suchen?«, vermutete ich.

»Genau Bruder. Das könnte aber zum Problem werden ... Weißt du, nach so langer Zeit fällt es mir echt schwer, mich dazu aufzuraffen ...«

»Aber das gehört nun mal dazu«, sagte ich, bevor ich gleich darauf peinlich berührt innehielt.

Schließlich konnte ich mit Edgar zusammen nun einen Klub der Arbeitslosen aufmachen. Aber ich spürte, dass dies nicht der richtige Zeitpunkt war, um meinen Freunden von der Entlassung zu erzählen, hatten wir doch gerade erst mit vereinten Kräften eine Ausweisung verhindert. Da musste ich nicht gleich mit der nächsten kommen ... Und es gab noch einen weiteren Grund zu schweigen, der sich schon im nächsten Moment bewahrheiten sollte, nämlich als Rico mal wieder mit, natürlich nur gut gemeinten, Jobangeboten um sich warf.

»Was hältst du davon, wenn du künftig für eines meiner Unternehmen arbeitest?«

»Yo Bruder, das ist eine wirklich große Geste ... aber ich weiß nicht, man ... ich glaube, ich bin einfach nicht zum Arbeiten geboren, weißt du ...«

»Willst du lieber warten, bis dir die erstbeste Arbeitsstelle aufgezwungen wird? Am Ende landest du noch in der Kläranlage!«

Noch in der gleichen Sekunde wurde mir bewusst, was für ein Idiot ich doch war. Ich hatte vollkommen vergessen, dass Edgars Vater damals genau auf diese Weise das hart erarbeitete Brot für seinen Sohn und sich nach Hause gebracht hatte. Jetzt sah ich, wie sich auch Edgar an früher erinnerte und dabei schmerzhaft zusammenzuckte. Gerade wollte ich mich bei meinem Bruder entschuldigen, als dessen Faust auf den Tisch sauste:

»Weißt du was, David? Du hast vollkommen recht! Mein *dada* hat nicht all das ganze Leid auf sich genommen, nur damit ich später mal das Gleiche machen muss wie er ... Rico, mein Bruder, ich nehme dein Angebot an!«

Edgar wirkte entschlossen, ja sogar in seiner Ehre verletzt. Und diese Ehre wollte er jetzt, allein seinem Vater zuliebe, offensichtlich wieder ein Stück weit herstellen. Beide lächelten sich an – Edgar dankbar, Rico aufmunternd –, als sie ihre Abmachung mit einem Handschlag besiegelten.

Als ob dieser Augenblick nicht schon schön genug gewesen wäre, ging in diesem Moment auch noch die Sonne vor uns auf ... na ja, auf jeden Fall für mich. Jenny kam an unseren Tisch, um die Bestellungen aufzunehmen.

»Hey Jenny«, versuchte ich so gut wie möglich den Vollmond zu spielen – also, was das Leuchten angeht. »Bist du mit deiner Prüfung zufrieden gewesen? Soweit ich mich erinnere, war das die über die Grundlagen des sozialpädagogischen Denkens und Handelns, oder?«

Sofort ließen die beiden Dealer neben mir das Turteln bleiben. Edgar starrte mich – mal wieder – mit offenem Mund an, allerdings konnte ich aus dem Augenwinkel heraus nicht genau erkennen, ob er mit seinen Lippen gerade ein Yo, oder nicht viel mehr ein *riispekt* formte. Rico dagegen grinste schelmisch ins Nirwana. Und Tilly? Soweit ich sehen konnte, blickte er dermaßen konzentriert drein, als ob er seine Bestellung in Gedanken nochmals Schritt für Schritt durchging ...

»Wow, ja, vielen Dank! Ich glaube, dein Erfolgwünschen hat etwas gebracht ...«, schenkte sie mir ein Lächeln, bei dem mir augenblicklich noch eine Stufe wärmer ums Herz wurde.

Dieses zuckersüße Lächeln, kombiniert mit ihren funkelnden, grünen Augen, raubte mir fast den Verstand ... und *fast* auch nur deshalb, weil ich jetzt im Fadenkreuz meiner Jungs stand ...

»Schade, dass es heute nicht schneit ...«, fügte sie beinahe beiläufig hinzu, sodass nur ich ihre Anspielung verstehen konnte.

Wild vor Freude fing mein Herz an, im Quadrat zu springen. Meine Gedanken überschlugen sich. Was sollte ich denn nun antworten? Hör auf dein Herz!, flüsterte mir eine innere Stimme zu. Na super! Wie sollte ich denn auf mein Herz hören, wenn es wegen seines gegenwärtigen 100 m-Sprints nicht einmal genügend Luft bekam, um auch nur annähernd etwas sagen zu können?

So ein Mist! Was würde denn Tilly in so einer Situation tun?, schoss es mir durch den Kopf.

Aber meine Freunde konnten mir nicht mehr helfen. Jetzt war ich auf mich alleine gestellt ...

»Es wird diesen Winter bestimmt noch einmal schneien«, hoffte ich, dabei etwas charmanter als eine Portion Hausstaub zu klingen.

»Ja, vielleicht …«, antwortete Jenny, und ich spürte, wie sich dabei Traurigkeit in ihren Blick schlich, bevor sich ihr Gesicht sogleich wieder erhellte: »Ach ja, und Glückwunsch zu eurem grandiosen Sieg über die Behörden, Jungs! Ich freue mich wahnsinnig für dich, Edgar!«

Jenny umarmte unseren geflügelten Bruder.

»Du hast davon gehört?«, fragte ich.

»Die ganze Stadt hat von euch gehört … Ach, wahrscheinlich sogar das ganze Land! Zumindest wurde auch in den großen Tageszeitungen über euch berichtet. Mich würde es nicht wundern, wenn euch die Reporter bald an den Fersen kleben … Ich hab nicht nur davon gehört, ich war mittendrin, aber schön, wenn man's nicht an meiner Stimme hört«, blinzelte sie uns zu.

»Absolut nicht, deine Stimme klingt so wunder… ich meine, wie hast du von der Demo erfahren?«, versuchte ich schnell von meiner Verwirrtheit abzulenken.

»Zusammen mir ein paar Kommilitonen sind wir nach der Uni noch rüber in den Schlosspark gefahren, denn auch unter uns Studenten hat sich die Meldung wie ein Lauffeuer verbreitet.«

»Hätten wir gewusst, dass du auch da bist, dann hätten wir dich aber sofort ans Mikro gezerrt«, lachte Rico auf.

»Ich? Nein, du und deine Freunde, ihr könnt das viel besser«, wehrte Jenny das Kompliment ab, obwohl sie sicherlich genau wusste, wie bezaubernd ihre Stimme klang.

»Keine falsche Bescheidenheit! Allein wenn du sprichst, klingt es wie eine Ballade …«, platzte es dann doch ein weiteres Mal aus mir heraus, wobei ich mir gleich darauf gerne einen Klaps auf den Hinterkopf gewünscht hätte … oder doch nicht?

»Das ist superlieb von dir, David!«, hauchte sie mir zu. »Jedenfalls geht für euch heute alles aufs Haus … Anweisung vom Chef höchstpersönlich!«, erhob sie wieder ihre Stimme.

Als Jenny wieder zur Theke zurücklief, sah mich Edgar wie ein Schaf an ... und Tillmann der Überbringerin seiner Träume – nämlich der kleinen Spezi – hinterher.

Nur Rico sah mich immer noch mit diesem Spitzbubenlächeln an: »Soso, dann muss also erst der Schnee den eiskalten Vermittler für eine feuerheiße Nacht spielen?«

»Behalte bitte dieses eine Mal deine Kommentare für dich, ja?«, seufzte ich ihm zu, aber es war bereits zu spät, denn dieses Mal ergaben die Worte sogar für Edgar einen irdischen Sinn.

»Yo David, bist du denn nicht mehr mit Tina zusammen? Wenn nicht, dann lass diese Schönheit ja nicht entwischen, hörst du ... Ich kann euch sagen, Französinnen sind wirklich wunderbare Frauen ...«

Anstatt des nun durchaus angebrachten Kopfschüttelns, erzählte ich meinem Bruder, dass mich Tina aus ihrer Wohnung geschmissen hatte und ich deshalb momentan bei Tillmann schlief.

»Man, jetzt verstehe ich erst, was du mit den Koffern bei mir wolltest ... Yo David, es tut mir leid, aber ich dachte, du machst so 'ne Art Steigerungslauf mit Gewichten ... Und das mit Tina ... love and peace, Bruder!«

Da sich meine Stimmbänder nun auch so schön warm geredet hatten, beichtete ich meinen Freunden dann doch noch meine Entlassung. Tiefe Bestürzung machte sich unter den dreien breit, obwohl ich ihnen sofort versicherte, dass alles okay sei, und dass sie sich um mich keine Sorgen machen brauchten. Auch wenn Rico genau wusste, dass das, was er jetzt sagte, direkt wieder von mir abprallen würde, sagte er es trotzdem ... einfach, um wenigstens irgendetwas Optimistisches zu antworten:

»Mein Jung', du weißt, dass du nur mit dem Finger schnippen musst, damit dein Freund dir ... na ja, damit du keine finanziellen Sorgen hast ... für den Fall der Fälle ... wäre ja alles auch nur vorübergehend ...«

»Und ... und du ... du kannst natürlich auch so lange in der, äh, WG bleiben, wie ... wie du willst ...«

Dankbar wehrte ich beide Angebote ab. Nein, das Wichtigste war meiner Meinung nach nun, die volle Verantwortung für mein Leben zu übernehmen, um so schnell wie möglich wieder gefordert zu werden. Natürlich versuchten meine Freunde, mir noch jede erdenkbare Hilfe anzubieten. Letztendlich aber konnte ich sie doch davon überzeugen, dass ich in der nächsten Zeit weder am Hungertuch nagen noch als hoffnungsloser Grübler enden würde.

Nachdem uns Jenny in ihrer grazilen Art die Getränke gebracht und wir auf Edgars Wohl angestoßen hatten, blickten wir wieder in die erfreuliche Zukunft.

»Jungs, ich lade euch an Heiligabend in mein Restaurant ein. Bringt so viele Freunde mit, wie ihr nur wollt! Es werden jede Menge Leute kommen. Und es gibt natürlich auch eine Riesenauswahl an Speisen und Getränken ... und eine Liveband«, klang Rico so animierend wie ein Marktschreier.

Ich musste zugeben, dass sich das wirklich reizvoll anhörte, zumal meine Eltern oder nahen Verwandten viel zu weit weg wohnten, als dass wir uns an Weihnachten besuchen würden. Außerdem wurde es jedes Mal ein erlebnisreicher, einzigartiger Abend, wenn Rico etwas organisierte. Tillmann und Edgar waren sofort begeistert dabei.

»Tina wird wohl auch da sein, oder?«

»Ja schon, aber das ist doch kein Grund, deshalb nicht zu kommen.«

Rico hatte damit natürlich recht, und dennoch war mir auf einmal irgendwie die Freude abhandengekommen: »Ich werde es mir überlegen«, wich ich einer verbindlichen Antwort aus, spürte aber, wie ich mir insgeheim wünschte, dass es am Samstag schneien würde ...

»Nun, man sollte niemals jemanden zu etwas zwingen ...«, philosophierte Rico, »... aber du würdest dann Jaceks ersten öffentlichen Auftritt in Anzug und Krawatte verpassen ...«

»Nein! Sag nur, Jacek ist deine Liveband«, befürchtete ich das so ziemlich Schlimmste, und in meinem Kopf erklang dabei plötzlich eine betrunkene Sopranstimme, die immer fort ein *Ja, rote Lippen wollen Jacek kussen, wollen kussen Jacek, ja, rote Lippen wollen kussen Jacek, Jahr für Jahr, ja ...* lallte.

»Bei allem Respekt für unser ehemaliges Alkoholbäckchen, aber das wäre wirklich nicht der passende Beruf für ihn. Nein, Jacek wird die Gäste bedienen. Auch wenn ihr mir das vielleicht nicht glaubt, aber seine Hände sind nach nur einem Bier den ganzen Abend über total ruhig. Und selbst das eine Bier ist alkoholfrei ... aber das weiß er ja nicht ...«

»Man, Rico, du bist einfach ein unverbesserlicher Weltenverbesserer!«

»Na ja ... ihr solltet ihn mal sehen ... Wie er da steht, frisch rasiert und in seiner maßgeschneiderten Uniform, wenn er den Damen den Stuhl zurechtrückt ... Ich mag mich vielleicht täuschen, aber ich habe das Gefühl, dass Jacek auf diesem Weg viel schneller wieder zu der Liebe seines Lebens zurückfinden wird ...«

22. Daniela

Bitte!? Ich soll etwas über David erzählen? Über diesen Vollidioten? Ich hab ja sonst nichts Besseres zu tun! Gerade jetzt, kurz vor Weihnachten, rennen mir meine Schüler noch einmal förmlich die Praxis ein.

Eine Mutter belagert mich dabei ganz besonders. Ich nehme das Wort *Patient* eigentlich nicht gerne in den Mund, aber ihr kleiner Sohn ist ohne Witz ein durchgeknallter Nachwuchspsychopath. Seitdem dieser Dreikäsehoch bei mir in Behandlung ist, musste ich bereits zweimal neue Plüschtiere für das Wartezimmer kaufen. Dem Bengel macht es offensichtlich Spaß, den Stofftieren die Köpfe abzutrennen.

Und jetzt soll ich also auch noch etwas über David erzählen? Nein danke, über diesen unsympathischen Kerl wäre doch jedes gute Wort eine Verschwendung! Tut mir leid ...

Allerdings kommt auch in wenigen Minuten der Schrecken meiner Träume ... nein, inzwischen fällt nicht mehr David diese Rolle zu, sondern dem kleinen Lutz. Deshalb muss ich jetzt noch ein wenig die Sprachübungen für ihn vorbereiten.

Wie ich das mache? Nun, in diesem Fall greife ich sogar zum äußersten Mittel, indem ich eine CD von Mozart einlege und dazu ein paar Räucherstäbchen vor Therapiebeginn anzünde. Ob es etwas hilft? Und wie! Mittlerweile lässt der Kleine das *scheiß* in *scheißschwul* weg, wenn er die entspannende Atmosphäre kommentiert.

Leider muss ich Sie aber bitten, jetzt zu gehen, einen schönen Tag noch!

Obwohl ... Halt! Warten Sie! Haben Sie vorhin gesagt, dass meine Aussagen veröffentlicht werden? Hm, da kommt mir doch glatt eine Idee ... Also gut, ich mach's! Ich werde Ihnen so lange von dieser witzlosen Nervensäge erzählen, bis mein ach so knuddeliger Terrorist antanzt. Bis dahin hab ich mich vielleicht auch so sehr in Rage geredet, dass ich dem kleinen Dämon einmal Paroli bieten kann ...

Tja, wären Rico, mein Ehemann, und David nicht zufällig die besten Freunde, dann wäre mir die Bekanntschaft mit ihm für immer erspart geblieben. Ich kann gar nicht verstehen, warum die beiden so gut miteinander befreundet sind. Mein Rico ist so ein wundervoller, liebenswerter und herzlicher Mann. David dagegen ist einfach nur ein Schwachsinn labernder, arroganter Arsch! Mittlerweile vertrete ich die Theorie, dass sich Gegensätze nun mal anziehen ...

Das beste Beispiel für seine Herzlosigkeit ist, dass er erst vor ein paar Tagen seine Freundin – die gleichzeitig übrigens wie eine Schwester für mich ist – verlassen hat. Tina hat mit erzählt, wie der Trottel die Beziehung durch seinen grenzenlosen Egoismus zerstört hat. Anstatt ihr wenigstens einmal eine Freude zu bereiten, indem er mit ihr shoppen geht, hat er, wie immer, nur seinen dämlichen Fußball im Kopf gehabt.

Wahrscheinlich versteht sich dieser Vollpfosten deshalb so gut mit meinem Ehemann. Zusammen können die beiden stundenlang über ihr Thema quatschen ... Ich frag mich eh, wie Männer so lange über so etwas Unbedeutendes reden können.

Aber mal davon abgesehen, dass in Davids Birne sowieso nicht viel mehr als ein Fußball Platz hat, ist er auch sonst ein richtiger Volltrottel! Anstatt ein einziges Mal irgendetwas Vernünftiges von sich zu geben, triefen seine Kommentare immer nur so vor Inhaltslosigkeit. Er aber scheint das richtig witzig zu finden. Da ist er wohl so ziemlich der Einzige!

Ich bin froh, dass Rico nicht so ein abgehobener Schnösel ist. Nein, mein Mann ist zugleich der perfekte Ehemann. Intelligent, humorvoll und dazu finanziell gut abgesichert. Ja, so jemanden will eine Frau mit Stil doch haben ... Insofern war es auch das Beste, was Tina passieren konnte, als David sie geradezu zu dem Schritt gedrängt hat, sich von ihm zu trennen. Meine Freundin ist eh viel zu hübsch, schlau und ehrgeizig für so einen barbarischen Tagträumer!

Tja, ansonsten gibt es zu dem Thema wirklich kein weiteres Wort mehr zu verlieren, wenn Sie mich fragen. Ob ich eine Anekdote über David kenne? Ich könnte Ihnen Tausende aus meinem Berufsalltag erzählen, aber über diesen dämlichen Dummschwätzer David? Nein, kein einziges Erlebnis mit ihm fand ich so denkwürdig, dass ich mich noch daran erinnern würde, geschweige denn überhaupt wollen würde. Als ausgebildete Logopädin mit ausgeprägtem pädagogischem Hintergrund weiß ich natürlich auch genau, dass unser Gehirn, quasi als eine Art Schutzmechanismus, schlechte Erinnerungen aus dem Gedächtnis verdrängt ...

Oh, wen haben wir denn da? Wenn das mal nicht mein kleiner, süßer Putzi-Lutzi ist ... Ist es denn schon so spät, oder kannst du es inzwischen gar nicht mehr erwarten, bis unsere nächste Thera... ich meine Unterrichtsstunde beginnt? Und wo hast du eigentlich deine Mama gelassen?

»Die wartet in dem beschissenen Wartezimmer mit den Dreckstieren! Wahrscheinlich kann sie das nervige Geplärre und den widerlichen Gestank auch nicht mehr ertragen.«

Nervig? Widerlich? Aber Lutzchen, das ist ja großartig! Ich sehe, dass wir große Fort...«

»Hör auf mit dem dämlichen Gequatsche, Logotante! Wo bleiben denn jetzt der ganze Räucherscheiß und das scheißschwule Gedudel, he?«

Aber Lutz, das ...

»Ich will sofort den Scheißgeruch riechen! Dazu will ich die verkackte Musik hören, verstehst du!? Und dann will ich außerdem dieses Mal meine Salzstange gleich am Anfang haben!«

Jetzt reicht es mir! Ich ... ich halte das einfach nicht mehr länger aus! Raus hier! Alle beide! Sie mit ihrem Scheißblock und du, Luzifer, ohne deine verdammte Salzstange! Habt ihr nicht gehört? Ich sagte, RAUS!

23. Entscheidende Entscheidung

Die erste Ernüchterung hatte sich direkt nach dem Aufstehen breitgemacht: Es schneite nicht! Die zweite folgte zur Mittagszeit, als ich – nicht zum ersten Mal in den letzten Tagen – eine telefonische Absage für eine Wohnung bekam. Das war übrigens auch gleichzeitig die erste Alltagssituation, in der ich die allgemeinen Vorurteile und Ängste gegenüber Arbeitslosen nun mal am eigenen Leib zu spüren bekam – und ich war zu den Wohnungsbesichtigungen keineswegs in einem Trainingsanzug und Hauspantoffeln angeschlurft gekommen …

Die dritte Ernüchterung machte sich dann abends breit, als ich die Tür zur Studenten-WG aufschloss und mir die Dunkelheit höhnisch entgegenlachte. Tillmann und seine Mitbewohner waren also bereits ausgeflogen. Bei Ricos Feier … zumindest Tillmann und Moussa. Vielleicht auch Stefan und Rudolf, aber sicher war ich mir bei den beiden nicht, schließlich fand selbst an Heiligabend die eine oder andere LAN-Party statt.

Es war aber absolut nicht so gewesen, dass meine Freunde nicht mit allen Mitteln versucht hätten, mich zu animieren, ebenfalls bei der Feier dabei zu sein. Rico hatte mir, mehr im Spaß, angeboten, den kleinen Quälgeist, der Daniela erst gestern in ihrer Praxis zum Austicken gebracht hatte, einzuladen, und dann auf Tina anzusetzen. Natürlich hatte er das gesagt, um mich ein wenig aufzumuntern. Aber selbst wenn Rico sein Angebot ernst gemeint hätte, war ich mittlerweile davon überzeugt, dass Tina, im Gegensatz zu Daniela, einen viel größeren Dickkopf sowie einen nicht zu unterschätzenden Hang zum direkten Körperkontakt hatte, sodass sie wohl selbst mit *Lucky Lutz* kurzen Prozess gemacht hätte.

Tillmann hatte mir beim Mittagessen versprochen, dass er heute Abend keine Vorträge im Stakkatostil halten würde – das tat er wirklich manchmal, wenn der Alkohol die Kontrolle über sein Zungenbein übernommen hatte –, wenn ich nur mitkommen würde. Ich hatte ihm sein Versprechen spätestens dann endgültig abgenommen, als er mir glücklich erzählte, dass Marie und ihre Freundinnen gegen später ebenfalls noch auf einen Besuch vorbeikommen würden.

Und Edgar hatte versucht mich umzustimmen, indem er den Wunsch äußerte, mit uns am Abend unbedingt eine Verbrüderungspfeife kreisen lassen zu wollen. »Yo Bruder, das ist hundertprozentig Bio, man ...«, hatte er noch schnell hinzugefügt, bevor ich ihm einbläuen konnte, dass er immer noch ein Spiel mit dem Feuer trieb ...

Allerdings war mir aber auch klar, dass man ein Verhalten – noch dazu ein so abhängig machendes – nicht von heute auf morgen umkrempeln konnte. Erst recht nicht, wenn der Umzukrempelnde nicht wenigstens ein bisschen von sich aus dazu bereit war. Aber deshalb waren wir ja Freunde. Um gemeinsam auch ungemütlichere Zeiten durchzustehen. In Edgars Fall also nach dem Motto *Kommt Zeit, geht Gras* ...

Aus diesem Grund war es also nur konsequent, wenn meine Freunde alles daran setzten, mich in ihre heilsame, und wenn nicht, dann wenigstens ablenkende, Gesellschaft zu ziehen. Aber aus irgendeinem tiefgründigen Grund war mir momentan einfach nicht danach.

Als ich jetzt auf der Kante meines Bettes saß, und mein Blick durch das Fenster nach draußen in unbekannte Weiten abdriftete, wurde mir plötzlich bewusst, dass weder Tina noch die Entlassung der ausschlaggebende Grund für meine gegenwärtige Sentimentalität waren. Nein, die Ursache dafür lag wesentlich tiefer, unkonkreter, auf emotionaler Basis.

Na super, und ausgerechnet über Weihnachten haben die ganzen Seelenklempner zu!, ergriff der Zynismus nach Langem mal wieder das Wort. Und natürlich war mir klar, dass es nicht gerade besser wurde – ich sage nur *Opportunitätskosten* –, wenn ich versuchte, meine Gefühlslage von einem Moment auf den anderen zu ändern, indem ich mir den Kopf über die Komplexität meiner Problematik zermarterte. Wahrscheinlich hätte ich mich zuerst mit etwas wesentlich Fundamentalerem auseinandersetzen müssen, wie: *Was ist der Sinn meines Lebens? Wie kann ich glücklich sein? Und wie kann ich vor allem das Glück festhalten?*

Aber um mich den Antworten solcher Fragen nähern zu können, wäre wohl entweder ein weiterer Abend mit Rico auf den Fildern – und dieses Mal mit einem Kasten richtigen Biers – nötig gewesen, oder aber ich hätte den philosophischen Reden Pritschen-Paules lauschen müssen, dessen Aussagen allerdings immer am Rande zum Wahnsinn herumturnten.

Gott war definitiv eine Antwort, ein Heilmittel. Aber allein durch den Glauben an Gott ein glückliches Leben zu führen, kam mir etwas naiv vor. Konnte es nicht vielmehr so sein, dass durch den Glauben ein Fundament gelegt wurde, dieses aber erst durch die Weitergabe der, so erhaltenen, Liebe an andere felsenfest zementiert wurde? Okay, das kann man zwar ebenfalls naives Denken nennen, aber ich hielt es mit Ricos Worten, der das Ganze *unerschütterlichen Optimismus* nannte.

»Tja, und nun bist du im Grunde genau so schlau wie zuvor ...«, musste ich mir eingestehen, als ich in diesem Moment aus meiner Gedankenwelt gerissen wurde.

Die Lichterkette war angegangen!

Warum ..., schoss mir der Gedanke durch den Kopf, ob das Ding jetzt auch schon im Dunkeln leuchtete, als mir plötzlich der Atem stockte.

Es schneite!

Daumengroße Schneeflocken schwebten in dem bläulichen Lichtschein sanft zu Boden. Jetzt bemerkte ich auch, was der Helligkeitsauslöser für die Lichterkette gewesen war: Fast zeitgleich hatten die beiden Nachbarn neben uns die Weihnachtsbäume auf ihren Balkons angeschaltet, sodass der Bereich um das Fenster herum nun hell erleuchtet wurde.

Na, wenn das mal kein Zeichen war? Ohne groß nachzudenken – glücklicherweise, und meinem Naturell entsprechend, tat ich das eh viel zu selten – zog ich mir rasch ein weißes Hemd an, schüttete mir kurz entschlossen etwas von Tillmanns neu gekauftem – und gleichzeitig erstem – Parfum auf den Hals, kontrollierte fast schon gezwungenermaßen noch einmal die Frisur und verließ dann sofort die Wohnung. Womöglich befürchtete ich insgeheim, dass mir mein Verstand bald die ersten Zweifel an meinem Vorhaben einflößen könnte ... und an für sich, wäre das auch nur logisch gewesen ... Es grenzte an Idiotie, an Heiligabend eine Frau besuchen zu wollen, mit der Mann nicht verabredet und die aller Voraussicht nach noch nicht einmal zu Hause war ...

$$=\!=\!=$$

Obwohl es draußen Minustemperaturen hatte, schwitzte ich unter meiner Jacke, als ich jetzt vor der Eingangstür des Hauses, in dem sich Jennys Wohnung befand, stand. In meiner Hand hielt ich einen Strauß aus blauen und weißen Rosen. Die Blumen dufteten so intensiv, dass ich bereits befürchtete, mich gleich einem Bienenschwarm – eingekleidet in Miniaturbommelmützen infolge der natürlichen Selektion, versteht sich – gegenüberzusehen.

Dass mir jemand die Geschichte abnehmen würde, der Geist der vergangenen Weihnacht hätte mir den Blumenstrauß höchstpersönlich übergeben, ist sehr unwahrscheinlich. Also halte ich mich besser an die Wahrheit. Ich hatte den Blumenstrauß geklaut ... na ja, streng genommen hatte ich ihn dann doch eher als Kredit aufgenommen. Zumindest hatte ich auf der Blumenvase in Frau Wellers Wohnung einen Zettel hinterlegt. Natürlich hatte ihre Tür mal wieder meilenweit offen gestanden, als ich meine liebenswerte Blumendame um ein paar ihrer Zöglinge bitten wollte. Aber Madamchen war weit und breit nicht zu sehen. Offenbar stand sie gerade wieder mitten im Leben ...

Jetzt also schwitzte ich einerseits wegen der dicken Daunenjacke und zum anderen, weil ich mir nichts sehnlicher wünschte, als die Frau meiner Träume in Lebensgröße vor mir stehen zu sehen. Doch es rührte sich nichts. Ich klingelte ein weiteres Mal. Nichts.

War der Gedanke eines unsichtbaren Bandes zwischen Jenny und mir etwa doch nichts weiter als ein Hirngespinst gewesen? Dabei war ich mir zu guter Letzt unserer emotionalen Verbindung so sicher ... Noch einmal ließ ich die Klingel ihren Dienst verrichten. Wieder mit dem gleichen, traurigen Resultat.

Enttäuscht drehte ich mich um, und überlegte gerade, ob ich die Blumen wieder vor Frau Wellers Tür legen sollte – bei der Anzahl an Verehrern, die sie immer noch hatte, war sie das sicherlich bereits gewohnt –, als ich IHRE Stimme in diesem Moment vernahm.

Gemeinhin hört man sich ja durch die Sprechanlage eher wie Micky Maus im Stimmbruch an, und deshalb dachte ich, dass Jenny direkt an der Tür stehen würde, als jetzt ihr klares »Hallo?« durch die Luft balancierte. Mein Herz erhöhte augenblicklich die Taktzahl – bei seinem Alter würde es schon darauf achten, dass es nicht zum Produktionsstopp kam ...

»Frohe Weihnachten, Jenny! Hier ist dein Schneemann, besser bekannt auch als Schienenersatzverkehr.«

»David! Na, das ist ja eine Überraschung!«, klang sie dabei so überschwänglich, dass ihre Worte selbst dann noch in meinem Kopf widerhallten, als ich die Treppen nach oben sauste – es war natürlich eine Frage der Ehre, die sportliche Variante zu nehmen, ohne dabei unsportlich zu wirken ...

»Hallo! Das ist ja wirklich eine Überraschung!«, brachte sie ihre Verwirrung erneut zum Ausdruck, allerdings hätte ich mir auch eine ganze CD mit diesem einen Satz anhören können, ohne dass es langweilig geworden wäre ... »Obwohl ich ehrlich gesagt an dich denken musste, als ich vorhin nach draußen gesehen habe ...« Da war wieder dieser Anflug von Traurigkeit in ihrem Blick, der mich eigentlich geradezu aufforderte, ihn wegzuküssen ... »Sind die etwa für mich? Oh, vielen Dank! Sie sind wunderschön!«, begannen ihre Augen sofort wieder zu funkeln, als ich ihr den Rosenstrauß überreichte. »Komm doch rein!«

Jenny sprang leicht und beschwingt über den Fliesenboden ins Wohnzimmer, um die Rosen in eine Vase zu betten. Dabei hatte sie gemütliche Klamotten an und trug ihre Haare offen. Die Zweizimmerwohnung wirkte sehr heimisch. An den Wänden hingen neben einem antiken Spiegel auch moderne Gemälde, eins davon war ein Selbstporträt, auf dem Jenny einen tschechischen Maler mit ihrem Lächeln beglückte, während im Hintergrund die Prager Moldaupromenade mit dem Staatstheater sowie der wunderschönen *Kampa-Insel* abgebildet waren.

»Züchtest du Rosen?«, rief sie mir aus dem Wohnzimmer zu. »Soweit ich weiß, sind die blauen nur durch Züchtung zu bekommen, und ein ganzer Strauß kostet auch schon ein kleines Vermögen.«

Obwohl die Abluft in der Küche auf volle Stärke eingestellt war, sog ich jedes Wort von Jenny auf – und verschluckte mich beinahe, als ich ihre weniger erfreuliche Bedeutung realisierte ...

»Nein, ich muss zugeben, dass ich von Blumen keine Ahnung habe, und, na ja, dass sie etwas kosten ...«

Mit schlechtem Gewissen musste ich daran denken, wie Frau Weller in ein paar Stunden erschrocken feststellen würde, dass ihre geliebten Babys weg waren. Doch in diesem Moment tauchte Jenny auch schon wieder im Flur auf.

»Was wolltest du sagen?«

Ich musste schlucken. Sollte ich sie anlügen, indem ich ihr erzählte, dass die Blumen vielleicht teuer gewesen waren, aber schließlich nichts so kostspielig sein konnte, dass ich es der Frau meiner schlaflosen Nächte nicht hätte kaufen können? Nein, das wäre mit Sicherheit ein denkbar schlechter Start zwischen uns beiden gewesen. Also beichtete ich ihr peinlich berührt die Wahrheit, nicht aber ohne die Liebenswürdigkeit und das Verständnis der alten Dame besonders zu betonen.

Jenny reagierte auch so, wie ich es erhofft hatte. Mit einem herzlichen Lachen. »Du bist ein Spinner!«, meinte sie, und ihr Blick flüsterte mir dabei zu, dass sie genau das liebte. »Hast du Hunger?«, fragte sie plötzlich.

»Ja, gerne ... ich meine, ja! Erwartest du denn jemanden?«, vermutete ich angesichts all der Pfannen und Töpfe, die den Küchenherd gerade bevölkerten.

»Jetzt nicht mehr, denn du bist ja nun da ...«, lachte sie.

»Sag nur, du hast gewusst ...«

»Nein, nein, ich war gerade wirklich überrascht. Aber ab und zu nehme ich mir die Zeit, um etwas ... umfangreicher zu kochen. Insbesondere an Festtagen wie heute. Während der Vorlesungen komme ich ja sonst kaum dazu.«

Bedauern schien in ihren letzten Worten mitzuklingen, doch ich spürte, dass das Wort *Festtag* eine tiefe Traurigkeit in ihr ausgelöst hatte. Als ich ihr in die Augen sah, kam es mir so vor, als würde ich in einen Spiegel blicken. In einen Spiegel der Sehnsucht. Alles andere, als sie in den Arm zu nehmen, wäre jetzt unverzeihbar gewesen. Und deshalb tat ich es auch.

Ich fühlte ihren warmen, schlanken Körper sowie ihre rötlichen Haarsträhnen, die mir um die Nase tanzten.

»Ist es wegen deines Vaters?«, fragte ich vorsichtig, während ich ihr sanft über den Rücken strich.

Sie nickte: »Weißt du, ich muss jedes Mal heulen, wenn ich auch nur daran denke. Aber es ist doch auch zum Weinen, wenn man bisher nie jemandem stolz von seinem Vater erzählen konnte ...«

Beruhigend küsste ich ihr auf die Schläfe, bis der Mut ihr schließlich wieder dieses strahlende Lächeln schenkte.

So lachten wir also noch stundenlang miteinander über – fröhlichere – Erinnerungen aus unserer Kindheit oder die unzähligen Anekdoten, die mir zu Edgar, Tillmann und Rico einfielen, während Jenny mich nicht nur mit ihrer bezaubernden Stimme, sondern auch mit ihren genauso genialen Kochkünsten in ihren Bann zog. Man kann also sagen, dass die Liebe sicherlich auch durch den Magen gegangen wäre, wenn sie nicht schon vorher den direkten Weg etwas weiter oben in der Brustgegend gewählt hätte ...

Fast noch wichtiger als das gemeinsame Lachen – vor allem langfristig gesehen – war aber, dass wir uns auch über alles andere unterhalten konnten. Über die Familie. Über Religion. Ja, selbst Diskussionen über die Politik wurden mit Jenny wieder interessant. Wir teilten verständnisvoll unsere Ängste, mitfühlend unsere Sorgen, und fasziniert unsere Träume.

»Möchtest du noch etwas vom Dessert?«, stand sie mit der Schüssel Mousse au Chocolat – der Stundenzeiger begab sich bereits in die senkrechte Lage – direkt neben mir.

»Du glaubst gar nicht, wie gerne ...«, blickte ich sie mit verträumten Augen an.

Jenny wollte mir gerade noch etwas von der Nachspeise neben das frische Obst legen, als ich ihr die Schüssel sachte aus der Hand nahm, auf den Tisch stellte, und mich langsam erhob.

Unser beider Lächeln legte eine Ruhepause ein, als wir uns nun tief in die Augen blickten. Unsere Herzen rasten, und unsere Lippen bebten leicht. Während sie meine Wangen umfasste, berührte ich sie an den Hüften. Dann schlossen wir unsere Augen und küssten uns.

Es war ein langer, inniger Kuss. Das Herz schlug vor Aufregung und steigender Begierde immer noch glückselig schnell. Unsere Lippen zitterten dagegen nicht mehr – klar, wo sollten sie denn auch momentan hinzittern? Als ich meine Augen wieder öffnete, sah ich, wie Jenny glücklich lächelte. Es ihr gleichtuend, küssten wir uns wieder und wieder, in immer kürzeren Intervallen und immer leidenschaftlicher, bis wir gegen eine Bettkante stießen. Dass das Bett in einem ganz anderen Zimmer lag, wurde mir erst im Nachhinein bewusst, aber das spricht ja mal wieder für das Phänomen der magnetischen Anziehungskraft von Schlafgelegenheiten auf Verliebte ...

Unsere Körper entflammten, als wir die nackte Haut des anderen spürten. Unser Atem ging jetzt im Gleichschritt zu unseren Herzen und wurde dabei höchstens noch von den Glücksgefühlen überholt, die durch unsere Körper strömten.

Was daraufhin passierte, ist wohl eher für Bücher anderer Genres geeignet, doch glücklicherweise besitzen wir Menschen ja genau für solche Situationen die Gabe des Kopfkinos ...

»Ich liebe dich!«, hauchte ich Jenny zu, als wir, immer noch eng umschlungen, nebeneinanderlagen. »Am liebsten würde ich mit dir ganz weit weggehen ...«, wollte sie aber nicht durch Abwarten zu einer Bestätigung meines Liebesbekenntnisses drängen, außerdem spürte ich ihre Liebe einfach ...

»Was meinst du mit *weit weg* ...«

»Ich meine, Zeit nur für uns beide zu haben ... Was hältst du zum Beispiel von Silvester in der Antarktis ...?«

»Ach David, so lustig finde ich das nicht ... Weil allein die Vorstellung davon atemberaubend schön ist ...«

»Ich hab das auch nicht im Spaß gemeint ...«, sah ich ihr mit entschlossenem Blick in die jadegrünen Augen.

Jenny sah mich lange an, bevor sie mir das pure Glück schenkte: »Du bist und bleibst ein Spinner!«, lachte sie. »David, ich liebe dich ...«

24. Feuer und Eis

Wenn ich einen Blick nach draußen werfe, sehe ich, wie die Eisberge langsam an uns vorbeiziehen. Hoch über uns stimmen Möwen ein Gelächter an, das sogar durch das Bullauge in unsere lichtdurchflutete Kabine hineindringt. Auf den unzähligen Eisschollen in der Ferne kann ich noch den einen oder anderen Pinguin erspähen.

Die letzten Tage haben wir mehrere Expeditionen auf das Festland des Kontinents unternommen, faszinierende Landschaften entdeckt, und so manche Freundschaft mit einem Pinguin oder aber mit anderen Reisenden – und manchmal auch mit beiden in ein und derselben Person – geschlossen. Wenn Jenny die süßen, watschelnden Vögel mit ihrer wundervollen Stimme und dem Futter anlockt, ist das jedes Mal von Neuem ein einzigartiger Moment.

Nun, was soll ich noch großartig herumreden, ich glaube, ich bin schlicht und einfach VERGLÜCKT! Von einem Moment auf den anderen. Einfach so. Oder um es mit der Weisheit eines französischen Schriftstellers zu sagen: *Glück ist, seine Freude in der Freude des anderen zu finden* ... Allerdings gebe ich mich auch nicht der Illusion hin, dass Jenny und ich von nun an jede Sekunde unseres Zusammenseins so bewusst glücklich sein werden, wie wir es gerade sind. Jedoch weiß ich ganz genau, dass wir beide die Liebe und das Verständnis füreinander aufbringen werden, den anderen mit all seinen Ecken und Kanten schätzen zu lernen.

Glücklicherweise ist Jenny wie ein Diamant. Sie wird durch das Abschleifen an meinen Kanten also nicht an Schönheit verlieren ... Und ich? Ehrlich gesagt habe ich noch keine Kante an meiner Traumfrau entdeckt – so viele Schmetterlinge flattern noch vor meinen Augen herum ... So langsam verstehe ich auch, wie Edgars tolerante Meinungsbildung zustande kommt ... Und trotzdem freue ich mich wirklich darauf, all ihre Eigenheiten kennenzulernen.

Natürlich wissen Rico, Tillmann und Edgar über alles Bescheid. Rico war, naturgemäß, hellauf begeistert, und fragte mich als Erstes, ob er damit seine Vaterfreuden in nächster Zeit vielleicht mit jemandem teilen könne. Tilly beglückwünschte mich auch, meinte gleichzeitig aber auch etwas wehmütig, dass er auch gerne so viel Liebesglück hätte. Immerhin versprach er mir aber, heute, an Sylvester den nächsten Schritt auf Marie zugehen zu wollen. »Verstell dich nicht, sondern sei einfach nur du selbst. Dann hast du bereits dein Bestes gegeben«, schickte ich meinem Freund noch mit auf den Weg, wobei dieser Spruch genauso gut aus irgendeinem Glückskeks hätte stammen können. Auch Edgar gratulierte mir, meinte allerdings, dass ihn mittlerweile gar nichts mehr verwundere. Schließlich erlebe er derzeit fast jeden Tag in seinem Paralleluniversum, dass sich Gazellen mit Pavianen paaren ... Ich war mir nicht sicher, wie ich seine Aussage interpretieren sollte und überlegte kurz, ob ich zwecks besseren Verständnisses nachhaken sollte, entschied mich dann aber dagegen. Außerdem verkündete er gleich darauf eh stolz, dass er ab nächster Woche in einem von Ricos Unternehmen anfangen werde ... als Landschaftsgestalter ... Gedanklich sah ich meinen Bruder durch Sträucher und Blumen robben oder auf dem Rasenmäher jamaikanischen Reggae zum Besten geben ... und mit Sicherheit würde er sehr bald ein nettes Plätzchen für sein Grundnahrungsmittel – das *Ganja* – finden ... Aber Rico wusste ja, auf was er sich da eingelassen hatte ...

Nach einer kurzen Nacht – und das lag nicht nur daran, dass Jenny und ich bis um Mitternacht mit anderen Passagieren auf dem Deck gequatscht hatten – sitze ich jetzt also an dem Schreibtisch unserer großräumigen Kabine. Mein Mädchen schläft noch friedlich, und ich muss zugeben, dass es mich schon wieder zu ihr zieht ... auch, weil es außerhalb des Betts empfindlich kalt ist. Und dennoch fährt mir gerade so vieles durch den Kopf, dass ich glatt einen weiteren Roman schreiben könnte ...

»David? Wo bist du?«

»Hier!«

»Hm, ohne dich wird es hier im Bett ziemlich kalt ...«

»Na, und ohne dich hier draußen erst recht ...«

»Also?«

»Ich denke, wir müssen mehr heizen! Da es hier im Zuge der Globalisation aber eh immer wärmer wird, finde ich es angebracht, wenn wir auf die gute, alte Körperwärme zurückgreifen ... und ökologischer ist das natürlich unter der Bettdecke ...«

»Ich fürchte, du hast dir die Mühe umsonst gemacht ... ich habe nämlich gerade nur die Hälfte verstanden ...«

Tja, und da ist wieder ihr Lachen, das mich schlichtweg um den Verstand bringt. Eigentlich wäre es auch mal eine physikalische Untersuchung wert ... aber okay, jetzt sind erst mal ganz andere physikalische Eigenschaften gefordert ...

Damit ende ich mal besser an dieser Stelle. Bleibt eigentlich nur noch, von meiner Seite aus den Hinweis – oder die Drohung ... je nach Blickwinkel – zu geben, dass einem mit Freunden wie Edgar, Rico und Tillmann wohl nie der Stoff für neue Geschichten ausgehen wird ... Aber damit genug geschrieben, schließlich geht es ja nun darum, ein wenig Energie – die künstlich erzeugte, nicht die natürliche ... – zu sparen.

Zum Wohle der Erde ...